観念結晶大系

高原英理

Takahara Eiri

書肆侃侃房

わたしたちは、宇宙を旅することを夢みている。だが宇宙は、わたしたちの内にあるのではないか。わたしたちは精神の深みを知っていない――内に向って神秘にみちた道が通じている。ほかならぬわたしたちの内にこそ、永遠とその世界――過去と未来があるのだ。

ノヴァーリス『花粉』(青山隆夫訳)

もくじ

観念結晶大系

装幀　柳川貴代

序章

ヒルデガルト　1148　ビンゲン

天界の響きを人の耳で聴くことはできない。

知っている。しかしヒルデガルトは、絶えず来る波動を身に感じる。眼を閉じ、ただ心を澄まし、魂を差し出して天の摂理を探れば、いつしか修道院の空気が繊細な顫えを伝え始めている。

音ならぬ音の波は世界に遍在している。それが重なり組み合わさって描く精密な模様がヒルデガルトには見えるかのようだ。

ギリシアのピュタゴラス学派によれば、天球はいくつかの層から成り、各層の間隔は協和音程比をなすという。そのため天の運行のさい、神々にしか聞こえない音楽が生ずる。これを天球の和声と呼ぶ。

また、五世紀後半の人、ボエティウスによれば、音楽はムジカ・ムンダーナ、ムジカ・フマーナ、ムジカ・インストゥルメンターリスの三つに分類される。ムジカ・ムンダーナとは宇宙の音楽、すなわち天体の運行が生む調和的な和声であり、マクロコスモスを支配する。ムジカ・フマーナは人間の音楽であり、人の肉体と精神の調和関係、すなわちミクロコスモスを支配する。この二つはイデアの音楽であって人間には聞くことができない。人間の奏でる音楽をムジカ・インストゥルメンターリスと呼び、実際に聞こえるものはこれのみである。

現実の音楽はあるべき音楽より下位に置かれている。しかも、真の音楽、理想の音楽はいずれも人間の耳には達しない。けれどもあるときから、ヒルデガルトは、確かに心の彼方、自己の向こうから響く音を聴き憶えてきたように思う。それはまだ地上に足を下ろしきっていない幼時からかも知れないし、あるいは生まれる以前、神のもとでのことだったのかも知れない。

今、ヒルデガルトの内にはどうしても忘れられない幾つもの旋律が、和声が、ある。声に出してみればもはや本来の響きを失い、ただの肉の震えでしかなくなってしまうことを承知の上で、それらを譜に書き留める。

たまたま修道女たちによって奏でられ、歌われるのを耳にした人々が、その美しさを讃え、作曲者の才能を称賛するたび、ヒルデガルトは、これは自分の恣意が造り出したものではなく、神の声の不正確な再現なのだ、と答えた。

一〇九八年、アルツァイ近郊、ベルメルスハイムの貴族の第十子として生を享けたヒルデガルトは、八歳になるとともに、ベネディクト会修道院に所属する修道女ユッタ・フォン・シュパンハイムに預けられた。ここでユッタおよび修道士フォルマル師の導きにより聖ベネディクト会の規律と典礼を学び、グレゴリオ聖歌を習得して後、十七歳で正式に修道女となる。

一一三六年ユッタ逝去、ヒルデガルトは後任の修道院長に選ばれた。

人員の増加にともない、一一五一年、ビンゲン近郊のルーペルツベルクに独立した修道院を建立する。十八人の修道女とともに移り、翌年、マインツ大司教により修道院教会の献堂式が挙行された。以後、彼女はヒルデガルト・フォン・ビンゲンとして知られることとなる。

　生来の病身にもかかわらず、各地を回って病人や貧困者の救済にあたった。遥かな未来を見通し、神の声を伝え、詩と絵をよくし、また自ら書き留めた譜をもとに不思議な音楽を奏し歌うヒルデガルトを人々はラインの女預言者と呼んだ。

　一一四一年以来、ヒルデガルトはフォルマル師らの助力のもと、複数の分野にわたる著述を続けていた。それは四一年に天からの声が下り、「汝の見聞きしたことすべてを書き留めよ」と命じられたことによる。

　人の見えないものを見、聞こえないものを聞き取る資質に恵まれたヒルデガルトは、幼少以来、数多くの啓示を受け取っている。彼方から来る偉大な光。生得の、天への強い憧れはたびたび彼女に頌歌を書かせ、細密画の筆をとらせた。

　天使の姿ならば幼い時からよく見かけた。彼らは常に光、そして麗しい音楽とともに訪れた。彼らが教えてくれた不思議なあるいは恐ろしい話ならばいくらでも語ることができる。天使たちは告げた。今より四百年後に訪れる教会の分裂、そして新しい教えを信ずる人々がヨーロッパを出て彼方の土地に作りあげる巨大な国。

　それればかりではない。何の前触れもなく突然にやってくる強烈な映像と轟き。瞬く間に見た未来の地獄図と終末の後に訪れる静謐な世界の改変。神の創造の場と悪魔の軍団の行進。

　天命を受けて後、ヒルデガルトは敢えてその内容を吟味することなく、見たこと聞いたこと、そして知っていることのすべてを書き残そうと決心する。すでに大著「Scivias 神の道を知れ」「Liber vitae meritorum 生の功徳の書」「Liber divinorum operum 神の御業の書」を書き終えた。自ら調べ、あるいはさまざまな師から教わった、石に関する知識、薬草に関する知識も後世の人々に資するべく、記述に努めた。

しかし、ひとつだけ、書き記しはしたが、修道院の奥深く秘したものがある。こればかりは、悪魔の知恵ではないかとの疑いが晴れなかったからだ。ひとたびは破棄をも考えたほどである。しかし、天の声は告げたはずだ、「すべてを書き留めよ」と。

若い日々、ヒルデガルトは貧者・病者の救済に暇《いとま》なかった。悲惨な運命に泣く者はあまりに多かったのだ。与えられるものはすべて与えた。日夜、大勢の人間のためのパンと寝所の確保に追われていた。各界の著名人に書簡を送り、協力を求めた。

病の治療には特に心を砕いた。本当に効果のあるものであれば、魔女と呼ばれるような女性の知恵も借りた。いつしかヒルデガルトは薬草学と鉱物学の大家となっていた。時には外科医まがいのことすら行った。それとともに人体の仕組みをも覚えた。

しかし、いかに手を尽くしたとて、人間の技には限りがある。ひどい苦痛の中で泣き叫びつつ死んでゆく子供たちや、見捨てられ深い絶望とともに息を引き取る老人を前に、幾度我身の無力を知らされたことだろう。

神は絶対である。ゆえに神の意図ははかり難い。またそれを忖度してはならない。我等は皆罪人である。イエス・キリストの贖罪に比べれば我等の苦しみは大きなものではない。しかし、他者を踏み付けにして我欲をむさぼる蛮人が恣《ほしいまま》に栄華を誇る一方で、これだけの人々が、人らしい扱いさえ受けずに死んでゆく。後にヒルデガルトはその著作の中で、この世の不正を激しく糾弾するようになることとなる。

ヒルデガルトは、医師としての、また、保護者としての自分の限界を強く意識するようになって以来、むしろ死のための準備の方に力を尽くすようになった。いかにしても死は免れない。ならば、その死から絶望を除くこと。その者の生がいかに悲惨に見えようとも、神は敢えて試練を与えておられるのであり、つまりそれは神に選ばれているのだ、と告げ知らせること。

生まれた時から家もなく、一生を道端で過ごした乞食、憎まれつつ育った子、人から厭われる病に罹った人々……そうした人たちが死んでゆくとき、彼らを抱き、その耳許で、ひたすらヒルデガルトは告げた。

「あなたは必要とされていたのです、神はあなたを愛しておられる、あなたは大切な、大切な、この世になくてはならなかった人、神はあなたを愛しておられるのです、怖くはありません、誰よりつらい役目を終えたあなたを、あなたをこそ、神は待っておられるのですよ……」

生の終わりに初めて祝福を受けた人々は苦痛のさなかにも微かにほほえんで逝った。

しかしヒルデガルトの痛みは去らない。

神の営みを疑うことはありえない。しかし、運命の不条理への悲嘆は消えたことがない。鋭い金属片を結びつけた鞭で裸身を打ち、傷つけて祈ることが再三あった。人々の苦痛を僅かでも引き受けることを願ってである。

ヒルデガルトは機会あるごとに石を収集した。日々心痛め続ける中、美しい結晶や宝石に心向けている間だけはある救いが感じられたからだ。

不完全な人間である。人類はアダムとエヴァの罪によってその光を失ってしまった。しかし、神は、宝石の光のみはなくされることがなかった。その光は人類が堕落から回復し、より以上に高められるためにある。人は宝石によって心と体、さらに霊までも癒すことができるにちがいない。整然とした結晶、輝く宝石は失われた完全さを取り戻す鍵なのである。

ヒルデガルトはこのように考え、『石の書』を著わす。その最後の章には、ある究極の結晶を見出すことにより、全人類を一挙に神のもとへと引き寄せる秘法が記されるはずだった。

これは、かつてその死を看取った病者から伝えられたものである。彼はそれを「霊的結晶想」と呼んだ。ヒルデガルト五〇歳の折である。「霊的結晶想」には未だキリストの教えを知らなかった時代の、いささか危険な知恵の香りがしたが、これとてもまた後世に知らしむべき知識であることは変わらない。

秘法の記述を終えたちょうどその時、午後の陽光の下、全く耳慣れない音楽とともに、天使が現われた。その天使はこれまでに遭ったどんな天使とも違っていて、見たこともない奇妙な衣服に身を包み、そこからのぞく肌は乳白色に輝いていた。

天使は言葉を用いず、ただその周囲に光となった概念だけが漂っていた。それは、結晶と石とにかかわる、ある深いメッセージをもたらした。だがそれを言葉に直せば、ヒルデガルトの習い知る神の御業との大きな隔たりがあらわとなった。

そこで改めて見返せば、最初、天使と見えたそれはおよそ神の御使いとは異質の何かであった。神すら認めていないことが見て取れた。その光にはまた、不吉な破滅の色合いまで滲み出ていた。

驚いたヒルデガルトは悪魔が姿を変えて現われたのだと思い、十字を切って、去れ、と叫んだ。

堕天使は消えた。

ヒルデガルトは、より広くに知らしめたいとの意図を持つ『石の書』に「霊的結晶想」を含めることを思いとどまった。『霊的結晶想』を独立した別の一書とし、末尾には白い悪魔の伝えた不審な言葉をも書き足した。

これのみは他の著とは別に門外不出として地下に保管し、歴代の院長以外にはその存在さえ知られることのないよう配慮した。さらに、いずれこの予言を受け取るべき者の条件を厳格に指定しようと決めた。


白い悪魔に会って以来、どういうわけか、ヒルデガルトはいっそう天の音楽に惹かれてゆくのを抑えることができない。

ヒルデガルトは、さらにいくつものアンティフォナとレスポンソリウム、セクエンツィア、イムヌス、また宗教劇の台本と音楽を書き、ハープ、フィーデル、笛、人声で演奏させた。そしてそこに聞こえるものが本来の響き、本来の旋律でないことをいつも無念に思うのだった。

第一部　物質の時代

1　マサキ（1）　1982　東京

初日から暑い七月の宵であった。

授業を終えて、教員室へ戻った。

短い通路をゆきつつ正樹《まさき》はさいぜんの態度を悔やんだ。頭ごなしに言うべきでなかった。教師の言葉をまるで聞いていなかったことは叱るにしても、言い分を最後まで聞く公平さは見せるがよかった。いきなり怒鳴りつけた。生徒たちをいたずらに怯えさせるのがよいはずはない。

坂上がしばしばごまかしをやるのは事実だが、そうした相手にこそ毎回毎回、先入観なしに、少なくともないかのような態度で、接するべきでないのか。学習塾の教師といえど教える者のとるべき姿勢に違いはあるまい。いや、生徒のためというよりそれはただ自らの善意の正当を確保するための手続き、と率直に認めはしたが、心残りは同じだ。

決して大きな過ちではないが取り返しがつかない、日々はそういう事件に満ちていて、ささやかな悔いが消えず胸に痛いのも日常だ。とはいえ思い返して詮のないことごとに足をもつれさせているわけにもゆかず、正樹はこうしたとき、内心の荒れを静めさす人の名をひそかに念ずる。

呪文めかして唱えては速やかにその人、沙里枝《さりえ》の穏やかな微笑みが思い出され、そこで自らの口許も自然に緩めば胸中のしこりがいくらか縮んだ。

教員室はひときわ冷房が強い。

教室長の未だ戻らず、四人ばかり、講師が退社時刻を待っている。しばらく軟らかくなりすぎていた心を、正樹は常のとおりの慇懃さで覆った。

「お疲れさん」と声をかける村田に「どうも」と丁寧に頭を下げた後、脇のデスクの前に座る。

「ひとりくらい、開並中、狙えそうですか？」向かう村田の顔。

「難しいですね。算数はできるのもいますよ、二、三人。でも、国語が……」

「だめですか、やっぱり」

幾度も交わした会話であった。隣り合う村田と正樹はともに小学六年のＡクラスを担当、名門中学受験を目指すクラスである。村田は算数、正樹は国語を受け持つ。

「ところで、ご自身の方は？」村田が言う。

「いえ、こっちの方もね」

「でもいいですよ、荒瀬《あらせ》先生はまだ若い。ぼくなんか院には行ったけど……」

この話題もあまたたび持ちだされた。

正樹と組むことが決まっての学年初め、自分は大学院まで行って数理経済学を学んだが結局、大学での職が得られず、こんなことをしているのだと村田は自己紹介した。四十代半ば、大柄の男で、専任講師の一人である。正樹は非専任の時間講師という分類になる。

村田は、相棒が大学院生のアルバイト、と知ると、教室長のいない時間を見つけては、正樹の所属する研究室の状況を聞きたがった。とりわけ学内派閥には興味があるらしく、指導担当の三田村教授が社会学部長と告げるといくぶんか納得の様子が見えた。

「とにかく頑張ってくださいよ、ぼくみたいにならないように」

いつもこの言葉で話が閉じれば「ありがとうございます」とここでも正樹は深く低頭する。中学高校のおり以来か、こうした態度を取ることが、容易く反感を抱きがちな不成功者たちの前で当たり障りなく自己の内なる傲慢さを温存する手段と思い定めて久しい。

「じゃ、お先に失礼します」

定時になると、村田は教員室を出た。

「お疲れさま」

居並ぶ全員が言う。

アルバイト生として三社、学習塾を経験した正樹から見る石森塾は居心地がよい。生徒の質が高いからだ。収入は他と変わらないけれども、講師間の人間関係が希薄なのが何より正樹にはありがたい。

明後日使うテキストをロッカーに入れたままなのを思い出し、正樹は面談室に向かった。面談室とは名ばかりの、教材置場になり果てている。扉を開けると、一人、テーブルに向かう生徒の横顔を目にした。

「山内《やまうち》、居残り？」声をかけて、今また心は鎧うことを忘れかけている。

「自習です」

生徒が自習のために使うことも許されている。

山内武夫《たけお》は正樹の受け持つ六Aクラスの一人で成績は中くらい、宿題は忘れたことがない。小柄で色白、おとなしく、もの静かである。人と衝突することがない。扱い易い生徒の筆頭であったが、初めて知ったさい、正樹はなにやらん、他の生徒と異なる息づかいを察した。自らにも似た孤独なたたずまいと見えた。

ふざけ、慣れ合い、取っ組み合いをする風な種類の積極性もない。授業中はさほどでないが、科目間の短い休み時間、他の者が廊下を走り回っている時も、武夫は放心したように天井を見上げていることが多かった。だが一方で人に接する素振りが細心である。よく他者の意向を読んだ。

武夫はいじめに遭わなかった。出すぎず迎合せずまた頑なにもならず、ゆえにか迎える級友の扱いは概ね好意的であったが、特別に親しい者はいないもようである。

具体的にどこがとは言い難いものの、自分に近いと正樹が覚えたのはその処世の態度ばかりではない。

「まだ帰らないの？」テーブルの脇に並ぶロッカーからテキストを取り出しながら正樹はもう一言かけた。

「もう少し」

「そうか。頑張って」

いつの頃からか受験生に向ける決まり文句となった励ましの語の凡庸はその都度正樹を辟易させるのだがこの場合、他に適当な言い換えを思いつかない。

と苦笑し投げやる心のまま、漂い出した視線が生徒の展《ひろ》げたノートに異なものをとらえた。端の方に図形めいた幾つか、そう言えば山内のノートには以前も同じ趣の絵を見かけた憶えがある。授業中のことではあり、敢えて尋ねもしなかったが、ひきかえて今、感じ取るわずかな親密さの差によってか、正樹は続くべき問いを言葉に乗せた。

「なにそれ、落書？」

「違います、これは……」

いくらか困惑げの、普段には見せない態度がもう一回り、正樹の興味を惹いた。

「何なんだい？　これ」

「これは……」

「鳥の絵だね」

指さしてみて、確かに翼を広げた鳥と見えなくもないが、鳥にしてはくちばしも脚もない。黒く塗り潰された棒のようなものの両側に三日月型の翼らしいものがあるばかり、まずは翼と見たものの、重ねて描かれているため一枚ずつに見えるのは、よく目をこらせば左右二枚に重なる膜のようである。

「鳥じゃない……ゲルトールド」

「え？」

「ゲルトールドっていう生き物なの」

「何に出てくるの？　漫画？　テレビ？」

「そうじゃなくて、これは……」

見上げる武夫の視線が正樹の顔色をうかがう様子は、それが彼の秘密に関わるためらしい。

「先生には教えてあげる。これはブンダーバールトっていうところにいる」

「ブンダーバールト」

「これも、これも、皆そこにいる」

武夫の指は水面を跳ねる小石のように次々と他の図を示した。

「これはエダールーベン。これはダフシュターン、これはバルザムシュタイン」

「ドイツ語みたいだね」

「そう……」

「ブンダーバールトってのはどこにあるの？」

「ここじゃない、どこか」

「君の空想？」

「違うの」

「誰かに教えてもらった？」

「バルザムシュタインだけ」

そう答えて示した絵は、珍物奇獣めいた他のものと明らかに異なる。水晶の結晶に似て、ならば両錐理想形といわれる最も整った形にあたる。

「水晶？　これ」

「まあそんなもの」

「誰に教わったの？」

「おじさん」

「岩石の研究か何かしてる人？」

「してない」

「でも石とか結晶には詳しいんだろ」

「うん……そうかな……」

「ならこれは標本か何か……」

「違う。地上にはないものだって、おじさんは言ってた」

「地上にない。すると？　こういうのはどこから来たの？」

「バルザムシュタインの周りを浮いてる」

武夫の話は気長く一足ずつに深い場所まで進んだ。常々性急なたちの正樹だが、このたびは理由わからずながら焦れることもなく、おぼつかない案内人の歩みに合わせ辿った果て、武夫の語るその場所とは、現実世界を越えたどこか、と、それより他に結局、言い表わしようもない。確かにその名がドイツ語ならば「ヴンダーヴェルト」は「驚異の世界」といった意味になると正樹は記憶する。

ブンダーバールトは現世界よりいま少しだけ単純な原理に従う宇宙である。中心に至高の結晶、バルザムシュタインが無限に届く光を放つ。

武夫の叔父の伝えたのは要するにこれだけであったという。

断片の不完結が忘れ難さをつのらせてか、機会あるたび此処と異なる透明簡潔な宇宙を思い描くならいが身について程ない頃、武夫は結晶の周囲を浮遊する奇妙な生き物の存在に気づいた。決して思い付いたというのではない、発見したのだ、と強い口調で武夫、そのひとつが鳥に似た形のゲルトールドであり、細かいとげに包まれた星型のダフシュターン、膜状・半透明の巨大なバラルディッヒ、そして皿のような形の胴に三枚の羽根を持つグロッケンドライであった。ごく勝手に与えた名とはいえ、半ばは予め決まっていたような気もすると武夫は言う。ひとたび気づけば陸続と新たなものが見出された。

　その都度絵として書き留めたと、武夫は、家に帰れば、生物群ひとつひとつの形をすべて描き出し、習性まで記録した図鑑があるとも言った。

「毎日見つかる？」

「毎日じゃない。今は見つかる時も、全然見つからない時もある。新しい生き物に出会うと嬉しい」

「君もブンダーバールトではふわふわ浮いてる？」

「グロッケンドライに乗せてもらってる。友達なの」

　休憩時間中の武夫の眼にはそうしたものが見えていたのか、そこにあるのはたとえば伝え聞くあのバージェス頁岩《けつがん》発掘現場、ひたすら続く奇想天外な古生物発見に立ち合う学者のそれに似た喜びでもあるか、と少し羨望混じりに頷いて、やがて部屋を去り際、正樹は友人に頼むような口調で武夫に告げた。

「新種が見つかったら、教えてくれ、必ずだ」

　あくる日である、正樹は三田村教授に一人で来いと呼ばれ、研究室にいた。

「近く、都内に新設される大学がある。一年半ほど先だ。以前わたしの同僚だった男がそこの学長になる予定と聞いている。まだ募集はしてないが、その時は君も教員に推薦するつもりでいる」

　学部生時代から三田村教授とはことごとに気が合い、重用された正樹は、自らの立場に文句を挟む資格の者はよもやないと自負している。自身、院生からは一目置かれていることを認めていた。真剣に、また教授から命じられるまま、こまごまと地味な研究をこなした上、数多く提出した論文は学会誌に幾度も掲載されている。公私に関わらず、教授の秘書のようにして煩雑な仕事を誰より多く請け負ってもきたのである。

　その夜は沙里枝とともに過ごした。

「今思うと、ほんと、荒んでたな」

「何が？」

「四年前の自分なんて……」

「今は？」

　正樹は沙里枝の首筋に口づけた。

「きのう、森が見つかった」

　七月も、はや半ば過ぎ、そろそろ夜が濃さを増してくる頃、武夫が言った。正樹は敢えて言葉を挟まず、武夫の話にただ耳を傾けた。毎週、火曜日と木曜日の授業終了後、面談室で武夫の報告を聞くのが正樹の習慣になりつつあった。

「六本の樹の根が絡まってできたものなんだけど、複雑で」

武夫の繊細な指がシャープペンを取って、描き始める所作は慣れたものである。たちまち、球形に結び合わさった根の塊が姿を見せた。六つの方向に幹を伸ばしそれぞれに枝葉を繁らせてできあがる。図解に達者な武夫であれば、根のからむ部分にはところどころ隙間を開け、斜線で影を描き込んで見せることも忘れない。

「こういうのがバルザムシュタインの周りを回って。樹の種類が六本とも違う。枝がものすごくたくさんで長く伸びてて。葉も多いから森って呼ぶことにした。外側は葉っぱがいっぱいで、枝にはプローズーンの巣がたくさんある。根の奥は空洞。いろんな、小さいものが住んでる」

「知らない生き物か?」

「ほとんどが知らないのばっかり」

「図鑑が大変だね」

「一年がかりでも調査するつもり」

「楽しみだ」本心で言う。

再び武夫は描いた。紡錘形の胴の中心に円形の眼がひとつ、上下の先端にほうきのように細長い毛があまた、その毛に丸い玉のようなものが幾つも幾つもへばりついている。眼には三つの瞳がある。

「森の主。根のジャングルの中心が大きながらんどうって言ったでしょ、そこに浮かんでる。何でも知ってて。賢い。眼の色が変わるから何を考えてるかわかる。元気のないのがいると、毛の中にいるミミルーを飛ばして慰める」

解説をはさむとともに武夫は改めて、毛糸玉のような小さい球形で口だけを持つミミルーの拡大図を描いて見せた。

「主の名前は？」

「アルパトスハルア。枝の方には……」

さらに筆は動く。楕円形の胴、一端に兎の耳のようなものが二本ついた。細かい線で影をつけ、全身をおおう毛を表現した。

「これはピット。飛び兎。トポの樹にはたくさんいる。さわるとふかふかの毛が生えてて、可愛い。トポの枝に成る。樹の実なの。熟すと樹から離れて飛び回るんだけど、あんまり離れ過ぎるとしぼむ」

飛び兎ピットは臆病で、しばしば通るブロンパーフなどに出会うと、怯えて一斉に逃げる。非常な速さなのだ。

ブロンパーフは絶えず破裂を繰り返す肉球の集合体である。大変な音を立てて身体を破裂させ、その推進力で空中を進む。破裂した球の中からは即座に新しい球体が膨らみ、速やかに元の大きさとなる。探査初期に発見された生物のひとつ、と武夫は言った。

「バルザムシュタインからもっと遠くに行くと。他にもこんな森が。いっぱいありそうなんだな」

正樹の脳裏に、今やあざやかに映る、根だけの球体、幹を高く突き出して枝を広げた樹木の惑星が、結晶の周りの軌道を巡る。

武夫はこの日も持参の『ブンダーバールト生物図鑑』を見せてくれた。

大学の研究室では、三田村教授の著作集編纂プロジェクトが立ち上がっていた。正樹も主要メンバーのひとりに選ばれ、俄かに忙しさが増した。沙里枝も三田村ゼミの一員なので、多忙は同じだったが、時折、正樹の愚痴を聞いてくれ、そんな日は大抵、正樹のアパートに泊った。

非専任の正樹は専任講師より遅い出勤が許されている。通常授業最後の日である。七月は終りかけていた。塾では次週から夏休みのプログラムが始まる。

タイムカードを押した正樹に、待ちかねていたふうな面持の村田が告げた。

「荒瀬先生、六年Aクラスの山内君。来月から退塾するって連絡がありました」

耳疑うが嘘ではありえない、だが先週の面談室ではそぶりもなかった。ならば、俄かに不審も伴ってひどく驚きである。そして何より落胆である。

「どうしたんだろう。なんか不満でもあるんでしょうか」曇る声は演技でもない。

「今日、お母さんから連絡があったんですが。授業内容や成績に問題があるんじゃなくて、引っ越すらしいんですよ」

「お父さんの転勤で？」

「いや、ご両親が離婚するんです。山内の母親は、もうここまできたからって、さばさばした感じで、武夫を連れて親元へ帰るって。広島だそうですね」

武夫は一度も告げなかったのだ。正樹と話す時間の大切さに、そうした告白は遠ざけておきたかったのだとはわかるものの、それはそれとしてやはり正樹は不本意である。

授業の後、正樹は最後の進路相談と称して武夫を面談室に呼び扉を閉ざし、二人だけで話した。

「ご両親、離婚するんだって？」

「うん」

「来月からもう来ないんだね」

「うん」

「残念だよ。せっかく……」

「ぼくも」

その後は言葉が続かない。武夫は沈んでいた。

自習と称して遅くまで塾にいた理由も、今は納得できた。これまではその表情に翳りを目立たせることがいくらもなかった。心を表に剝き出す例しのない少年であった。

「何の役にも立てなかったけど、元気で……」

その続きがどうも重いのである。事実に即した話をすれば重量はいや増す。たちまち話柄を失い黙してしばらく、武夫の方が口を開いた。異世界の事情を報告する時の活気が少しだけ蘇っている。

「先生に贈物をあげるね」

「何？」

「受け取れる人は限られてるけど、先生ならきっと大丈夫だよ」

「どうやるの？」

「まず眼を閉じて。それから、じっと、真っ暗で、何もないところを思い浮かべて」

素直に何もない空間、真の空虚を想像した。次の言葉を待つが武夫はなかなか伝えてこない。

そのうち思いもよらず、虚空の広さ、空しさ、暗さが真に迫ってきた。ここには何の存在もない何の意味もないと思い始めると胸の中に冷え冷えとした重苦しさが溜る。未来もない過去もない。出口がなく、逃げようもない。人という限られたものには耐え得ぬ。人の居場所でないのだ。どうしたことだろう、一人の子供の、これだけの暗示で世界が完全な闇に閉ざされてしまう。

恐ろしい。何か、何かつかむものはないか？　何かよりどころとなるものは……

「…………」

武夫の声がした。歌うような、意味不明の奇妙な発音であった。特徴的なメロディを持っていた。

その言葉とともに光が見えた。一点の輝きから、見る見る広がり、それは巨大な宝石のような結晶となり、虚空は一挙に充実した意味の空間に変わった。正樹は大きく息を吸い込んだ。

「眼を開けていいよ」

僅かのためらいの後、見開いた。一足に何光年もの大空間を越えてきたような戦きは今も正樹の胸にある。

「どう？　見えた？」

「ああ。見えた」

「よかった。おじさんも、こうやって貰ってきたんだって」

「ピアニストだったけど、二年前死んじゃった。だから、これ、おじさんの形見」

「ふうん。おじさん、今は何してるの？」

「自分のことを『クリスタリジーレナー』って言ってたって」

「どういう人だろう」

「サナートなんとかっていうオーストリアの人。おじさんは若い頃、ウイーンに留学してた」

「誰から？」


武夫が塾を去ってから七か月が経った。空気は冷えた。受験の時期である。塾は慌ただしかったが、とりわけ面倒な仕事は専任講師たちが受け持った。

村田は相変わらず正樹の学内での立場を尋ね、正樹は三田村教授の著作集が近く出版されることを抑制した口調で話した。

「編集委員なんですか？」

「いいえ、ぼくらは雑用係です」

村田はそれで得心したらしかった。

更に一か月後、ほぼ受験結果が出揃って、見れば、正樹と村田のクラスからは有名進学校へ五人、有名大学の付属中学校に四人合格、まずまずの結果と言えた。教室長から正樹に契約更新の相談があり、正樹は来年度もお願いします、と頭を下げた。

「おい、落ち着いて聞け、……」深夜、高崎先輩からの電話であった。数時間前、三田村教授が倒れ、意識不明のまま病院へ担ぎ込まれたが、四十分ほど前に死亡、蜘蛛膜下出血という。

正樹はその夜眠らず、早朝、数人の学生と教授の屋敷を訪れた。

葬儀のための煩雑な仕事が始まった。それは実質三日を要し、何ひとつ達成感なしに時間だけが過ぎた。

沙里枝に向かって嘆く気にもならなかった。彼女はすでに、ある女子短大の講師の募集に合格していた。由縁のある人が理事にいるという。あとひと月もたてば未来ある大学人になる。

正樹は博士過程を満了する時期に来ていた。来年四月には大学院を出ねばならない。提出論文は最高度の緻密さで問われることになる。しかし多忙を極める編集作業を今降りることは許されない。さらにその中での、後盾もない就職活動は諦める以外なかった。

九月、正樹の担当した仕事が終わった。

三田村憲一郎著作集全六巻が完結し、盛大な打ち上げがあったその夜、正樹は沙里枝と何度目かのいさかいをした。

「マサキは、もう前のマサキじゃない」

正樹も最近の沙里枝が以前とはおよそ違った心向けを巧むように思えた。二人はひどく言い争って別れた。

翌日、正樹は沙里枝からの電話を待ち、次の日は自分から電話をした。出なかった。

一週間後、沙里枝から手紙が来た。書かれてあることは読まずともわかっていた。

雨が降っている。ここ二日、降り続けている。正樹は敷いたままの布団の上に転がってテレビばかり観た。十月であるのに寒い日が続く。塾の仕事を休み始めて三日目となる。

郷里の伯母から二度ほど連絡が、中に仕事ならこっちで探せ、という話もあった。

磨り減っている、と思う。感情が鈍くなっている。ならば泥中の錆び鎌のように鈍り切ってしまいたかった。意識を集中させたくないのでつけたままにしているテレビは、このアパートに入ってしばらくした頃、線路脇に捨ててあるのを見つけて持って来た無用品で、型は古いが今も映りは悪くない。本以外に財産と言えるのはこれくらいだ、とよく人に言いもした。

今時、苦学生なんてどれだけいるのか、と、ふと考え、慌て、どうでもよいことと思い直す、その少し手前の画面を、通り過ぎてゆく色彩が鮮やかに音は多様に、だがそこに意味ある形は見出せないのも今は望ましいことだ。

買い置きの食物がなくなりかけている。

空腹なはずだがあまり感じない。だるいだけである。寝よう、そう思えばテレビのスイッチを切るさえものぐさく、放たれる音と映像をそのままに眼を閉じる。さんざ眠った後なので眠れない。けたたましい声や音楽の後ろには低く単調で気も遠くなりそうな雨の音が横たわる。

湿った匂いで思い出すのは六年前の父の葬儀である。あのときも雨が降った。

父は小さな印刷所をやっていた。

印刷工として二十年働いた後、借金に借金を重ね、得た自分の仕事場である。貧しくもおのが根城を持って五年、父は昼夜懸命に働き続けた。ようやく借金も減りかけた頃、正樹の大学院進学が決まったのは三田村教授からの誘いによる。

特に能力を買われた事情、しばらく助手を務めるなら将来に渡って便宜を図るという条件のもとにあることを告げ、父の承諾を得た。三田村教授は縁故者をあまり採らない上、学界には相当発言力のある人で、自らの経済状態から半ばは諦めていた学者への道もこのとき開けたかに見えた。

高校・大学での飛び抜けた成績から正樹に著しく期待していた父は、三田村教授の約束を僥倖と見て、以来一層仕事量を増やし、正樹の大学院での費用に充てた。母は正樹の幼い頃すでにおらず、家事を受け持ってくれていた祖母も四年前に亡くなっている。

徹夜明けだったらしい。打ち続く不眠不休で眩暈を起こし、よろめいた拍子、機械に左手を挟まれた。立ち直る余裕もないまま父は印刷機に巻き込まれ、瞬く間に肉塊と化した。事後からそう推定されるという。

「わたしもいろいろな仏さんを見てきましたがね、ここまでの方は初めてでしたよ」

と葬儀屋は言った。

土地と機材をすべて売り払い、借金は返したものの、後には何も残らない。ならばと学問に執着しない弟の宏樹は高校卒業後、自ら望んで地元の商事会社に就職した。それで正樹はともあれ自らの稼ぎと奨学金とで学業を続けることができたのだ。今も郷里には弟が一人、社宅住まいである。

無理を重ねて大学院へ入った、父の死の遠因もそれである、正樹は考えまいとする。考え出したら終わりであると思う。

雑事を思い浮かべようとする。無用な記憶、無意味な記憶……何でもよい、とにかく他ごとを……

おや？

眠っていたのか、いなかったか、あのピアノは今しの、妙なテレビコマーシャルに使われていた音だろうか？

正樹は、眼を閉じたまま、あらぬ意識が先行き任せとなるのを感じ始め、それは入眠時にありがちな、想像が意志を離れて勝手にどこかへ向かい遊ぶ、ああ、ではまた眠れるか。耳の奥にはただ澄んだピアノの音、すぐ他の音楽そしてわわしい宣伝文句がかぶさってきたが、特徴的な音形の繰り返しだけは後まで残った。

稀に、全く異なったものが、奇妙に似かよった印象を持つことがある。ピアノの響きはなにゆえか、ある一枚の絵の印象を引き寄せてくる。

美術に関する評論も数多く手がけてきた三田村教授であれば著作集には美術評論部門が独立に立てられ、編纂中、正樹も幾度となく、美術雑誌のバックナンバーを繙読《はんどく》する機会を得た。そのいずれかの「シュルレアリスム特集」中に紹介されていた絵ではなかったか、かなり前のことで、作者は確かフランス人、名はアラン・……姓は忘れた。題名は『都市』だったと記憶する。

画面下四分の三ほどに描かれたおびただしい石の集積が主題と言えるのだろう、人間や人工物はなかった。重なり並ぶ石はどれも平たく丸みを帯びて、色は薄い青もあれば赤みがかったもの、黄色、白、灰色など、あまり濃い色のものはなく、並ぶ位置にいくらか規則性があるが大きさは一定していない。画面上方を見ると、薄紫色の空の右端に小さく、無数の細長い棘を突き出す真っ青な、いが栗状の鉱石が浮いており、一度眼にしただけだが、構図の印象深さゆえか特別異様に思え今も細部まで忘れていない。何がこれほど気を惹いたのだろう？

　どうした由来か筋道か、やみくもに今、知りたい気がつのってくる。正樹は俄かに意識を強く張った。澄み切った透明さ。そこから記憶の細い針のようなものが延びて、真直、極細の、どこに向かっているか、先の先を辿ることに集中しても、懸命に行く前方のまだ見えぬ、そこからさらにさらに、何かが姿を現わしかけているのだ。絵が気になった理由は？

　結晶……？　そうか！

　ぱん、と弾けたような感触に身も顫え、俄然それは輝きとしてあった。

思い出した。果てのない虚空。そこに光を点すもの。

　バルザムシュタイン。見える。唯見る。眼裏《まなうら》の闇に鮮やかな結晶が輝かしい。

　正樹は瞼の下に漲る内なる視力の限り、輝きに真向かおうと思った。

眺め入るうちにも自然と距離の自覚が生じ、やや波だち始めた意識が不意に認める、結晶は武夫の図と形態が違う。

　武夫はそれを上下に尖った水晶と同じと言った。しかし正樹の視界の先には、厳格な規則性を持つ一面が正五角形、するといずれもが過不足なく組み合うならば正十二面体となるはずで、正樹の知るところこれに近い結晶に黄鉄鉱がある。しかし眼前に浮かぶそれは金属でなく、自体で光を放っていながら水晶と同じ透明度を保っていた。

　とともに、何もない空間を浮遊している自らの体を今更に、正樹は、これか、武夫の瞑想状態とはこうした様子だったか、感触だったか、と思い知る。

　典雅な舞曲を舞うような速度で結晶の周囲をゆるやかに巡ればその巨大さ途方もなさがなお実感された。そのとき虚空に見出す自己以外の、やはり結晶の周囲を回るともがらが幾多、黒い、茶色い、灰色の、いずれも岩の塊である。ごく小さいつぶてのようなものからビル一つ分くらいの大きさのもの、さらに大きい、いくつも連なる大山脈のような巨岩が五つ、各々の速度と軌道とで、正確な円弧を描く。岩は結晶バルザムシュタインを巡る惑星にあたると考えるなら、ここにまた武夫の世界との違いがあった。正樹の見る空間に生物たちも樹の塊も見当たらず、代わりに鈍色《にびいろ》の岩石ばかりがある。それはきわめて淋しい世界だが、無人の図書館で一人古い書物をひもとくような、心静まる穏やかさに満ちてもいる。

　最も大きな岩塊に降りてみて初めて知るのは、ここでは浮遊する感がない。固く岩を踏んで歩くことができる。重力があるのだ。足許を見れば、至る処さまざまな鉱物が結晶して、金色、銀色、無色透明、尖った、丸い、千差万別の石たちの、それは無言の賑《にぎわ》いと言えただろうか。

　歩き回って幾許《いくばく》もなく、巨大な洞窟が口を開いているのを知ると、すぐさま入ってみようと思うのだが、中はよほど暗い様子である。正樹はさいぜん、緩いながらみずから光を放つ鉱物を見出していたことを思い、取りに戻った。

　オレンジ色の柔らかい光を放つ、ほぼ球形の鉱物がころころと遊ぶようにあり、容易に採取できた。

人の頭大のものだが両手で支え持つと予想したより重くない。摩りガラスのような手触りである。「蜜柑球《タンジェリンボール》と呼ぼう。これは『タンジェリウム』が球状になったものなのだ」正樹は内心に告げ、球体を手に洞窟へ、タンジェリンボールの照らす洞内は暖かげだ。奥まればまた別個に、白色光を放つ棒状の鉱物が発見される。なんとなく感覚でフロレーゼンと名付けた。

さらに進む正樹の耳に、囁くような不可思議な音が届き始め、音量は大きくないが快い音がヴァイオリンの音色に似ている。音の源にあったのは硫酸銅をも思わせる濃い青色の結晶で、海胆か栗のいがのような放射状の針を持ち、その何本かを脚にして岩壁からは独立して転がる。画家アランの作品『都市』で見たものに似ていた。

棘に触れると僅かに音程が変化する。触れれば触れるほど音は下がる。

音楽石、武夫に倣ってドイツ風に、ムジークシュタインと命名してみる。慣れればこれを用いた演奏も可能と思われたからだ。

およそ繁茂しているとは見えなかったものの、この世界にも生物は存外おびただしくいることがやがて知れてきた。

洞窟の片隅に幾つも寄り合うふかふかした丸く白いもの、それが手を伸ばし触れようとすると一斉に逃げ去った。たまたまひとつを捕えてみればひどく重い。生きて動くものではあるが鉱物性の身体を持つらしく、毛と見えたところも石綿か何かと思われる、有機質のそれとはことごとく身体組織が異なるのだろう、しかし形に見覚えがある。青い眼と突き出た耳があった。「飛び兎」だ、こんなところに来ていたのか、正樹はそれをピットと呼ぶことにした。

数日もすると外出することが苦痛でなくなり、正樹は教室長に一週間の失態を深く詫びた後、嘆くでもなく虚勢を張るでもなく塾に通った。空いた時間にはいつどこでも石の世界を探索した。やがて眼を閉じずとも静かな空間にゆきつくことができるようになった。

この頃、正樹は純粋な水を含む鉱物を発見した。氷砂糖様《よう》の脆い半透明の石の中に水を蓄えている。喉が乾いた時は割って水を飲むことができ、破片は短時間で空気中に気化してしまう。ヴァッサードルトと名づけた。

岩に生息する苔を幾種類か覚えた。絶えず胞子を放っているかと思えば、その胞子を食らう浮遊生物もいて、どれも身体を珪素で造るものが多かった。

やや湿りけのあるあたりでは貝のような殻を持つ種族にでくわす。

生物ではないが、結晶が花のように咲く現象、クリスタラブルームと正樹が名づけた赤い色のそれは、地下の鉱脈の中に一昼夜かかって開き、開花の間中、ムジークシュタインと共鳴して変化極まる音楽を奏でさせた。

短時間に昇華と凝固を繰り返す物質に富み、結晶しては素早く気化し、無生物もまた自在に場所を移動する。液状のものは比較的少なかったが、ある岩塊の洞窟の底に、水銀を思わせる重い液体の湖があった。鏡のように静まったその表面にはときおり僅かな歪みが生じ、これによって岩塊全体の揺らぎが知られるのだった。

随時、探査のための道具を工夫し始めていた正樹だが、岩塊から離れて浮遊するときの推進力となるエネルギー・ストーンを手に入れて後、行動範囲は大きく飛躍を見た。脆い棒状の石で、端を折ると猛烈に熱と火が吹き出す。取り扱いには注意を要するが、おかげで金属の溶接が可能となり、空中を飛ぶ事も自在となった。

満遍なく岩塊を行き来すること数十たびに及ぶ頃、さらに大きな発見があった。化石である。最大岩塊五つの内の四つに四部分が分かれて埋まり込んでいる。眼にする部分から完成した形を想像すれば体長数千キロを越す甲冑魚の姿となった。

見出されたものがひとつであれ、同様の化石は至るところ隠れ潜むに相違ない。ならばすべての岩塊群は元来、結晶を中心に抱いたひとつの塊だったのかも知れず、また、宇宙全体、かつて水に満たされていた可能性もある。

遥かの過去、何らかの生物による文明が存在したらしい証拠、そんなものが不完全ながら見出されもした。黒耀石のように真っ黒な時間石も見つかった。内部に凝縮された時間が周囲に影響するのか、かたわらにあれば、僅かに時間の速度が変化することを正樹は知った。時間石の存在はこの世界の時間がもともと不均質であることを示しており……まだ謎は深い。

塾で待機中、ふと村田が、

「最近、荒瀬先生、よくぼんやりしてますね」

と言った。

予期したとおりどの大学にも職はなかった。

中学・高校の教員採用試験も受けてはみたが、正規の採用通知は来なかった。

正樹は来年度から専任講師として石森塾に勤務することを願い出た。

同僚から「最近、人が変わったようですね」と言われた。酒宴に誘われることが増えた。


年度最後の授業となった。

正樹は卒業する塾生たちに告げた。

「ぼくは塾の教師として誠実にやってきたつもりだけど、君たちの心の問題に触れることはなかった。もともとここが知識と受験技術だけを教える場所だからだ。それでいいと思う。でも、最後だけ、君たちの心に贈物をしてみようと思う。それは受け取れる人もあるし、受け取れない人もあるだろうけど、受け取れないなら仕方ない、そういう人は自分に合った好きなこと楽しいことが他にいっぱいあるんだから羨ましがらなくていいよ。いいか、じゃ、まず眼を閉じて……」

2　アナベル　1965　コロラド

アナベルはアラン・デュカス作品目録を金庫から出すと寝室を出た。最後の番号を確認すると

８１２とあった。

　振り返れば二階の窓の外に空が青い。今は見慣れた風景が眼下に広がる。アメリカ・アリゾナ州、グランドキャニオン国立公園にほど近い高台から望まれる荒涼とした岩山の列はアランの描いた奇妙なオブジェの群れを思わせなくもない。いずれ、美術批評家たちの中からグランドキャニオンとデュカスのモチーフとの関連を論じた評論を手掛ける者が現われることだろう。

　しかしアナベルは知っている。アランは自然に対してほとんど目を向けない人だった。実際の何をもモデルにしていない画ばかり描いてアランは死んだ。

　彼が見ていたのはどこから来るとも知れない異世界の消息だ。異世界。そう呼ぶ他あるまい。しかし、それは必ず懐かしげな印象を伴っていて、アナベルには自分に無関係の場所と思えないのだった。アランは心の果てに見たものを写し取っただけだ、そしてそれは自分の心の果ての風景でもある。二人の心には通底するものがある。彼の作品を初めて知った時そう感じた。以後その感じは強まるばかりだ。しかし、アナベルが侯爵夫人の名を捨て、アランとともに合衆国へ渡った理由は何も芸術上の一致によるものではない。

　アランに初めて会った時から惹かれた。同質の魂を持つ相手だと思った。彼の作品への例外のない共感はその反映だ。自身、絵を描くアナベルには、アランの作品が、これまで気づかなかった自分を語ってくれているようにすら思えた。それは創作と呼ばれ、ときにコンクールの受賞の対象となるものとも違う。画家の絵ではない。

　アランは自分を画家と言わなかった。

「ぼくの描くものはぼくを通して描かれているだけだ。ぼくを芸術家と呼ぶな。ぼくはただの中継地点だ。ぼくは何ものも作りはしない。ぼくの前でイメージが生成してゆくだけだ」

　このような言葉をパリの酒場で呟くアランの前に、ある日、父親のような威厳を持つ紳士が立った。名をアンドレ・ブルトンという。

「アラン・デュカスは未知の視覚においてシュルレアリストである」

　しばらくしてブルトンは自分の編集する機関誌にこう宣言した。アランは狂喜した。以前からアランはブルトンを尊敬していた。

「一九一九年、パリで、ブルトンはシュルレアリスムという世界変革の方法を編み出したのだ」後年のアランの言葉から。

　その十年後、アランはブルトンの最も信篤い同胞の一人として遇されていた。アナベルが現われるまでは、彼ら二人の関係は理想的な父と子であり、師弟であったと言えるだろう。

　アナベルがアランと相《あい》会《あ》うようになってから彼とブルトンとの信頼関係は以前の緊密さを失った。しかしそれは早晩訪れるべき結果だったとアナベルは思う。

　ブルトンという男は一方にひどく純粋なものも持っていたが、その行動は常に専制君主の色合いを帯びた。ひとたびはシュルレアリストと認められたメンバーも時とともに破門された。アランだけが例外でありえただろうか？

　とはいえ、いずれブルトンがアランを破門したか、しなかったか、それは問題ではない。アナベルはアランを愛したのだ。アランもまたアナベルに感応した。アナベルにはこの事実だけがある。

アメリカの富豪の娘として生まれ、ヨーロッパ旅行中に知り合ったイタリアの貴族と結婚後、良人とともにパリに留まり、詩人として、また女流画家として知られていたアナベル・マリア・ディ・インギラーミ侯爵夫人にアランはただお前が欲しいというだけの真直な視線を浴びせた。

おりしも一九三九年、第二時世界大戦勃発。

間もなくアランはニューヨークでシュルレアリスム展が開かれたのを機に新大陸へ渡った。夫との不和から生地に戻ったアナベルと展覧会場で再会。

すでにアランはその妻、ルイーズと別れていた。アナベルはインギラーミ侯との離婚手続きを急ぐ。四〇年、法的手続きは完了し、直ちに合衆国でアランと結婚。四五年、終戦。四六年、アランは永住を決意し、アメリカの市民権を獲得。

ニューヨークに続いてサンフランシスコで開かれたデュカス展はフランスにおけるそれとは比べ物にならないほどの高い評価を得た。デュカスはアメリカの習慣にすぐ慣れたが、唯一、パリにあるようなキャッフェがないことを嘆いた。

創作の時間はできるだけ孤独でありたいというアランの希望から、現在の屋敷に居を定めたのが十七年前。コロニアル様式で、広間が二つあり、それらは互いのアトリエとして使われた。購入はすべてアナベルの資産による。

アランとともに暮らすようになってしばらくするとアナベルはほとんど創作から離れた。それと相対するようにアランは多作となり、その作品は抽象度を増し、ある予感のようなものを湛える絵が増えた。

一九五九年、一月二十日、アラン急死。原因は朝、ベッドから落ちて頭を打ったことによる。
以後、六年かかってアナベルはアランの作品目録を作り上げた。

ブラックフィールド氏は時間どおりに現われた。生前からアランの作品を一手に取り扱ってくれた美術商である。かねて約束の作品目録完成の件を手紙で伝えてあった。

「マダム、よくおやりになりました……」

ブラックフィールド氏はしきりに誉め言葉を発しながら目録を受け取った。

「値も上がる一方です」

アナベルは聞き流した。

ブルトンとは二度会ったことがある。ひどく男らしさにこだわる不寛容な男というのがアナベルの率直な感想である。シュルレアリスム運動を起こしてからは「女性の魔力」とか「女性的想像力」とかを誉めたたえているが、そのようにして観念的に女性を持ち上げる男に限って生身の女を蔑視しているものだ。彼もその典型のようにアナベルには見えた。

ブルトンの方でも、アナベルを好意的には評価しなかった。パリでアナベルの絵が数点公開された折にもブルトンはたんなるブルジョワ娘の遊び程度にしか見ていなかった。アランがアナベルと結婚したことに対し、後に、アランがブルジョワ化したのはひどく残念だという意味のことを告げていたとも聞く。

しかし、結婚後も、アランがブルトンを師と仰ぐ態度は変わらなかった。とりわけその自動書記の発見は人類始まって以来の驚くべき革命だと言うのだった。

「特別の才能とか、長い修行とか、そういうものなしに、誰でも『ヴォワイヤン』になれる、そういう方法を彼は教えた。ヨガの修行でもない、神秘体験でもない、普通の人が普通のままで、世界はその途方もない顔を見せると教えたんだ」

ことあるごとにアランは言った。彼ブルトンこそ『ヴォワイヤン』だと。ヴォワイヤン、見者とはアルチュール・ランボーがその書簡の中で告げた詩人の在り方である。

> ぼくはヴォワイヤンであらねばならない、自らをヴォワイヤンたらしめねばならぬ、と言うのです。「詩人」はあらゆる感覚の、長期にわたる、大がかりな、そして理由のある錯乱を通じてヴォワイヤンとなるのです。……
>
> ……彼は未知のものに到達するのです。

その言葉はブルトンの方法に逐一あてはまるとアランは言った。

「思いつく、という作為より早く、手を動かす。そうしてどんどん速度を上げて書いてゆくと、そのうち、主語は一人称から不定称になって最後には消滅する。動詞もなくなる。後には名詞と形容詞、前置詞だけが残る。

それはもうオブジェの世界だ。人間の主観を離れて、ものが、ものだけが跳梁する世界。

ぼくの絵と同じだ。それは一人の個人が『作る』んではない、どこから来るとも知れないイマージュの生成に立ち会うことなんだ……」

アランもまた、リアリズムと呼ばれる意図的な手法によってだけでは世界が表現しきれないと常々話していた。自分の一見別世界のような絵は、この世界の、眼に見えない真の有様を示そうとした試みの一端なのだ、と。

ブラックフィールド氏を送り出すと、アナベルは居間へ戻って電話をかけた。パリ時代から現在まで一貫してアランに好意的な唯一の友、マイケル・エリントンに経過を知らせるためだ。アナベルは遂に作品目録が完成したこと、後の手続きはブラックフィールド氏に一任してあること、等をよく響くアルトで語った。

その後、アナベルはテラスへ出て午後の陽の下で少しまどろんだ。

その若い晩年、アランは武器に興味を示した。リヴォルヴァー式の拳銃を数梃買い求め、よく手にしていたものである。ときおり外で岩を撃った。いつも弾丸を装塡したまま部屋に置いていた。危ないからやめて、とアナベルが何度言っても、アランは、弾丸を込めて握ったときの硬さ重さ、そして適度の危険が実に心地よい、と答えるばかりだった。

アナベルには、銃を手にして悦に入るアランの様子が枯渇の表われのように思えた。

すでにアランの前に、世界は生成しなくなっていたのではないだろうか。アランは、自分の世界の終末までを描き終えてしまっていたのでは？

初期のアランの描く世界は全体がぼんやりと濁り、海底のような趣があった。一つの世界の創世期のようにも見える。それが時とともにだんだん明度が増し、見通しがよくなって、岩石か結晶を思わせるオブジェが画面下の方から増え始めた。

中期を越えるあたりから、もはや水中ではなく乾いた大気の中に鋭く尖った骨のようなものたちがからまりあって出現する。

そして死の数年前からは下半部ばかりでなく、ほとんど画面全体を覆うおびただしい鉱石のようなものの列が描かれていた。

目録の最後に来る作品はタブローだが、それは極限まで増殖した石の連なりとなっている。

アナベルはその最後の作品『都市』を見た時、ひどく不吉なものを感じた。ここからはもう何も始まらない、ここへきてしまっては、あとは沈黙するだけだ……

アランの方は不安など何ひとつも感じていなかったようだ。むしろ大仕事を無事終えた者の朗らかさのみがあった。ただ、『都市』を描いてからは、ほぼ一年にわたって筆をとっていない。拳銃への興味が始まったのはこの時期からだ。

そしてある朝、起き上がろうと勢いをつけてベッドから身を持ち上げた時、支えにした右手が端からすべり、アランは床に転倒した。そのときは何ともなかったように見えたが、午後から俄かに頭痛と嘔吐を訴え始め、医者を呼ぶ頃には意識不明となっていた。

その死の一年前、『都市』を描き終わった時から、アランはこの世界にいる意味をなくしていたのではないかとアナベルには感じられてならない。『都市』を描いた段階で、遅かれ早かれ、彼は逝く運命だったのでは？

アナベルは自分のアトリエに立った。絵を描かなくなって十年にもなるが、どうだろう、かつて、インギラーミ侯とともにいたときは奔流のように湧き出た表現への欲求が今はほとんど感じられない。アランが描く世界は今も自分のものであると思う。そこには、自分が暮らす世界の野蛮な有様に対する全面的な拒否とともに、本当にあるべき世界の静けさが示されていたと思う。

幼い頃からアナベルは、物音に怯えやすかった。怯えやすいのは音に対してだけではない。さまざまな人々の心にある思惑というものが、いつもアナベルには重く粘り着く罠に見えた。それを敏感に感じ取ることのできる者にとって、他人の内面はあまりにも理不尽だ。たとえ好意でも痛みにしか感じられないことが多かった。アナベルは他者が自分に向けてくる無数の要求に懸命に答えようとした。

ある時期を境に、アナベルは他者を無視する術を学び、それとともに、自分の内面に湧き起こる、この世界への批判を絵の具で描くことを覚えた。

しかし、かつてインギラーミ侯の許にいた頃の自分の絵など、まだまだこの世界の輪郭をぼやかした程度のものでしかないと今は思う。パリではキリコやマグリット並みの扱いを受けたこともある。それでもアランとともに暮らすようになってからは、自分の筆が必要と思えなくなった。

結婚して四年たった頃、アナベルはとても印象深い夢を見た。大半忘れたが、そこに現われた大きな美しい結晶だけは目醒めた後も覚えていた。それは、ある核を中心に、青い、先の尖った六角の水晶柱を四方八方、何本も何本も剣のように突き出しているのだった。核は水晶柱の根本に隠れて見えない。

朝、そのことをアランに告げると、彼は、

「これか?」

と言って、その朝、書いたというエチュードを見せた。そこにはアナベルが記憶するままの形、色の結晶が描かれていた。

以来、アナベルの夢とアランの絵は区別をなくしていった。アナベルに強い印象を与えた夢や想像の場面を、大抵アランはそのまま描くことができた。中にはアナベルが何年も前に見た夢に現われたものの形が出ていることもあった。

一方、アナベルの夢は、次第に石や結晶が水中や暗い空間を浮遊するものばかりになっていった。そこには今までのアナベルが僅かにしか経験したことのない静けさと涼しさがあった。やっと自分は苦痛のない世界に生きられるようになったと思った。そこはアランの世界であるとともに自分の故郷なのだと思った。そして、人という不完全なものが行き着く最後の場所なのだと思った。かつて、熱く不定形な人間の感情を恐れた自分が拙い技で描きたかったものはこれなのだ。

アランが霊媒のように彼方の消息を伝えるだけで十分だった。もはや自ら描く必要はない。あとはアランが絵を続けるための理想的な環境を準備することに最大の注意を払うだけでよかった。

アナベルは多くの女たちの「男に尽くす」という態度が嫌いだ。これはそうしたこととは違う。「同志との協同」なのだった。アランと自分とは全く同じ目的のためにいたからである。

その目的とは「世界の変革」だ。

確かにブルトンが偉大だと認めざるをえないのはその方法を見出したからだとアナベルも思う。

かつて、マックス・エルンストに会うため渡米したブルトンと、ギャラリーで話したことがある。アナベルはアランとともに、彼の話を聞いた。

「わたしがフィリップ・スーポーと自動書記を試みたのは、ある夜、眠りと覚醒との狭間で、奇妙なイマージュの生成を見たのがきっかけだ。それはわたしが意志を以て想像したものではない。イマージュだけが勝手に、私を介して描き出されていったのだ。

『私の背後にあって私を動かす何か』という存在については、遡って中世の錬金術師も語っていた。シモン・エンノイア・アケイラスの『結晶想の技』という書がある。そこに、心の中に結晶を育て自己ならぬ何かを知る法、そして新たな世界を見出す方法が記されている。ノヴァーリスの残した書簡にそうあった。

だが、体験したのはこのときが始めてだった。

『私の背後にいる』といっても、それは例えば神ではありえない。全能者ではないのだ。謎の影の人間、とでもいうべきものだ。わたしたちの時代にはもう完全無欠な存在はいないのだから」

あたかも預言者のようなその口調をアナベルはよく憶えている。

アランは絵を描くことで、ひとつの一貫した世界を創造し、その発展の歴史を報告したという人がいる。そう考えることも間違いではない。しかし、それはまた、僅かにもせよ、実際に自分たちが住むこの世界の新しい一面を見出したということでもあるのだ。こうした作業を繰り返すことで、世界の意味合いは徐々に変わってゆくに違いない。アランはいつも、ブルトンが実践したように、魔術的な世界の変革を推し進めていたのだ。

すでに作業は終わった。アランが描くことを止め、死んだ後、アナベルに残された仕事は、その成された変革に、より多くの人間を参加させることである。そうすることで、世界の意味の変化はさらに本格的なものとなるだろう。そのためには世俗的な取り引きや金銭に関する問題も揺るがせにしてはならなかった。

幸い、よいパトロンも見付かり、すぐれた紹介者にも恵まれた。アランは幸福だった。否、アラン一人の問題ではない。アナベル自身はむろんのこと、アランの絵に感応する魂の持ち主全員に対する、これは素晴らしい贈り物なのだ。

しかしその仕事も遂に終わった。後はマイケルとブラックフィールド氏に任せておけば安心だ。

アナベルは、深い溜息をつくと、アランのアトリエへ向かった。

さっき、テラスで夢を見た。アランの死後、絶えて見なかった石の夢。そこには玻璃の森、水晶の空が拡がり、銀砂がさらさらと流れていた。

不思議な形の岩の上に幼児が乗っていた。幼児はアナベルの方を向き、手を差し出した。青色の瞳の眼は大人の眼であった。

「誰？」

答えはなかった。アナベルは自らの手の内に小さな水晶球があるのに気づいてそれを渡した。子供は玉を受け取った。

　よかった。そう思った。眼が覚めた。

　絵を描かなかった最後の一年の間にアランが買い集めたコレクションの一つを手に取る。

　アランは優しかった。同志のための配慮までしておいてくれたのだ。すぐに使える状態にしてあったことが何よりの証拠だ。

　アナベルはそれをこめかみにあて、引き金を引いた。

3　リュウタロウ（1）　1966　ヴィーン

　ヴィーンへ来て五年、笹岡《ささおか》龍《りゅう》太《た》郎《ろう》は限界を意識し始めていた。

　日本にいる時は自分に及ぶ者がなかった。三年間の学業を終えた頃、感じた僅かな不安も、練習に没頭して忘れた。ヴィーン音楽アカデミー在籍中も確信は揺らがなかった。在墺五年目にクラウス・リヒテンベルクを知った。自分は天才でないと思った。

　自分にない滑らかさとリズム感とがクラウスにはあり、しかもその演奏は自分もこうありたいと思うものなのだ。クラウスはすでに自分の到達すべき場所にいる。彼はその先を目指せばよい。しかし自分はそこに至るまでにどれほどかかるだろう？　否、辿り着くことができるのか？

　笹岡は技術を重んじる。それは現在の師、カール・ヴンダーリッヒ氏の教えでもあった。腕は完璧と自負していた。

　しかしクラウスの演奏を知ってからはそうも思えなくなった。笹岡は憂鬱である。結局は芸術性の勝負だ、などという逃げ口上が通じないように自らを追い詰めてきたからだ。しかも例えばクラウスの弾くバッハには、本人でさえそれを表現するさいに困惑したであろうような個性が反映され、非常に特異なものとなっている。超絶的なテクニックによって示されたこのような偏りを、従来芸術性と呼んできたのではないだろうか。

　笹岡は今も毎日六時間の練習を欠かさない。ヴンダーリッヒ師はドイツ語圏で最高と言われるピアニストである。その指導に不服はない。あちこちで開かれるリサイタルにもまめに通う。決して全面的な信頼を持ってではないにしても、新聞・雑誌に掲載される批評家の文章には必ず眼を通す。師の勧めで出場した小さなコンテストには二度準優勝、一度は優勝した。機会あるごとに発表会を催す。

　レパートリーについてならば、何もショパンやリスト、シューマン、ベートーヴェンばかりが音楽なのではない、ヴェーベルン、シェーンベルクから、テリー・ライリー、ジョン・ケージというあたりまで視野に入れることを心掛けている。翻って、ドメニコ・スカルラッティやフォルクレ、バード、ギボンズなど、バロック以前のチェンバロ曲をピアノで弾いてみせる。

　師に言われるまでもなく古典的な作品研究は怠らない。一方、最近は折をみて作曲も試みる。これ以上何をやればよい？

笹岡には拝むべき神もない。日本を離れるとき、神仏に頼るまいと決めた。家は浄土真宗だが、もともと笹岡は人知を越えたものに人間の欲望から寄りかかることを嫌っている。ヨーロッパへ来てからはキリスト教というのがひどくうとましく思えた。

練習を終えるとともに溜息が漏れた。どこまでやればクラウスのようになれるだろう？　そして、クラウスのように、と考えるところでもう負けているな、と思う。

今年の二月、ひどく冷える日のことだった。小さなホールを使って行なわれたリサイタルでクラウスはバッハの平均律クラヴィーア曲集の第一巻を全曲弾き終えた。そのときの感銘をどう人に伝えたものだろう？

さすがにヴィーンではいかに小規模な発表会にも聴く耳を持った人が来る。早くも二日後、とある新聞に絶賛を表した記事が出た。その文面に何も言うことはない。笹岡にとって音楽を言葉で伝えるくらいなら一曲弾いて見せればよい、というのが信条だ。しかし、それならば、あのクラウスの演奏の与えた感銘に近いものを伝えることが自分にできるのか？

クラウスは以前からバッハ、ハイドン、ベートーヴェン、モーツァルトといったあたりばかりを選んで演奏してきた。数枚のレコードが出ている。一方、現代音楽にも造詣が深く、幾つかの作品を作曲家から委託され、初演している。笹岡はいまだに彼のショパンを聞いたことがない。こういうやり方を貫けるのはもともと彼がオルガニストとして出発したことによる。またヴィーン出身でないので、古都特有のいわゆる古きよき伝統にもこだわりはない。

クラウスの演奏は十九世紀的ロマン主義音楽へのアンチテーゼである、と、確かある有名な批評家が解説していたのを音楽雑誌で読んだことがある。このときばかりは笹岡も、音楽批評の価値を認めた。これだと思った。自分がなぜクラウスに惹かれるのかがわかった。クラウスのめざすところは笹岡のそれとまったく同じだったのだ。暑苦しく色彩を塗り重ねられ文学に寄りかかりすぎた十九世紀ロマン主義への抵抗と克服こそ笹岡自身の望むところであった。

笹岡の、現代音楽への共感も、バロック音楽への興味も、結局はそこから来ていた。それをクラウスは肩ひじ張らず、きわめて優雅にやりおおせた。たとえば異例なノンレガートばかりの奏法がそれだ。クラウスはペダルを使わない。なんと足を組んで弾くときもあるという。正確なリズム。巧妙にロマンティシズムを排する速度と強弱の工夫。凍りつくような緊張の次にくるトリルの流れのよさと躍動感。笹岡には以後、追従以外の道が考えられない。そして亜流に存在価値はないのだ。

クラウスとは、最近、ヴンダーリッヒ先生の紹介で言葉を交わす機会を得た。

演奏会場で見たクラウスは挑発的な気配を漂わせていたが、会ってみるとひどく内気な青年だった。長身痩軀、金髪碧眼、話し声はぼそぼそとして聞き取りにくい。話しながら長くのばした前髪をたえずかきあげる。その強迫的な動作が、人と会っている時の彼の緊張の度合いを告げていた。しかし、たまたま犬に関する話題が出るとそれまでとはうって替わって雄弁になった。愛犬の話は留まるところを知らなかった。

こいつは悪い奴じゃない、笹岡は話しながら思った、しかし変わり者だ。

おもしろいエピソードを聞いた。ある時、崇拝者の一人に握手を求められたのでクラウスが応じると、相手は嬉しさのあまり、大変な強さで手を握ったという。クラウスはそのために右手を痛めた、と怒りだした。おかげで次の日、予定していた演奏会はキャンセルされ、クラウスは相手に対して高額の補償金を要求し、訴訟にまで及んだ。しかし、改めて詫びを入れてきた相手が心からすまなく思っていることを感じたクラウスはその場で訴訟を取り下げた、という。

　笹岡はクラウスとも友人と呼べるほどの関係になった。心許した相手には人なつっこい男だった。ただ、彼の人となりを知ったからといって、その才能の秘密を知ることはできない。

　笹岡は再び大きく息をついて椅子から立ち上った。迷いの生じたとき部屋を歩き回る癖がある。日本の単位で言えば三十畳を越える部屋の中央にピアノが置かれ、道路に面した窓からは遥かにザンクト・シュテファン教会堂の尖塔がのぞまれる。壁際には備え付けの家具が時代がかった色合いを見せている。かつては身分ある婦人も腰をおろしただろう優美な長椅子がある。別にもう一室、寝室と書斎を兼ねたものを使っていた。アパートの三階にある。

　北側に据えられたロココ調のキャビネットには、これといった私物は収めてないが、ただ一つ、真ん中に小さな白い石が置かれている。

　身の周りを飾ろうとも思わない笹岡だが、これだけは捨てられずにいる。ただの小石である。真っ白で完全な球形であるのが珍しいことを除けば貴重な石ではない。ただ、手に入れたときの不思議な状況を笹岡は今も忘れない。

　昨年の秋のことだ。

　以前から親しいバイエルン生まれのチェリストでグスタフ・シュナイトという陽気な男がいた。

　昨年、彼とともに、西ドイツはダルムシュタットで行なわれる夏季セミナーに参加し、作曲者立ち会いのもとで演奏も行なった。

ダルムシュタットは現代音楽の最先端に触れることのできる場所で、一九四六年以降毎年夏、講習が開かれることになっていた。シュトックハウゼンやブーレーズ、ノーノ、ケージといった著名な現役作曲家の活動をじかに知ることができる。かつてはヒンデミットやメシアンも講師として招かれていたという。五九年には日本の作曲家の作品も紹介された。

セミナーでは、不確定性音楽の可能性を探る試みが注目されており、かつて重視されたセリー音楽とは対立するかに見えたが、音列《セリー》という発想に最も貢献したとされる、ヴェーベルンの業績は今も高く評価されているのを知って笹岡は意を強くした。

セミナーが終わってしばらく気楽な遊覧の後、グスタフは、ミュンヘンの家族の許に笹岡を招いた。数日の滞在を経て、ともにヴィーンへ向かう途中、グスタフが今度は、リンツにほど近いザンクト・フロリアン教会で行なわれる特別コンサートに笹岡を誘った。

そこは作曲家ブルックナーの生地で、毎年九月と十月には、その生誕を記念した小さな催しがあるとのことだった。ブルックナーの交響曲・ミサ曲の演奏とシンポジウムがその主なものである。

無調十二音音階によるセリー音楽に親しみ、ヴェーベルンを崇拝する笹岡にとって、後期ロマン派に属する大時代な交響曲作家にはさほど興味もなかったが、その作品が最近ドイツ・オーストリアで歓迎されていることは知っていた。

ちょうど道のりの途中でもあり、人気の秘密を研究するつもりで笹岡は同行を望んだ。好意的に見れば、ブルックナーの音楽は新ヴィーン学派のいわば前段階と位置づけることもできなくはない。

ミュンヘンからリンツへは鉄道ですぐだが、リンツから南東へわずか十八キロのザンクト・フロリアン教会へとなると非常に交通の便が悪い。そのときはグスタフの車に乗って行ったので時間の無駄はなかった。

　教会はザンクト・フロリアン修道院の敷地内にある。白壁に蔦の這う壮麗なバロック様式の建築は、笹岡の予想していたような田舎風の素朴さには全く欠けていた。

　ザンクト・フロリアン修道院は、アウグスティン派に属し、四世紀初めに殉死した消防の守護聖人、聖フロリアンの墓の上に建立されたとされる。九世紀には、今日のザンクト・フロリアン合唱団の前身となる聖歌隊も組織された。ハプスブルク家が興隆を極めるずっと以前から篤い信仰心を育んできたヨーロッパ有数の修道院で、……と、旅行ガイドよろしくグスタフが講釈した。

「ミュンヘンっ子の君がどうしてそんなに詳しい？」

「何度か来てる。心のふるさとだ」

「何をまた……」

「ブルックナーを聴いてみろ。俺がこんなことを言う理由もわかるはずだ」

　そうしてグスタフはブルックナーの音楽がいかに敬虔な祈りに満ち、いかに聞く者に豊饒と至福を与えてくれるかを前世紀の批評家のような大袈裟な表現で語った。

　それを聞く笹岡が、ブルックナーという実質的にはほとんど未知の作曲家に対して負の印象を抱いてしまったとしても仕方ない。そこには宗教的蒙昧と前時代性という笹岡の最も嫌う要素が重なっていたからである。

礼拝堂へ入ると笹岡の予感は一層強まった。扉や柱は天使やらアラベスク風の模様やらに覆い尽くされている。高い天井。白壁。パイプオルガンの白と金はまばゆいばかりだ。その緻密で執拗なバロック的装飾も笹岡には悪趣味としか思えないのだが、しかしそうした批判を越えて有無を言わさぬ壮大さの観念が当の笹岡をも圧倒するのは認めざるをえない。

礼拝堂は確かに立派なもので、疑いを知らぬ信仰心に満ち溢れている。心から敬う神と聖人をひたすら飾り立てようとする愚直な、それゆえ力強い意志が、異邦人である自分の肌にまで浸透してくるのを笹岡は感じた。

演奏はミュンヘン・フィルハーモニー管弦楽団、指揮はオイゲン・グラーツだった。研究者による短い講演の後、そこで初めて「交響曲第九番ニ短調」を聞いた。未完の遺作である。

不安を秘めた冒頭部分から早くも、ある違和があった。カオスの中から星雲が姿を現わすようにエネルギーが生成し、徐々に巨大な構造を形造り、やがて途轍もない轟音となって響き渡ったとき、硬い殻が割れ、自らの中からも何かが湧き出るような心地がした。

一転して二楽章の切迫した重々しさと鋭さの混淆した舞踏的饗宴。忘れ難いリズム。

第三楽章ではこらえようもない高揚と果てしない畏怖に引き裂かれる思いの中、身じろぎもできない。人間の踏み出しえる限界とはこうしたものだろうか？

まるで理由など言えないが、とにかく驚くべきものだと思った。個人の好き嫌いなどもはや意味をなさない。それはこの礼拝堂と同じく、ただもう聖なる時間を現出させるために、重厚な響きと執拗な繰り返しによって飾り立てただけの音楽とも言えたが、しかしこけおどしであろうが、悪趣味であろうが、もうそんな知的判定を越えた、何か大切なもの、命懸けのものがそこに息づいていることに気づいたのだ。

　ここまでくれば宗教的だろうが前時代的だろうが問題ではないとさえ笹岡は思った。しかも、意外なことに、笹岡には、それがただ教えに忠実なだけの旧弊なカトリックの祈りであるとも感じられなかった。異教的というわけではないにせよ、作曲家自身、どう扱ってよいかわからなかったであろう何かの過剰な意志があることは確かだった。何の意志なのかを言うことは遂にできなかった。

　聞きながらまず笹岡が感じたのは、非常に説明しづらい音楽だということである。そこには劇的な展開も繊細な感情の吐露もない。いわばロマン派らしい個人意識に乏しい。敢えて言えば非人間的である。ヴァーグナーなどに代表される十九世紀末・後期ロマン派の音楽というよりはそれこそバロック期の音楽と比較されるべき性格を持っているように思われた。

　音列技法による現代音楽を、また十八世紀音楽の再構成を、笹岡がどれもアンチ・ロマンティシズムの点から認めていたのだとすれば、旧来の調性からさほど踏み出していないとはいえ、むしろこちらの方がより直接、より濃厚に自分の望むものを与えてくれたように思えてならなかった。その底深い響きは、「反《アンチ》」など標榜せずともそのままで存在意義のあるものだ。特に第三楽章あたりになると、ヴェーベルンのあの極度に簡略化され抑制された「交響曲」作品二十一ともそう違わない清澄な境地に至っている。

　演奏終了後、長い残響が虚空に消え去っても、誰一人として拍手をしなかった。できなかったのだ。演奏者も聴衆も、深くうなだれたまま退席した。

笹岡が思ったとおりを告げるとグスタフは殊の外喜び、

「お前にはドイツの魂《ゼーレ》がある」

と言った。

グスタフの勧めで、教会内を見て回った。図書館は蔵書十四万冊という。大理石造りの広間には天井にだまし絵が描かれていて、見上げると雲の上に天使たちが戯れているかのように見える。ある小部屋にはかつてブルックナーが愛用したというベーゼンドルファーのピアノが保存されていた。

かなり長い時間、教会の中をさまよったように思うのだが、どうも記憶が曖昧になっている。夕刻から始まり、講演も含め一時間半に及んだ演奏会の後で、それほど長く教会の中を見学することができたのだろうか？　外はすっかり暗くなっていたはずだ。

途中、大理石の広間あたりで足がふらつき、倒れそうになったのだけ憶えている。急に熱が出たのだ。

「おい！　大丈夫か？」

というグスタフの声が遠かった。

「天井の絵に酔ったかな」

と、それでもせめて余裕を見せようとしたが、身体はぐったりとして冷や汗が流れ、床に膝をついた。強がりはやめてグスタフに肩をあずけ、すぐさま彼の車に乗り込むと、夜どおし高速道路を走って三区トラウンガッセのアパートへ戻った。

帰る道々、笹岡の耳もとには、作曲家ブルックナーがどうしてあれほどの無理解の中で創作を続け得たかというグスタフの話が続いていたような憶えがある。

その後、高熱でまる二日寝ていた。管理人のヤーン夫人が看病してくれた。

意識を回復して枕元を見ると白い石英の塊が置いてある。ヤーン夫人に訊くと、

「それはヘル・ササオカ、あなたがお戻りになった時、ずっと握り締めていらっしゃったものですよ」

という答えだった。

笹岡には憶えがなかったが、倒れた時、苦し紛れに摑んだものと思われた。

完全な球体は珍しい。すべすべした手触りが好ましいので、笹岡は捨てずに持っている。また、この球を手にしていると、あのザンクト・フロリアン教会に溢れていた響きが蘇ってくる。無限の彼方へ呼びかけるような遠い音が心を静める。

以来、石の球は笹岡とともにある。笹岡はキャビネットの前に立つと、手を伸ばして石を取り、これまで何度となくそうしたように掌の上に転がした。


「で？　どうだ？　ブルックナーはどうして理解もされないまま何十年も作曲を続けたんだと思う？しかも、なぜ同じ作品の書き換えばかり続けた？」

いきなり話しかけられて笹岡は足を止めた。レッスンの帰り、工科大学脇からカールス広場を抜けようとしたときのことだ。日没を過ぎて辺りは暗く、石畳に靴音ばかりが響いた。

「あなたは？」

この街ではよく見かける深緑色のコートを着て手にアタッシェケースを持った男が口許に微かな笑みを浮かべている。やや鋭い感じの細面に青色の瞳、髪は黒、背はオーストリア人にしてはさほど高くない。男は笑みを収めて笹岡の眼を見詰めた。

「わたしの名？　必要ない。それより君の答えを聞こう？」

「そんなことは考えたことがない。いきなり失礼じゃないか？　ぼくは君を知らない」

「大理石の広間でのことを忘れたか？　ラピスはまだ持っているだろうね？　あれを授けたのは何のためだったんだ？」

「待て、大理石の広間というのはザンクト・フロリアン教会のことか？」

「どうも君にはまだ少し時間がかかりそうだな。よろしい。あと一か月待とう。よく考えておきたまえ。一か月後、同じ時間にカールス広場で会おう。そのときはラピスを忘れず持ってこい。

いいね。大切なことだ。考えておきたまえ」

とまどう笹岡を残して男は足ばやに去った。

ヨーゼフ・アントン・ブルックナー。彼がいかに過酷な扱いを受けたかはその「交響曲第三番」初演のおりの記録が最もよく伝えている。

友人である指揮者ヨーハン・ヘルベックの説得で、漸くヴィーン・フィルによるこの曲の初演が決定した。ところが、指揮をする予定だったヘルベックは急死。やむをえず、ブルックナー自身が指揮をすることになった。

ブルックナーは作曲にかけては天才と呼ぶべきだが、オーケストラ指揮の技術はなかった。指揮者に向く性格でもなかった。そのこともあって団員は練習時から彼を馬鹿にしきっており、曲のよさなどまるで理解しないまま、また指揮者演奏者ともに決定的な練習不足のままの初演となった。

初演当日、聴衆は楽章の終わるごとに数を減じ、終楽章が終わった時、ムジークフェラインの大ホールに残っていた聴衆は二十五人ほどだったと伝えられる。しかもその大部分は手酷く作曲者を嘲笑した。楽団員はといえば、曲が終わると同時にステージから退出した。舞台にはブルックナーひとりが放心したように立っていた。そして楽譜をかき集め、じっと空の客席を眺めやったという。

僅かな数の弟子たちはそれでも喝采を示した。彼らはなんとか師を慰めようとしたが、ブルックナーは「かまわないでくれ、誰もわたしのことなど理解する気はないのだ」とだけ言い、そこを去った。

この後一年間、ブルックナーは新作に手をつけていない。

にもかかわらず、彼は創作を放棄することがなかった。そして以後はほとんどひと月の間も置かず、矢継早に作曲と改訂を続けてゆく。第三番の失敗のような経験をして、しかもまだ創作の努力を続けようとする者が他にいったいどれだけ存在するものだろう?

ヴィーン、リンツはもちろん、ザルツブルクで、またミュンヘンで、ベルリンで、現在、ブルックナーはドイツ語圏における最重要作曲家と見なされ始めている。

その人気の理由は説明が難しい。ただ、多くのドイツ人、オーストリア人がブルックナーを愛する気持が笹岡にはわかる。

ブルックナーの曲には、貴族的な上品さもエリート的な趣味の良さもない。何より都会的でない。いわばモードの部分がまるでない。聴きようによってはハリウッド製の大作映画に使われてもおかしくない大衆的・高揚的な部分が多々ある。何よりくどい。転調は複雑なくせに、同じフレーズが金管を使って果てしなく繰り返される。技法には長じているにもかかわらず、その発想のどこかにひどく幼稚なものがあるのだ。

つまりシックでない。それを好むことがインテリとしての自慢にならない。師、ヴァーグナーのような濃厚なロマンティシズムもない。弟子格のマーラーの持つ世紀末知識人の繊細さにも欠ける。ときには音楽と言えるのかさえわからないくらいだ。その豊かな音響にただ浸るように人はブルックナーを聴く。

あれほどの強烈な経験とともにブルックナーを知った笹岡だったが、初め、このような地方文化的音楽を愛することを少々恥じる気持があった。

普遍性をめざす世界文化としての西洋音楽の父たるバッハ、その遥かな、しかし正当な末裔と言うべきヴェーベルン、その間に並ぶ「見栄えのよい」作曲家たち、モーツァルト、ショパン、リスト、ブラームス、マーラー、あるいはドビュッシーやラヴェル、サティ、また、シュトックハウゼンやリゲティ、クセナキスといった現代音楽家の面々、翻って、今むしろ最も新しいアプローチの可能性をはらむバロック以前の作曲家たち、こうした優雅な、もしくは先鋭的な、常に流行の最先端になりうる音楽家たちを一切さしおいて、ドイツの野暮の権化のようなブルックナーを好んでしまう自分とは何だろう？

しかし、好みは変わらない。その後、クラウスの演奏を知った頃から、笹岡は少しずつ、自分の資質というものを考え直し始めていた。

これまで、自分は現代性、意識性、前衛性のみを良しとしてきた。前近代、無自覚、流行遅れ、民族性、そうしたものには背を向けていたかった。なぜそう考えたか？

簡単なことだ。その方が格好がよかったからだ。例えばクラウス・リヒテンベルク、彼の水際立った優雅さ、洗練の極み、最前線に立つ者の潔さ、鋭さ、美しさ、笹岡にはこうした在り方が何より憧憬されたのだ。重く古臭いロマンティシズムを捨てて、つまりは鈍い大衆を嘲笑しつつ、クラウスのように軽やかに現代の最先端を走りたかったのだ。

笹岡が西洋音楽を学び始めた理由がそもそもエリート性と洗練への憧れからではなかったか。だが、憧れと自己の資質とは別である。往々にしてそれは逆であることが多くないだろうか。

全く新しい技法を開拓したというわけではないが、ブルックナーの作品はあの時代の聴衆に異様な音楽と聞こえたに違いない。しかも現代人にとっての前衛とは意味合いが違う。二十世紀初頭のヴィーンではシェーンベルクさえわけのわからぬ不快な曲ばかり作る作曲家として冷遇された。「新しさ」に大きな価値を認める現代とは異なり、耳に快い曲ばかり好まれる環境で、ほとんど認められることもないまま、どうしてあのように肥大した音響と執拗な模倣反復によって成り立つ長大な曲ばかり数十年にわたって作り続けたのか。そこには「天才の創作意欲」などということでは説明しきれないものが残る。

リンツの田舎の出身であるブルックナーは人間としてもひどく野暮で都会性に欠けた。服装のセンスは物笑いの種だった。また冗談のわからぬ人物で、友人から戯れに「君を国王に任ずる」と言われると「いやあ、とてもそんな柄では……」と照れていたという。奇癖が多く、中でも、死体をひどく見たがったことはよく知られている。のぞきの趣味があったという説もある。一方、気弱でお人好しで、人に勧められるとすぐ自作に手を入れ、果てもなく改訂を繰り返した。

女性との相愛関係は皆無である。ただし、結婚を申し込んだ相手は数知れない。すべて断わられた。親しい者でも彼への女性に関する冷やかしは禁句だった。華やかなエピソードの一切ない一生であった。

ヴァーグナーに傾倒し、犬のように仕えたが、仕えられた本人はその卑屈な態度に辟易し、陰で嘲嗤っていた。

こんな彼とて、自作が認められぬことに平気であったわけではない。よく神経症の発作を起こした。あらゆるものを数え始める。女性が身につけている真珠の数から、ひどいときにはドナウ川の砂粒まで数えたという。自信がないためか、さまざまな証明書集めに奔走する。権威には盲従する。

一見まるで小心翼々たる凡人である。強烈な自負に裏づけられた天才のひとりとはとても思えない。しかし、ただひとつ、ブルックナーもやはり非凡の人であると認めざるをえないのは、度重なる公演の失敗とそれに続く改訂の作業の間、一度として自作の価値を疑うことのなかった点である。彼にとって自作の改訂はいわば「自分の曲のよさがわからない人達への分かり易さのための配慮」の意味合いを持っていた。

確信の理由はわからない。ただ、手掛かりがあるとすればその過剰さだろうと笹岡は思う。作曲法を教えた師の助言に逆らうことなく伝統的手法を厳守し、与えられた枠内に留まろうとして懸命に意識的努力を重ねながら、その本質的なところでソナタ形式への裏切りを見せてしまう彼の交響曲には、作者本人さえ意図しなかった、意識の限界を超えようとするやみくもな力を聴き取ることができる。

今も何かのきっかけで不意に笹岡の耳に蘇えるザンクト・フロリアン教会での九番、とりわけその三楽章冒頭、第一ヴァイオリンが響かせる短九度の跳躍、それは未だかつて誰も到達しえなかった境地へと誘う何とも知れない声の谺ではなかったか。

「ぼくに言えることは、彼が、ある確信を持っていたということだ。自分の作品には絶対的な何かがある、という確信だ。それがどこからきたのかはわからない」

次の月の同じ日、カールス広場に来た。

男はいた。

妙な相手だったが、会って答える以外、考えられなかった。相手が約束を守る保証はないことにまるで思い至らなかった。男は必ず来るだろう。

とはいえ、ひと月の間には逡巡もあった。素姓も不明な男にわざわざ再び会うなどとは無意味ではないか。横柄な態度への立腹もあった。それでも笹岡はやってきた。ともかく正体が知りたかったからだ。

「いいだろう、今の君ではその程度が限界だろうからな。ラピスは持ってきたか？　見せてみろ」

「いちいち命令される筋合いはない」

「なるほど。ではお願いする。白い石を見せてくれないかね」

「見てどうする？」

「君自身のためなんだ。どうだ？」

「見せるだけならかまわない。しかし、約束しろ、どういうことなのか、君はいったいどういう人間なのか説明することをだ」

「いいだろう」

笹岡は石を渡した。男は細長い指につまんで顔を近づけ、しばらく八方から見た後、言った。

「見込んだとおりだ。ここを見ろ」

男の指す先を見ると、一か所だけ僅かに透明な部分がある。笹岡は石を受け取って確かめた。これまで一様に真っ白な球だと思っていたが、そこだけ、ガラスが溶け込んだように透き通って、他の白色と区別される。透明部はほぼ円形で、直径一センチほどである。

こんな部分はなかったと思うのだが、それほど丹念に観察していたという自信もない。

「これは君が発達させた。初めはなかったものだ」

「そんなことが……」

「信じるか信じないかは問題でない。例えば君は才能ということを信じているだろう？」

「ああ。君は信じないというのか？」

「そうじゃない。君はピアニストとして才能がすべてだと思っているだろうが……」

「努力や後天的なものを認めないつもりはない」

「そういうことじゃない。才能などに本質的な価値はないということだ。君にとって一生の問題と思っている音楽にしても実は本質でなかったとしたら？」

「じゃあ、何が本質なんだ？」

「それは君の隠れたもうひとつの人格が示す方向へ動くことだ。それに比べれば個人的な才能の誇示などはたいしたことではない。君は天才ではない。使徒なのだ。

　しかし、今こう言っても君には納得できないだろう。この先、自分で学ぶがいい。何が自分の役割か。それを助けるためにわたしはいる」

「それだけか？」

「そうだ」

「君の素姓を明かしてないぞ」

「どう言えばいい？　生まれはアレクサンドリア。名は……」

「名は？」

「メルクリオ・アルド・サナート。しかしわたしのことはクリスタリジーレナーと呼べ。

　来ないか？」

「どこへ？」

「君の、なすべきことを捜しに」夏空のような青色の瞳が向く。

笹岡は白い石に眼を落として黙り、しばらくの後に言った。

「……どうやって知る？」自分の声でないように聞こえた。

「先達の足跡を追え。そして誰も踏んだことのない所へも。ついて来い」

遠い声だった。顔を挙げ相手を凝視する笹岡の耳に、九番の三楽章冒頭部分が響き渡る。

相手は真直に対峙する。眼をそらさない。

笹岡はとまどわなかった。もはや、ブルックナーの九番を聴いた時から定まっていたのではないか、と、ヴィーンへ来て以来、否、ものごころついてより、これが初めての、自ら進んでの意志の放棄であった。

4　二人のフリードリヒ（1）　1798　フライベルク

朝方、夢を見た。眼醒めた後、フリードリヒ・フォン・ハルデンベルクは何度も思い出そうとしたができなかった。

よく晴れた朝である。

鉱山へ出向くと、職人たちは今日も早くから立ち働いている。フリードリヒは鉱山が好きだ。鉱物が、そしてそれを少しずつ惜しむようにして掘り出してくる慎み深い男たちが好きだ。

鉱山の作業環境の劣悪さを書き留めたこともある。事実、そこで働くことはひどく苦しい。鉱夫たちは関節炎や皮膚病に侵されている。改良すべきことも多い。衛生上の配慮と新しい機器の導入が必要だ。フリードリヒは実状をそのまま認めているわけではない。しかし、ときおりふと鉱夫たちが見せる誇りのようなもの、あれは何だろう?

ここ、フライベルクの鉱山学校で学び、実習で自らも石屑に埋もれていると、かつて、最も危うかった時期にも、いくらかは不安の発作から遠ざかっていられたものだ。

秘かに婚約までしたゾフィーが結核由来の急激な肝腫瘍を起こし、イェーナでの手術のかいもなく空しくなって後、フリードリヒはグリューニンゲンを離れた。そこにいることが苦痛であった。

翌年、鉱山監督官でもあるシャルパンティエ教授宅でその娘、ユーリエを知る。惹かれた。しかし、ゾフィーの面影が消えたわけではない。ゾフィーにもユーリエにも不実ではないかと自問した。責められても仕方あるまい。しかし、ゾフィーとユーリエはまるで質の違う存在のように思えてならない。かつんかつんと何重にも重なって坑内に響く槌の音だ。手押し車に載せて運ばれる鉱石。地下坑道は暗く寒い。しかし、ここは大地の懐だ。もっと寒く、もっと暗い場所は人の心の中にある。

フリードリヒは、その最も冷たく暗い地点まで降り立ったと思う。そこはもはや何も生まれず、何も聞こえず、何も見えない場所だった。そうして寒さに耐えていることで達成されるべき目的がない。すべてが徒労であり、虚無に消え去るのを待つだけの、終末への猶予期間であった。放っておけば、自分はじきに死ぬはずだと思った。何の理由もなく唐突に、ある日、無意味な死を遂げるに違いないと思われた。自己の消滅とは。自分が永遠に生きるに価するほど優れた存在かどうか知らないし、それは問題ではない、しかし、これだけの意識、感情が何の痕跡も残さずある時突然、意味もなく消し去られてしまう。そう思うと胸がふさがる思いだった。

フリードリヒは少しずつ決心を固めた。自己の死に意味を与える逆説的な方法、それは自殺しかない。ゾフィーのための、ゾフィーに向かっての自殺を。フリードリヒはそのために自分を鍛えようと思った。死をより自分に近づけること。フリードリヒは死を見詰める訓練のつもりで日記をつづった。

ゾフィーが地を去って五十六日の後、ようやく光を見た。ゾフィーの墓前で、フリードリヒはある確信を得た。そのとき、天地が啓《ひら》くような明るみとともに、ゾフィーがいつでも呼び戻せることを知ったのだ。フリードリヒはその体験を日記に書きつけた。それは後にひとつの詩を書かせた。永遠にわが守護神たるゾフィー・フォン・キューン。

何かが変わったように思えてならない。自死の決心を不動のものにしようと焦る必要がなくなった。いつでも死ねる。なぜなら、自分はすでに半ば死の世界を覗き込んでいるのだったから。そうしているうち、ユーリエと出逢った。

「学生さん」

呼ばれて顔を上げると、年老いた鉱夫が焼けるように強い視線を向けている。

「ぜひ来て欲しい」

老鉱夫はそれだけ言うと、坑道を逆に辿り始めた。ついて来いというわけだろう。フリードリヒは後を追った。老人は陽の下へ出てしばらく岩ばかりの山を登り、今は使わなくなった廃鉱へとフリードリヒを導いた。奥へ入る。

老人の手に持つランタンの光だけが頼りとなった所で、彼は、鑿と槌を渡して言った。

「ここに秘密の鉱石がひとつ残されている。あなたにそれを掘り起こしてもらいたい」

そこは行き止まりで、ここまできて発掘が終わったことを示していた。硬そうな岩盤が顔をのぞかせている。

老人がなぜ自分に頼むのかわからなかったが、フリードリヒは逆らわなかった。老人の皺深い顔の奥にある叡智と慈悲を信じた。ここで自分が石を掘ることが何千年も前から決定していたようにさえ思った。

老人が掲げるランタンの下、苦労して岩を削ってゆくと、少し質の違う部分につきあたった。

「そこだ。注意して」

老人の指示にしたがって、そのやや色の濃い灰色の岩塊だけをくりぬくようにして掘った。フライベルクは古くから銀の産地として有名だが、ここにあるものは掘り残しの銀とは違うようだ。地中の銀は普通真っ黒である。そのうち、それはおよそ一抱えほどのいびつな球形であることがわかった。

周囲の岩を割り、遂に取り出すと、老人はそれをもって外へ出よ、と言う。

「今度はさらに注意が要る。陽の下で作業をした方がいいだろう」

フリードリヒは大切に抱えた。長い坑道を出て、外の岩の上に置くと、それは鈍い銀色で硬度は低く、鉛に似た鉱石であることが知れる。

「そっと削るんだ」

老人はまたも指示をする。フリードリヒは問い返すこともせず、座り込んで言われたとおりに端から注意深く黒銀色の石を削り落としていった。陽は高くなっていた。老人はフリードリヒを見下ろしたまま、そうだ、とか、もう少しだ、とか、気をつけろ、とか囁いた。

フリードリヒは全身の注意力を集めて、一刀一刀をふるった。岩は少しずつ小さくなってゆく。それとともに、さらに異質な成分が内に隠されていることがわかってきた。

ある程度まで岩を刻むと、かりん、と取れた。中からは透き通った部分が現われた。水晶のような結晶が埋まっているらしい。フリードリヒはそれが目的と知ってさらに時間も忘れ結晶を取り出すことだけに熱中した。作業を続けていると、次第にそれは水晶のような直線的な形ではなく、曲面を持つことがわかってきた。

僅かずつ周囲の岩を除いていって、遂に取り出すことができた。人の頭ほどの大きさの完全な球体だった。

水晶球のようだ。しかし水晶球というのは六角結晶を削って作った人工物である。自然のままにある鉱物で、このように大きく、完全な球形の、しかも透き通ったものをフリードリヒは見たことがない。さらに手に持った感じが普通でない。

「これは？」

フリードリヒはこのとき初めて問うた。

「ラピスとしか言い様がない。掘り出せる者は限られているのだ。手に持って立ちなさい」

またこのときもフリードリヒは逆らうことなく、球を両の掌に包み、立ち上がる。すると微かだが球が自ら揺れ動いているように感じられるのだった。

「どうしたんだろう？　石が揺れるようだ」

「中に水が入っているからだ。その水は太古の水、世界が固まり始めた時にこのラピスに封じ込まれた水なのだ。今あなたは数十億年の時を超えて原初の水の顫えに触れている」

さらに老人は言った。

「中を見なさい、じっと見詰めてごらん」

フリードリヒは覗き込んだ。一見水晶球そのもののような石は、その中心に、ごく僅か、じっと眼をこらして見ないとわからないほどの青い部分があった。そうして顔を寄せている間も球は揺れ止まない。

視界が球体だけに限定され、透明なそれにすべての意識を集中するようにして見詰め続けると、徐々に中心の青がはっきりと感じられ始め、さらに、それは少しずつ拡がってゆくようにも見えた。あたかも花が開くようだ。

このとき突然、フリードリヒはゾフィーがそこにいるという想像に襲われた。ゾフィーはこの太古の水の中にもそのうつせ身を潜ませていたのだ、なんという幻妙な待ち伏せなのだろう……

そんなふうに心がそれるとともに、青色の正体が知りたくなった。太古の石の中心に、なぜこんな可憐な青色がともされているのだろう、それを知ることがゾフィーの願いでもあるかのようにフリードリヒには思えた。フリードリヒは、ゾフィーの声を聞いたように思った。その声は「空」と聞こえた。

中心の青は、天の色の反映ではないかと思い至り、いきなり視線を空に投げた。

このとき、フリードリヒは星を見た。晴れた真昼の青空を透かして、惑星が、星座が、天の川が、満天の輝きが一斉にフリードリヒの視界を覆った。それは夜見るものよりも多い、果て知れない数の星々で、フリードリヒは無言の輝きに今いる場所も時も忘れた。あの彼方の星の所まで行きたい、切実にそう願った時、フリードリヒは自分の心が地上にないのを知った。

長大な尾を曳く彗星の脇を通り、惑星の軌道を辿り、赤く燃える星の恐ろしいばかりの巨大さにうち震える。互いに巡り合う奇妙な連星、見る見る拡がりを増す星雲。フリードリヒは飛び駆けり、そして見た。

果ての果ての果てへさえも、心は旅することができるのだと知った。フリードリヒはそのとき、宇宙を経巡っていた。遠くへ遠くへ、心は馳せた。思いの届く限りまで行こうと決めた。

フリードリヒの精神の先端はその到達できる極限へ向かいつつあった。ここはいつか辿るべき世界、あるいは誰もが見知っていたはずの、世界の本来の道筋なのだ、と思いかけたとき、それまで無音であった世界に微かな響きが生じているのを知った。

初め、ほんの羽音のようなものだったが、徐々にはっきりと聴こえ始めた。するとそれはユーリエの声と知れたのだ。言っていることは俄かには知れなかったが、何かを懸命に告げているらしいことはわかった。

ユーリエは何と？

残してきたことどもに心が向いた時、フリードリヒは再び鉱山の斜面にいた。星々はかき消えていた。空はもとのままだ。陽は強く、空は依然、青かった。

手許に抱えていたはずの透き通った球体がない。脇に立っていた老鉱夫の姿もない。

さきほどまでの体験を、フリードリヒは幻と思わなかった。よし幻にしても、それは現実よりも大切なものだと思った。

しかも顧みればまたも驚くことがある。星の消えた後も、自己の心の軌跡は、空に成長する結晶となって残っていることを知ったのである。意識が地上に戻った後も、結晶は留まることなく、恐るべき速さで樹氷のように枝を広げ続け、こうしている今も、自分のいる地点からあらゆる方向へ向けて限りなく伸び、宇宙全体に拡がってゆく。自分とは結晶の始まる一点なのだとフリードリヒは思った。そしてその自分の中心には鉱石の中で花のように開く青色に姿を変えたゾフィーがいた。

いつか、不思議な青い花を夢に見、それを追い求めて旅する詩人の物語を書こうと決めた。主人公の名をハインリヒ・フォン・オフターディンゲンという。中世の伝説に残る詩人の名だ。しかし伝説からは離れた、独特の成長物語とするつもりだった。

この頃、フリードリヒは筆名を使ってさまざまな断章や詩を書く試みを始めていた。その筆名は、十二世紀、ニーダーザクセンの貴族であった先祖の名にちなむもので、ノヴァーリス、というのだった。

フリードリヒは、まだ地上に残らねばならないことを知った。ユーリエのためにも。

ゾフィーは地下で、天上で、常に自分を祝福し、励ましてくれるだろう。真青な天の下、フリードリヒは、生きねばならない、と思った。

5　二人のフリードリヒ（2）　1883　ハイデルベルク

親愛なるエルヴィン・ローデ

友よ、この手紙を書き送るのは君がわが真の友人であると感ずるゆえである。ここしばらく、私はある予感の中にいる。何か大変なものが姿を現わそうとしている。それは現在の世界の意味合いを悉く変えてしまうような強力な言葉になるだろう。しかしたとえいかに恐ろしいデーモンの囁きであろうとも、それを書き残すのが私の勤めであると確信している。そうした魂の言葉を告げ知らせる世界最初の相手として君を選んだことを、君が私同様に喜んでくれることを祈る。

ライプツィヒで君と学んだ二年間は本当に得難い時間であった。あのとき、君と私は、真の悦ばしい知を呼吸していた。

初めて会った年の夏期休暇、君とともにボヘミアの森を彷徨したおりの記憶はわが胸中に今も輝いている。若い私たちはこのとき一体であった。

私が最初の著作で、美を天上のものとせず、手に触れ得る地上の実在としたのも今思えば、エルヴィン、君がいたからだ。君は最も健康な知性と美しい肉体とが調和してここに在る実例だった。虚無にとらわれがちな私を君はただ傍らにいるだけで支えてくれた。

ショーペンハウアーの『意志と表象としての世界』は救いのない生の盲目を告げて私を絶望させた。その果てない厭世から私を救い、大いなる肯定に向かわせてくれたのは、ボヘミアの森での昼下がり、ふと垣間見た君の微笑みだったのかも知れないな。

いや、公平さを期してここで告白しておこう、今の私が否定するリヒァルト・ヴァーグナーの音楽もまた、かつてショーペンハウアーの見せつけた虚無に対するきわめて有効な解毒剤であった。そして私が以後十年にもわたって彼を称賛し続けた事実は否定しない。わざわざ君をトリプシェンのヴァーグナー邸に連れていったことも忘れはすまい。

だがヴァーグナーは飽くまでも対症療法で、ニヒリズムという病を根治させるものではなかった。私はある時から決定的に彼に幻滅し、以後彼の音楽を認めることはなくなった。『ニュルンベルクのマイスタージンガー』の序曲にあるものは壮麗な音に彩られた自己満足でしかないと気づいた時、私は彼を越えた。

この世界は病んでいる。いや、この世界への認識が病んでいる、と言うべきだろう。ただ、稀にだが、私にも喜悦を感じさせるものがあって、かつては私もとらわれていた世界への病んだ認識を改めさせる動機となった。それを私は美と呼ぼう。美は決して静的でなく、場合によっては一瞬に蒸発してしまう。ディオニュソス的舞踏に私が見た動的な美しさについて、最初の著作『悲劇の誕生』で述べた。

しかし、何がこんなに世界を、人間を、病みただれさせてしまったのか？　君にはもう言うまでもないだろう、キリスト教徒の弱者意識だ！

己は弱き、愚かなる、卑しき者と決めつけることをあの偽善者どもは説いた。自分を低く小さく見れば見るほど、神の国に近づくと言う。「心貧しき者は幸いなり」なんたる奴隷根性であるか！　古代ギリシア人ならば、そのような者を人とは見なかった。

　本来、人間は尊く強く賢くそして美しくある。そうあるべきなのだ。それが健全な人間の在り方である。これは何がどうあろうと揺るがせてはならない認識だ。自らをより劣った者と見るばかりか、自らの卑しさを誇りさえする、この倒錯！　これこそが病んだ認識である。

　人は、古代ギリシア人のごとく、尊く強く賢く美しい者として行動すべきなのだ。人はすべて天才であるべきだ。人は一人一人、それぞれに英雄であるべきだ。しかしあの奴隷根性の教えによって助長された怠惰と無気力が人々を奴婢にとどめている。

　常に高みをめざす、この思想を私はノヴァーリスの著作から学んだ。ノヴァーリスはドイツ精神の最も望ましい形の表われである。彼は、人間の意識というものが、宇宙全体に成長する結晶の核たるべきことを教えてくれた。彼の書き残したものにはどれほど感謝しても足りない思いがある。

　とはいえ、現在の私からは訂正したい部分もないではない。いや、彼が神を認めていたことについては、かの時代の精神として、わざわざ批判することはしない。だがそれとは別に、ドイツロマン派一般に言えることだが、病んだ世界と人間に対し、常に女性が救済をもたらしてくれる、という発想に異議がある。典型的な例は言うまでもない、彼らの先達ゲーテの『ファウスト』である。「永遠に女性なるもの我をして曳きてゆかしむ」と歌いあげた彼の芸術性は疑うべくもないとしても、あのような形で他者に救済を期待する意識が今の私にはもはや許せない。

こう断言するためには、私もまたかつて、同じ思い込みに陥っていたことを告げねばなるまい。君もすでに幾度か聞きおよんでいると思うが、ルー・ザロメという一人の女性が私におけるグレートヒェンであると本気で信じた時期があった。

事件の顛末は繰り返さない。私はひどく失望した。しかしそれは彼女が劣等だったからではない。全く違う。彼女の精神が一流であったことは今も認めざるをえない。

失望という語を使ったのは、彼女の能力にではなく、私自身に対してである。私もまた恣意的な思い込みの中にいた事実を指してである。ただ、それを知ることにより、私の認識を一層深めさせてくれた点で、なるほど優れた彼女は導きのきっかけを作ってくれた。

我々は、他からの救済をいかなる形においても求めてはならない。そしてそこに我々一人一人が真に英雄たりうるための秘密がある。

では、どうすればよいのか？　どうか聞いて欲しい。

私は一八八一年の夏、シルス・マーリアのとある岩の前で、決定的な確信を得た。

それはシルヴァプラーナ湖畔の森を散策中に起こった。スールレイの近く、三角形に聳える巨大な岩の前で私は立ち止まった。その岩は、どう言おうか、何か、宇宙の中心にあるもののように私には見えた。いつかも述べたように、世界には無数の中心がある。それぞれが真の中心なのだ。その岩もそうだった。

奇妙な想像が私を襲った。その岩は広大無辺な虚無の空間に浮いているのだと。そして巨岩は強烈な意志の力を持ち、その力は周囲を従える無限の虚無にも打ち勝つほどの荒々しさで屹立しているのだ、と。

この時だ。私は恐るべき明確さで直観した。世界は無限に回帰し、宇宙の全時間を通じて進歩というものは一切なく、悲惨と不正と頽廃、愚劣さがその量を僅かでも減らすことは決してない、と。世界は、永遠に回転するのみであり、いかなる人間的論理や技術によってもその質を変えることはできない。人がどれほど奮励努力しようとも、人間そのもの、運命そのもの、そして宇宙そのものを変化させはしないのだ、ということを。ありうるのは繰り返しのみ、すべての改良の努力、変革への意志は報われないということを。

現に生き、すでに生きたこの生をもう一度、また無限回、生きねばならない。そこに新しいものは何ひとつなく、あらゆる苦痛、あらゆる喜び、あらゆる思想、祈念、嘆息、生ゆえの小なる性と大いなる性のすべてが回帰するに違いない。

しかも、ここで私は驚愕の眼を瞠《みひら》きながら、さらに実感したのだ、このように救済を一切拒否された世界において、唯一人間の示しうる高貴さとは、にもかかわらず世界を全面的に肯定することなのだ、と！

人がどれほどの苦痛と憤激、悲惨な運命、理不尽への従属を強いられていても、にもかかわらず、心から、自己の運命に「諾」と言うこと。それがなされえた時、彼は真に英雄となるのだ。

これを知った私の歓喜をどう伝えよう？　宇宙全域へと拡がり続ける心を震わせながら、私はその時、紙切れに「人間と時間を超えること六千フィート」と書きつけた。

神は死んだ。もとより救済はない。

それでよいのだ。人間が自己の力のみで、無限に打ち勝つためには。肯定！　肯定！　肯定せよ！　あらゆる否定の言葉とは、王たりえなかった者の貧しい怨恨のなすものである。肯定せよ！　すべての世界苦を背負いながら高らかに哄笑しつつ、火に焼かれる大王たれ！

近く私は大部の著作を書き下ろすだろう。そこでは人の限界を超えた結晶のような存在が、いかにして自分はかく成ったかを世界に向けて語るはずである。ここで私は私という意識を超え、遥かな高みに立つことの喜びを知るだろう。

私は今、歓喜に溢れている。そしてそれはエルヴィン、君への感謝のゆえであるのだ。自身を尊しと実感させてくれた賢明な、そしてうるわしい友よ、私がいつまで今の状態でいられるかは怪しい。それがいかなる形となるかは予測できないが、遠からず決定的な事態が生ずるだろう。そうなる前に、啓示の書を書き終えていることを望む。

再び言う、君と学んだ時こそ、わが至福の時であった。

一八八三年二月二日ラパロにて

フリードリヒ・ヴィルヘルム・ニーチェ

ハイデルベルク大学で教鞭を執る文献学教授エルヴィン・ローデは朝、部屋付きの女中から渡された手紙を書斎で二度読んだ。

内容の崇高さに身が引き締まる思いがした。またそこへ至る彼フリードリヒの、冷え冷えとした遍歴を想像して胸が痛んだ。

それとともにエルヴィンは、フリードリヒのたくましい意志と抑制の裏にある内密な感情の影をも読み取った。エルヴィンがフリードリヒとともに大学時代を過ごし、ともに酒をくみ交したり、また議論を闘わせたりした折にもそこはかとなく感じていたことである。しかもおそらく、現在に至るまで、フリードリヒ自身は意識もしていないことである。

彼の女性関係が、学生時代の頃から貧寒としたものだったことをエルヴィンは思うのだった。フリードリヒは女性に対して非常に無器用だったが、それは彼の風采が上がらないとか、内気だとかいうこと以前に、女性へのある種の根深い拒否によるのではなかったろうか。

彼の、ルーという女性への愛し方にも矛盾がありありと窺われる。もともと無理があったことに本人は気づいていない。

「だが、……」エルヴィンはひとりごちた。

「現に彼が偉大であることはそれによって何ら差し引かれるものではない」

そして最も気にかかったことは別にある。エルヴィンは手紙からひどく不吉な予感を得た。一気に世界が崩落するような無残さである。だが、それが何か、何ゆえかを言い表わすことはできなかった。否、言葉にしてはならないような気さえした。

熟慮の末、エルヴィンは居間へ行き、手紙を暖炉で焼き捨てた。

この後、フリードリヒが大著『ツァラトゥストラはかく語りき』を発表した際も、またさらにその六年後、ニーチェ発狂すとの報を得た時も、エルヴィンは決して手紙の内容を他人に伝えることをせず、それゆえ、この書簡が記録に残ることはなかった。

6　リュウタロウ（2）　1980　鎌倉

笹岡龍太郎が死亡したのは一九八〇年もおしつまった十二月十日。鎌倉の笹岡邸を日高由之《ひだかよしゆき》が訪れた二日後のことである。

ピアノを習っていた生徒の一人が、広間で倒れている笹岡を発見した。レッスンの日、笹岡は玄関の扉の鍵をかけず、生徒たちには勝手に上がってよい、と告げていた。

心臓発作とのことである。彼の父も同じ死に方をしていた。

日高の前で、笹岡はたびたびブルックナーの作品について語った。

「……フルトヴェングラーがこんなことを言ってる。

『ブルックナーのあらゆる熟慮と志向は究極において、自己に内在し、しかも自己を超越する神的なものに捧げられています。彼はこの世とは別の世界、よりよき世界を知っていたのです』

……といってブルックナーを神聖視する必要はない。彼にはいつも、ひどく人間的な欲望があった。有名になるため、認められるために見苦しく涙ぐましい努力をした。『よりよき世界』というなら、俺は以前からヴェーベルンの精密で簡潔な世界の方が好きだった。

ブルックナーの音楽そのものが真理なのではない。そこに真理への強い志向が感じ取れるというだけだ。

ブルックナーの作るものには音楽、と言うだけでは足りない、意志みたいなものがある。よい旋律と綺麗な響きを聞くためならあんな長い複雑な交響曲でなくてもいいわけだ。ブルックナーの交響曲にはアラベスク模様みたいなところがあるね……無意味な空間を意味で埋め尽くそうとするような意図が……彼は世界の無意味を克服するために創作した。

彼の作品は、だから、聞く者にくどいほど意味に満ちた時間を与えてくれる。それが重苦しいという人がいて当然だ。あんな大袈裟なやり方をしなくても、流れる時間の一瞬一瞬に意味を与えることはできたと思う。やっぱり彼も時代の精神に左右された……。

でも、それだけじゃない、彼はその先を行こうとしていた。今でも、九番の三楽章を聞くと、これはいったい何だろうと思う。ザンクト・フロリアン教会で初めて聞いた時の顫えるような驚きは今も忘れない。あの響きが俺の一生を決めた。

あれをロマン派とかなんとか決めることはもうできない。自己表現のための『芸術』でさえもない……そしてあの先の、もはや聴こえないところにこそ本当のものがあった……」

「……ブルックナーの音楽を聴く者はたとえ好きになれなくても、何かを受け取るはずだ。その何かの大切さに比べれば、己の好悪なんかどうでもよいじゃないか。

ええ？　大切なものとはどんなものだ、と言うんだろう？

うん、例えば……

空を仰げ、真に聖なるもののみ想え、という呼びかけ、とか……ただし、これは間違いの多い言語的翻訳でしかない。まったく違う何通りもの言い方がある。滅ぼせ！　なんていうのでもいい。そしてそのどれもが少しずつ正しいと同時にどこかで大切なものを取り逃がしている。

真実を伝えようとするときのもどかしさは、この地上にある表現方法しか手段がないということだ。それで伝えようとすれば、必ず不完全になってしまう。真理はこの世界以上の何かだからだ。

人によってはそこで諦める。そうしない人は何度も何度も作り直すことになる。ブルックナーは自作の改訂ばかりしていた人だ。

彼の度重なる自作の改訂は、地上に響く音だけでは真理を表現しきれないというもどかしさの表われだ。そして結局完成しない。

俺はブルックナーの初稿から第二稿、第三稿、ものによっては草稿、その上、演奏のときに弟子たちが勝手に変更した改訂版まで譜読みしたし、どの版がその曲にとって最も望ましい形かも、ある程度、個人的な判断の基準を持っている。弟子たちの改訂には、本当に何もわかっていない、と怒りたくなる部分が多い。

ところがだ、改訂譜を使った演奏でさえ、クナッパーツブッシュの録音やら、フルトヴェングラーのやら、立派な、いい演奏がいくらもあるんだ。

こういう演奏というのは今では学問的立場からは否定されるし、せいぜい歴史的意味しか認められないというのが実状だ。それは当然のことで、オリジナル優先主義の意義は俺も認める。けれども、その音楽自体が間違ってるわけではないんだ。

改悪譜によってさえ立派な演奏がありうるのは、演奏者がどこかで、ブルックナーになり変わって音楽を作ろうとしているからじゃないか？　そこから伝わってくるのは、決まって理想への切ない憧憬だ。よりよいものへ、今あるものよりさらによりよいものへ……そのためなら敢えてオリジナルとは違うことをやってもよいではないか、というような……。

こうなると、もう、ブルックナーという存在が個人の名ではなくて、ほとんど集団的な意志のような感じがしてこないか？　それは例えば、幾とおりもヴァリエーションのある聖書の記述や、もっと異本の多い仏典に似ている。

この不完全な世界で、真理を完璧に表現できると決めるのはどうも正しくない。何か言えば無数の言い残しが出る。

音楽で言えば、平均律というのがすでに妥協の産物だ。これで調律しないと自由な転調ができない。純正律だけであらゆる調を望ましい響きに奏でることはこの世界では不可能だ。ひとつのよいものは多数の何かを犠牲にしないと得られない。そういうところに我々は住んでいるんだよ。

真理はひとつである、というのはそうあってほしいという願いの現われでしかない。真理に触れる表現は大抵、必ずしも間違っているとは言い難い数多くのヴァリアントを伴って立ち現われるものじゃないだろうか?」

このように話す笹岡は常に真剣で、言葉にならないものを懸命に伝えようとしているのがわかるので、日高は退屈をこらえていつも最後まで聞いた。


一九六六年、笹岡龍太郎は留学先から突然失踪し、五年後に帰国した。ヴンダーリッヒ師のもとを離れた理由は今もわからない。行方不明の五年間、どこで何をしていたかについても、かたくなに口を閉ざしてきた。

帰国以来九年、笹岡は全く演奏家の道を退いていた。

以前の笹岡の才能を知る日高には不可解であるとともに、ひどくはがゆい思いがしてならなかった。笹岡とは大学をともにしていた。日高もまた音大ピアノ科を出ている。しかし入学当初から笹岡には圧倒されっぱなしだった。日高は笹岡の才能を目のあたりにして演奏家をめざすのを諦めたようなものだ。日高は卒業後TV業界へ入った。

帰国後の笹岡の言葉によれば、自分程度のピアニストは他にいくらでもおり、自分のやるべきこと、自分にしかできないことはピアノの演奏ではない。クラウス・リヒテンベルクによって自分のやりたいことはすべてなされており、もはや自分の表現が必要ない、というのだが、そもそもその笹岡の才能が理由でピアノを捨てた日高は収まらない。笹岡が世界的なピアニストになってくれることは日高自身の希望でもあったのだ。

それで何度か働きかけをした。テレビ局に勤める日高には幾つかのつてができた。第九回国際プロコフィエフ・コンクールのタイトル保持者である笹岡ならば小規模なリサイタルの開催は難しいことでない。レコード会社を紹介しようと持ちかけたこともある。

笹岡はすべて断わった。

ただ、録音を許したことが一度だけある。藤原という、大手広告代理店に勤める知人に笹岡のことを話すと、興味を示したので会わせてみた。

そのとき笹岡が即興に一曲弾いて聴かせたのが耳にとまり、藤原は、ぜひそれをテープに取らせてくれ、と言う。なぜかこのときだけ、笹岡は応じた。テープがその後、どうなったかはわからない。どこかで使われたとも聞かないので、今も藤原が持っているのだろう。

一九七六年以後の笹岡は、祖父と父が築いた財を自由に処分できる立場となり、以前にも増して世間に背を向けるようになった。

三年ほど前、日高はある特集番組収録のさい、笹岡のかつての友人、グスタフ・シュナイトと会う機会を得た。シュナイトは現在国際的なチェリストとして活躍しており、数回来日している。彼についてはその腕前とともに人柄のよさを何度か笹岡から聞かされていた。

笹岡がなぜ演奏家としての表舞台を去ったのか、聞いてみたが、自分にもそれはよくわからないとシュナイトは言った。

「ただ、ある時期から人柄が変わったようになった。やはりクラウスを知ったことが原因だろうか?

以前みたいな、演奏へのやみくもな情熱が感じられなくなった。音楽家には音楽そのものを目的にできる者と、それが手段にしかならない者とがいる、と何度も言っていた」

また、ブルックナーの交響曲を知ってしばらくの後、笹岡は「新しさの価値」ということを批判するようになった、とも告げた。

「あの現代音楽の伝道師みたいだったササオカが、変わったものだ……ブルックナーのおかげで……」

笹岡が言うには、音楽に限らず、すべての表現には進歩・反動とか新しい・古いという区別は無用であると。

「とにかくやむにやまれない呼びかけでさえあればいい、とササオカは言った」

「彼はどうして失踪したと思いますか？」

「ただ、修行する、とだけ言って去った。何をしてきたのか……インドへ行ってヨーガでもやってきたのか……まるでわからない。……おお、そうだ、ひとつだけ、『驚異の世界』ヴンダーヴェルトという言葉を憶えている。いなくなるしばらく前、ヴンダーヴェルトを捜す、と言っていた」

ただし、それが何を意味するかは知れないとのこと。

「何人かの友人と一緒に話しているとき、ササオカは確かにそう言ったんだが、変なのは、あとで尋ねると、そこにいた他の者は誰もそういう言葉は聞いていないと言う……しかし確かだ……あんなに何度も口にしていたんだから……」

最後に、

「笹岡にはクラウスとは違う個性があるのに、とても残念だ」

とシュナイトは結んだ。


「ところで、今でも考えは変わらない、クラウスは天才だったと思う……」

これも笹岡がよく語ったことのひとつ。

クラウス・リヒテンベルクは一九七八年の冬、自動車事故で死亡した。享年三十九、早すぎる死を惜しまれた。リヒテンベルクはその若い晩年、コンサート活動をすべて拒否し、レコード録音のみによる演奏活動を続けたことでも知られている。

「……特に彼のあの、録音だけして、公演をやらないっていうのは正しいやり方だった。それでも確実に、あるイメージが送り出されて、受け手とのコミュニケーションは行われる。

俺はコンサートで演奏家と聴き手が本当にいつも『コミュニケート』してるかどうか疑問に思う。

特にコンサートの後で『演奏家を囲んで』とかいうのは最低だ。そんなことは隣の家の人とやればいい。

本当のコミュニケーションとは何だろうか。それは必ずしもわかりあえるという前提の上にはない。

そもそも結果が予想できるようなものではない。ひょっとしたらとんでもない決裂が待っているかもしれない、常にそんな危険と背中あわせにあるものなんじゃないか。

まして安全で内容のない話を交わすことでは全然ない。好意を持ちあうことさえ邪魔な場合もある。

ある思いもよらないイメージの到来によって、自分の無意識の中に何かが生み出されてゆく、高度なコミュニケーションというのはそういうことではないだろうか……それには一定の距離がある方がいい。

だから、これまで『人間的』と言われてきたような『社交』や『心の触れ合い』のムードは却って邪魔だと思う」

クラウスの話になると、笹岡は決まってこのように続けた。

「時間がない。明日来てくれないか」

突然、笹岡から電話があったのは十二月七日深夜のことだ。それまで、連絡は日高から、というのがほとんどだった。

翌日、日高は笹岡の屋敷を訪れた。

門をくぐるとゆるやかなピアノの音が聞こえた。時代めいて黒ずんだ壁に、アールデコ調の木の扉、その真ん中に取り付けられた古い銅のノッカーで訪問を知らせると、音楽は止み、すぐ笹岡が戸口へ出てきた。

「待ってたよ」

「あ、テレビのおじさん」

脇に武夫がいた。笹岡の姪の子である。

「おや、こんにちは」

「次のお客さんだ」

日高と入れ代わりに、武夫は帰り支度を始めた。

「いいね、あとはお前次第だからね」

「うん」

「いい話だったかい？」と日高。

「うん。とても」

「そう……じゃあ、さようなら」

「さよなら」

「入ってくれ」

笹岡が顔を向けた。

来るたびに眼を惹く小物の置かれた壁龕《へきがん》のある回廊を通り、非常に広い居間へ通された。中央にグランドピアノが蓋を開いており、それへ向けて二本、マイクがセットしてある。脇にある録音用の機器は本格的なものである。

「これは？」

「今まで君には言わなかった。うるさいからね」

周囲の壁は天井まで使った書棚となっている。書籍の数は膨大だ。

書き物机には、ヴィーンから取り寄せたのだろう、ブルックナーの批判版譜が十冊ほど置かれている。

笹岡は日高を奥へ導いた。ピアノから少し離れると、冬陽のさしこむ窓に寄せて小卓を挟み、ソファが向き合わせてある。

「わざわざ呼びつけて済まない」

笹岡はそう言って、キャビネットからブランデーの瓶とグラスを取り出し、日高の前に置いた。

大正時代に建てられたというこの古い屋敷を訪れるのは、笹岡が半ば趣味で教えている生徒四人を別にすれば、姉の娘にあたる山内夫人とその息子の武夫、それに日高だけである。

六年前に父が、四年前に母が亡くなって以来、独身の笹岡に家族はない。十二歳違いの姉も九年前に死んだが、齢の近い姪の山内夫人とは以前からよく行き来があった。最近、武夫には貴重な素質があることがわかったと笹岡は言った。武夫は、母の言葉に倣って笹岡を叔父さんと呼んでいる。

「武夫君といつも何か秘密の話をしてるだろう。よほど大事なことなんだな」

日高はからかいぎみに言う。

「そうさ。大事だ。俺はもういつ死ぬかわからないからな」

「なんだお前、いつから重病人になった?」

日高はべつだん笹岡の健康に異常ありとは聞いていないし、経済的に危ないわけもないことを知っている。しかし、この時、敏感な日高は、相手の、今までにない気弱さを読み取っていた。すぐさま冗談にまぎらそうとする日高を制して、笹岡は続ける。

「いや、不安はない。無意味の中で死んでゆくのとはわけが違う。俺は幸福だ。

それに武夫がいる。あいつがいてくれたおかげで、俺は焦ることもない」

「なぜだ?　どうしたんだ?　大切なことって……?」

「大切かどうかはずっと後にならないとわからないだろう。だが俺はやれることは全部やったつもりだ」

「何を？」

「ここに、……」

と、笹岡は立ち上がり、大きな戸棚の両開きの扉を開けた。中には五段の棚があり、それぞれにオープンリールと楽譜の束が詰まっている。

「俺がヴィーンから帰って以後の、演奏と作品の記録がある。ピアノ曲と室内楽がほとんどだが。これを君に託す。どうにでもしてくれ。不要なら焼き捨てていい。これは俺の仕事のごく一部でしかない。届かない呼びかけなら捨てるべきだ」

笹岡が秘かに演奏を録音する一方、作曲まで続けていたことを、日高はこの日、初めて知った。日高は笹岡の演奏家としての長い沈黙についていくらか納得した。

「そうか……わかった、焼き捨てるなんてとんでもない、俺の手で必ず売りこんでやるからな」

「そういう風に言うと思って、隠してきたんだ。これはどれも完全じゃない。例によって正しいものを示そうとするといつも出来てくる迷い多いヴァリアントだ。幾らかは正しいが常に少しずつ誤っている。

石の観想を続けているとやたらに曲想が湧くものだから書き留めただけだ。本当はわざわざ君の手を煩わしてもらうにもあたらない。これが聴くに価するものかどうか、疑問だ。ただ、何かの役には立つかも知れない。

実を言えば、俺にとって音楽は今も必要だが、自分で演奏したり創ったりするものとしての音楽は、もう二次的なものになってきている。俺の音楽はそれ自体が目的じゃなかった。飽くまでも手段だったんだ。

……それより、武夫と、他にも何人かの生徒に俺のエッセンスを伝えることができた。こっちの方がよっぽど大事だ。これは残念なことに伝えられる相手とそうでない相手がいて……」

「演奏が二次的だ？　作曲までしてた奴が本当に音楽を捨てることができるのか？」

「もう何度も言った、クラウスがいる……」

「クラウスは二年も前に死んだじゃないか」

「だが、彼の演奏は理想的な形で記録されている。わざわざ実演に接しなくてもいい。誰でも幾らかの金を出せば手に入るディスクになってる。いつでも、何度でも再生できる。この後で俺が不特定多数に向けてやる意味はない」

「またそれか」

「俺は音楽以外のやり方でフルトヴェングラーの言う『よりよき世界』……もう一つの宇宙の基になるものを伝え終わった。過ちの多い世界を一気に変革するクリスタリジーレンの法をだ」

「何なんだ、それは？」

「君はいい友達だ。俺は本当に君がいてくれてよかったと思う」

「いきなりどうした。お前本当に今日はちょっとおかしいぞ」

「そうだな……君にわかってもらうのはむずかしいよ。これは見えるか？」

と笹岡は右手をさしだして見せた。何かをささえるように三本の指を立てている。

「何がだ？」

「見えないか？　これが」

「これが、って何がだ？」

「見ろ、こんなに透き通ってる。俺の仕事はほぼ終わったってことだ」

笹岡の眼は遠くを見るように細まり、右手の指の先に向けられている。

日高は口をつぐんだ。幻覚としか思えないが、といって話しぶりは以前と変わらない。ともあれ、相手に合わせるべきかどうか？

考えていると、笹岡はさらに言った。

「ブルックナーの目的と同じ、要するに呼びかけだ……後に残したものはまるで違うが……」

「だったらどうして演奏家をやめた？」

「地上の音楽を捨てて、永遠に響くもののために生きると約束した」

「誰とだ？」

「ふふん。メフィストフェレスとな」

「そういう冗談は似合わないぞ」

「これを冗談と思うか？」

「違うと言うのか？」

「ある不思議な者と約束を交わしたことは嘘でない。それ以来、俺はこの世界のためでなく永遠のための音楽をやるようになった」

「俺にもわかるように言ってくれ」

「俺はある修行をした。この世界で理想を育む訓練だ。

ドイツ・オーストリアには地上を遥かに離れた理想を本気で求める伝統があった。俺はそれを学んだ。ノヴァーリス、ニーチェ、ブルックナー……他にもたくさん、永遠を夢見た者たちがいる……最後に辿り着いたのは地下の閉ざされた一室だった。そこにすべての智を与える者がいた……」

「で？　何がわかった？」

「駄目なんだ。隠してるわけじゃない。伝わらないんだ、この世界の君には」

「……」

「君にはラピスが見えない。だから結晶を受け取ることもないだろう。だからと言って、君が立派な男であることには変わらない……」

日高は、その口調に笹岡が精一杯の慰めのようなものを盛り込んでいるのを感じた。

「帰国以来、俺は秘法を受け継ぐ人間を捜し続けていた。とても少なかった。

いつか君が連れて来た藤原さんて人には素質があったが、でも完全じゃない。彼の場合は相当の修行をしなければだめだ。彼はそんなことのできる状況にないし、その意志がないのもわかっている。

それでも数人の弟子ができた。ピアノを教えているのもそのためだ。今、通ってくる子の中では湊城《そうじょう》という女の子が武夫に次いで筋がいい。

クリスタリジーレンには俺の音楽がある程度の触媒になる。俺がかろうじて音楽を続けているのはそのためだ。

武夫に能力があることを知ったのは去年だ。それまで、あれはまだ幼くて、まともな話をしたことがなかった。でも、少し話しただけで、すぐに素質があることがわかった。今まで出会った内で最高だと思った」

「それ以外には君のその才能を使う気はないと言うのか？」

「そうだ。俺にピアノの才能があるとしたらそれは、演奏会のためでもレコーディングのためでもない。限られたある種の人間の心の中に結晶を育てるためのものだったんだ。

俺は永遠のために音楽をやると言った。でも君のいる世界を見捨てたんじゃないことはわかってくれ。ここに残したものは俺がこの世界のためにできる最善のことだった」

日高はその日、結局、笹岡が実際に何をめざしていたのかを聞くことはできなかった。


日高の手元にはその死の前々日、笹岡から託された数十巻のテープとトランク三つ分ほどの楽譜が残された。

楽譜は断片と簡単なスケッチが多かった。完全無調のものもあれば伝統的な五音音階によるものもある。微分音を多用するため、擦弦楽器でないと演奏不能のものもあった。どれも単一の旋律を繰り返すかに見えながら僅かずつ変奏されていく形式を取っており、旋律の単純さに比べ和声は複雑で変化に富む。リズムも多様だがおよそは幾度か交代循環する。

中には全く同一の繰り返しのように見えて、いつの間にか、最初とは似ても似つかない音形となってしまうものもある。しかもそれは書かれなかった先のさらなる変化へと続くことがわかるのだ。

　録音された笹岡自身の演奏もまたそうしたものが主であった。ときには急激な変化も見せるし、意外なところでトーン・クラスターが鳴り響くこともある。しかしある種の現代音楽のように突然の轟音や故意の不安定さによって聴き手を驚愕させるような手法は用いない。基調は緩やかさと静けさである。それで何げなく聴いているといつしか眩惑されてしまう。ミニマルミュージックと言われるものに近いが、それよりさらに瞑想的である。

　譜に書かれたものも自演も、どれも終わりを予感させないことに日高は驚いた。彼が永遠がどうとかと言っていたのはこういうことだったのだろうか？　自分より音楽的な感覚に優れた人にもぜひ聴かせてみたいと思った。どう言うだろう？

　葬儀の日、日高はいずれ必ず、笹岡の作品を世に送り出そうと誓った。

7　カール　1956　チューリヒ――インテルメッツォ――

「アンナ、今日は疲れたろう、そこにかけたまえ」

「ありがとうございます、ユング先生……でも何か？」

「最近ひどく弱ってきているのがわかる。私もそろそろ死の準備をしなければならない。否定してくれなくてもいい。死は誰にでもやってくる。ただ、私が生涯に得たものを伝えられるうちに伝えておこうと思う。それが私の神の命ずることだ。

君はとても熱心な生徒だった。とりとめもないことだが聞いてくれるかね？」

「もちろん。光栄です」

「話しておきたいことは多いが……やはり石のことから……石は私にとって、常に重要な、そうだ、重要な何かの扉を開く鍵だった。

小学生の頃だ。家の庭の壁に沿う坂道の途中、半分土に埋まった石があって、私は『僕の石』と呼んでいた。

その石の上によく座った。そのたび考えることがあった。

今ここにいる僕とはどちらなのだろう？　石に座っている自分が僕か、彼の座っている石が僕か。

妙な考え方だったと思う。それは当時、私が、自分の本質は石だ、と決めて心を鎮めていたからだ。

つらいことがあってもそう考えれば楽になった。それだけの、子供の頃の心の拠り所だったアイデアは、その疑問は、しかし後になってもなくならなかった。誰、というその誰とは何なのか？　この問いは、何か大切な秘密に通じている気がする」

「先生の疑問は今も続いているんですね」

「そうなのだ。

もうひとつ、私にとって大切な石があった。十歳の時、お守りにしていた。これは君にもいつか話したね……私はきかん気の子供で、当時はひどく困ることが多かったが、その石を思い出して石のイメージを心中に保つことでどうにか乗り切った。

人間にとって石とは何だろう……」

「永遠の真理や知恵の象徴、ですか？」

「普段ならそう答えておくところだが。

真実は堅固なものと思われがちだが、実は違う。このひとときが絶対だと思われる瞬間は一生のうちに何度もある。しかしそれはしばらくたつと絶対でなくなる。恋愛が最もよくわかる例ではないか。真剣な恋愛は嘘ではない。確かにそのときそのときの愛は真実なのだ。しかし愛が去ってしまえば同じことをしてもそこに真実はない。真実は、それを認識する主観と別でない。主観なしに真実はない。

我々生ある人間にとっての真実とはすぐ蒸発してしまうものなのだ。それを知っているから、人は真実に、硬い結晶の形や巌の質を与えたがるのではないのか。永遠に変化しないからではなくて、変化しないことを祈って、だ。

私が石を拠り所にしていたのもそう考えてのことと今はわかる。苦難に見舞われた時、例の石の上に腰掛けていると安心した。心が静まった。自分が石であると考えれば葛藤が止んだ。石は不確かさも、何かを伝えようという衝動も持っていない。しかも数千年にわたって同じでいる。一方、私はと言えば、すぐ燃え上がり、すぐ消える炎のようだ。つかのまの現われに過ぎない。

だが、情動に動かされるばかりの私の中にも、永久不滅の石のような誰かが存在する、そう考えることができた。

いつからか私には、感情に従い実生活にあくせくする自分と、それを冷静に見詰めるもっと拡がりのある他者、という認識が生まれた。他者とはいうが、それもまたより大きな意味での自分なのかも知れない。

アンナ、昔、錬金術師たちは『賢者の石』を単にラピスと呼んでいたことは知っているね」

「はい」

「『賢者の石』とは何を意味したか？　それは物質的なレベルに留まるものではない。むしろ、心に生じた結晶、不変の石、そうしたものと考えるべきではないのか。私の心にあったようにだ。

一九四四年のはじめ、私は心筋梗塞を起こした。さらに続いて足を骨折した。それが理由でしばらく意識喪失状態にいたそうだが、このとき夢を多く見た。その一つがこうだ。

私はとても広い、空虚な空間に浮いていた。遠くには青い星々が見えた。宇宙空間にいるのだとわかった。

しばらくすると、少し離れたところに真っ黒の岩の塊が現われた。隕石のようだった。大きさは当時の自分の家くらいで、およそ三角形をしている。私とともに宇宙空間を漂っていた。

岩は中が空洞で、その洞は人工のものであるとわかった。入り口には階段が刻まれていて、中に礼拝堂があることも、なぜか私は知っていた。いつか見たヒンドゥーの礼拝堂と同じものなのだ。

岩の階段へ近づいた時、どうしてか、一気に心のありさまが変わった。これまでの私の目標や希望、思考、また地上に存在したすべてのものが消えた。消えたと感じた。あとには自分の過去の生活と経験だけが残った。抽象的な知識でない、裸の私が残ったのだ。

このとき、岩の中の礼拝堂に入れば、私が終生疑問に思い、問い続けてきたことに対する一つの答えが得られることを確信した。

この岩、虚空に浮く巌とは何だったのだろう？」

「それが賢者の石ですか」

「そうだ。少なくともそれと同じものだと、私には思える。

かつて私は、グノーシスの研究に没頭した。古い時代のグノーシス主義者たちの思想は、この世界が邪悪な造物主によって誤って作られており、正しい世界へ帰るための叡智、すなわちグノーシスを求める、という極端な現世否定論だった。それは私のやり方とは大きく違う。しかし、アンナ、正直に言えば、彼らのことを記した文献を初めて読んだ時、私は、とうとう自分を理解してくれる友人たちを見出したようにさえ感じたのだ。

思えば私はグノーシス主義者のようにして世界の外を認識しようとしていた。私が著書に何度も記した『自己を感知する』というのはそのまま『世界からの意識の離脱』という意味だ。

こういうと何かひどく神秘的なようだが違う。きわめて単純なことだ。毎日職場で上司の顔色を窺う自分、妻のなんでもない言葉に気を悪くする自分、金銭問題に気をもむ自分、人間関係に悩む自分、こういう『この世の経験的な私としての自分』とともに、それを眺めている石のようなもう一人の自分の存在を私は感じる。私のかたわらには常に私を客体として眺める『私自身』がいる。それを私は『自己』と呼んできた。

『自己』はいつも私の後ろに、知覚できない所にいる。そしてこの世界全体が『知覚された側』であるなら、『自己』はこの世界全体とともに世界の外側にいることになる。それがときに石という象徴となって示される。

だがこの世界はひどすぎた。あの大戦ひとつとってみても、この世界が正しくあるとはとても思えない。ああいうことを目のあたりにした時、ここは自分が本来いるべき場所ではない、自分は異邦人だ、と考える者がいたとしても、その感じ方を間違っていると言えるか。近代人の意識が広く世界情勢を知るにつれ、そうした現実離脱の方向に進むことは必然だったんじゃないだろうかね。

グノーシス主義は後にネオプラトニズムに影響したり、錬金術に受け継がれたりしてヨーロッパ中に広まっていった。

その系譜はルネサンス以後も、例えばドイツのある種の作家たちに、とりわけゲーテの『ファウスト』に、そしてその後、ニーチェの『ツァラトゥストラはかく語りき』にまで続いている。これらはグノーシス主義から哲学的錬金術を経て続く黄金の鎖の一つ一つの輪なのだ。使徒時代のシモン・マグスから始まる超越への意志、救済への志向が、こうした形で脈々と受け継がれている。

『ファウスト』はどこをとっても錬金術的思考に彩られているが、その意味では第二部第三幕、ギリシアの美女ヘレナとトロイヤの王子パリスの場が最も重要だ。錬金術の秘儀を記した画は昔から多くあって、火と水、太陽と月、王子と王女の結合が繰り返し出てくる。パリスの役割を担うファウストはここでヘレナと同一化する。それが錬金術における対立物の一致、つまり『結合』の過程を示している。

だが最後のファウストの死は時代に制約された結果でしかなくて、納得のゆく解答とは言えない。『結合』に続く錬金術的過程、『誕生と変容』が描かれないままになるからだ。それは死後、彼岸で、つまり無意識世界で起こるとされて終わる。ここに未解決の問題が残された。

その問題はニーチェに継承される。彼は『ツァラトゥストラはかく語りき』で超人への変容を語った。これがゲーテの書けなかった『誕生と変容』の過程の報告になっている。

『ツァラトゥストラ』。確かにこれは未曾有の書だ。グノーシス的精神の持ち主なら必ずこれに反応するはずだ。この書の以前と以後では世界の意味合いが変わる。かつての私もそう考えて、一言一句を注意深く読んだ。

その結果、今の私としてはやはりニーチェは大きな間違いを犯したと言わざるをえない。

『ツァラトゥストラ』の中で、『綱渡り』について語った章がある。あそこに私は『超人』の実現を望んで遠くまで行きすぎたため、日常に生きるすべを失ってしまったニーチェ自身の象徴を見た。綱渡りの墜落は後のニーチェの精神病を示すように思える。

ニーチェの誤謬は彼の『自己』である超人を不用意に我々自身に近づけすぎたことだ。その由来について知らず、理解しない世間に、無思慮なまま『もう一人の自己』という発想を提示した。理の受け渡しが困難と感じたニーチェはそこで、世人の情動に訴えようとして過激な比喩と賛歌風の誇張した文体を用いた。だが『ここにいる自分』である自我が、自分より遥かに大きな『自己』を同一視しようとすると、自我はどこまでも膨張する。すると霊は小さくしぼんでしまう。

　こういう人物は歴史上枚挙に暇がない。よくわかる例としてヒットラー一人を挙げれば十分だろう。世界大に拡大した自己と生身の自我の同一視は常に危険な煽動家を生む。

　だから、私は『ツァラトゥストラ』の中の真の霊感とニーチェ個人の自我のインフレーションによる歪曲誤謬とを区別しようと思ったのだ。

　神は死んだ。ニーチェはそう言ったが、それは彼の、キリスト教への怨恨のためだ。神は何もキリスト教のそれでなくともよい。今やそんな硬張った定型に従う必要は全くない。神と言って悪ければそれを神秘そのもの、聖なるもの、宇宙の存在の不思議さそのものと言ってよい。宇宙は実在する。ゆえに神秘もまた実在するのだ。

　ニーチェは神秘ということ、つまりは神の実在ということを認めようとしなかった。それでひどく無理な『超人』を告げることになった。考えてみたまえ、この世のあらゆる間違いを、この世にいながら肯定することは誰にもできない。できるとすればそれはすでにこの世界を脱出した者だ。ところが、彼は、この世の外、という考えを持たなかった。そのため彼の論理は破綻した。不可能としか言いようのない結論となった。それはそもそも彼が『神』という名の神秘、不可知を否定したためだ。

　信ずると信ぜざるとにかかわらず、神は実在する。それがキリスト教の神ではないにしてもだ。その神に向かう道の発見こそが究極の問題だ。神秘抜きの救済は不可能なのだ。神、と呼ぶほかない世界の神秘と真理を感じること、そして同時にこの世界で生きること、どちらの一方も欠けてはならない。だがニーチェはこの世界で生きることを放棄していた」

「先生、でも、ニーチェはもともとこの世界に違和感を持つ人なのでしょう?」

「そうだ。だが、全く彼岸だけを見詰めようとするエリート主義を私は取りたくない。救済はもっと広くあるべきではないか。

もうひとつ、ニーチェはすべてが永遠に同じことを繰り返す、と言った。それはなるほど敷衍《ふえん》して考えれば正しいとせねばならない局面が多い。あの第二次大戦の愚行を見るだけでも、ああした過ちはこれまでも行われてきたし、これからも起こりうると思わせる。また、それはこの世界に留まらない。理想と欲望に引き裂かれた精神のあるところ、常に愚かな過ちが正しさを上回る、と思わされる。だが、本当に、永遠に同じだろうか? それを肯定することにしか人間の尊厳はありえないんだろうか?

……これは単なる私の願いなんだが、何か一回限りの、しかもそれによって世界に大きな質的変化をもたらす行いもあるんじゃないだろうか……こう考えるのはただ私が楽天主義者だからだろうか?」

「先生はとてもこの地上の生をいとおしんでおられますね。でも、今のわたしにはとてもそんなふうに楽観できません」

「かつては私もたいへん悲観的だった。救いも何も、この世とは、なんと無意味な……だが。

私たちには一つの共通点がある。君にも、私にも、透明な知、結晶の知への憧れが心に刻印されている。これは生涯消えることがないだろう。この憧れを持つか否かは人間を二分してしまうほどのものだ。

憧れと言ったが、遠い呼び声への反応、と言うべきかも知れないな。それは平安と静寂への願いであるとともに、どこか遠くとつながりたい願いでもあるのだ。

伝達、ということの大切さを私は年々強く感じるようになってきた。なぜなら、私の守護神は、神々の使者、学芸の守護神、そして伝達の神であるヘルメスだからだ。

これを知ったのは最も古い夢による。人が思い出すことのできる最初の夢はしばしば象徴的形式をとっていて、その人の全生涯のエッセンスを示している。君も幾度か分析を受けて知っていることだろう。

私の場合はこうだ。

私は牧場にいた。地面に四角い穴が見えた。近づけば、内側が石の壁になっているとわかった。中は暗く、石段が深い所へ続いていた。

恐る恐る降りて、底に着くと、半円アーチ形の入口があって、緑色をした上等の織物のカーテンで閉ざされていた。重いカーテンを押し分けて奥を覗くと、そこは奥行十メートルくらいの薄暗い部屋だった。天井はアーチ型に布がかかっていて、床は敷石になっていた。正面に低い壇があって、入口からそこまで赤い絨緞が敷いてある。壇には豪華な黄金の玉座があった。

その上に何かが立っていた。巨大なもので、ほとんど天井にまで届きそうだった。直径五十センチから六十センチ、高さは四メートルから五メートルほどと思う。樹の幹のようだが、皮膚があり、内の肉をおおっている様子だった。上に丸い頭があったが、顔も髪もない。ただ頭のてっぺんにひとつだけ眼がある。その眼でじっと上を睨んでいた。耳許で、あれは人食《ひとく》い鬼《おに》だ、と言う声がした。母の声のようだった。私は怯えた。

今ならよくわかる、これはファロス、男根神だ。そしてこの恐ろしい姿の神が私の神だった。これはさまざまに形を変えるヘルメス神の姿のひとつだ。ローマ時代、ヘルメス神は男根として示されていたことをずっと後になって知った。

私は以前、神話学者のケレーニィ教授と一緒に研究したことがある。ヘルメス神はある時は童児の形として示され、ある時は青年の形として伝えられている。またある時は男根として。

古くはエジプトのトート神とも同一視され、ローマ人はメルクリウスと呼び、錬金術師たちもそれに倣った。数限りない神秘主義的文書を残した賢者として、ヘルメス・トリスメギストスという尊称で呼ばれることもある。

だが、ヘルメスそのものに実体はない。それは何かを伝達する作用のことなのだ。人が何かを全く異なった場所へと伝えて、本人も意図しないような変革をそこに引き起こす時、彼はヘルメスなのだ。ヘルメスは何にでも変化して、世界を縦横に渡ってゆく。

私の見たヘルメスは他にもこんな形で現われた。自然科学へ進もうか、人文科学を学ぼうか、迷っていた時期のことだ。

夢の中で、私は森にいた。森には草が多く繁って、あちらこちらに小川が流れていた。森のもっとも暗い所に丸い池があって、深い藪に囲まれていた。

池には奇妙な生き物が水に浸っていた。丸い形で、乳白色に輝いている。何方向かに伸びるいくつかの触手を持っていた。直径は一メートルほどもあった。

よく見改めて、私はそれが巨大な放散虫なのだとわかった。こんな驚くべき生き物が、外から窺い知れない隠された、しかし澄んだ水の中に、自由に浮いている。素晴らしいと思うとともに実に不思議な気がした。このときそれは私に知識への強い欲求を生じさせた。私は胸を躍らせるように目を醒ました。

この夢のあと、私はためらいなく自然科学を選んだ。

さらに後、結局は人文的な精神科学へと進むことになったが、あの時の選択はまちがっていなかったと思う。あの夢に出てきた放散虫の形をしたものが、これまたヘルメスだったと考えると納得がいく。ヘルメスは常に人の知的好奇心をかきたてる。今も森の中に、地下に、住む神だ。以後もヘルメスは私に、彼方の知を探り、伝えるよう促し続けた。

ところで、放散虫の中にはその骨格がプラトン立体に近い形をしているものがあるのを知ったときは嬉しかった。規則正しい正八面体、十二面体、二十面体を示している。美しいものだ。

最近、以前見た至福のヴィジョンがまた戻ってきた。

石、結晶、花、空……

宇宙の道を知り、永遠に触れた昔の中国人はこう言ったそうだ。

『石の魂と金の輝きが永劫の生を花開かせる』

人間はその精神の成熟に必要な時間に比べて肉体的寿命が短すぎるように思う。わたしたちはあまりに未完成でありすぎる。これまでのほとんどの人間は、精神的な成熟から見ると、幼児にもならないうちに死んできたのではないか……衰えない脳を持ってせめて五百歳くらいまで生きることができれば、ひょっとしたら、より完全に近い精神を持った人間が出現するのではないかな……ごく稀にだが、精神的成熟に近い所まで達した者もいた。例えば釈迦、キリスト……しかし、彼らは異常に早熟なだけだったのではないだろうか」

「超越的認識の可能性だけはわれわれの誰にでもある、といつか仰いましたね」

「そうだ、私はそう考えたいのだ。

人間が人間より以上のものになるには、自身が石のように堅固で、長い時間に耐えられるものにならなければ難しいことだ。どうすればよいかは私にはわからない。

ここにシモン・エンノイアの書き残したものがある。エンノイアは十六世紀ころの錬金術師で、シモン・アレクサンドロスの弟子とされている。これが何かを伝えてくれるかもしれない。昨年、私の八十歳の誕生日の記念に、クイスペル教授から贈られたヘルメス文書にこれが混じっていた。

この『結晶想の技』をアンナ、君に委ねる。いつか研究してみるとよいだろう。

よく聞いてくれた。ありがとう、アンナ。

……では、おやすみ」

8 エンノイア 1579 ルーペルツベルク

ビンゲンへは一か月かかった。マインツ方向から流れるライン河が支流のナーエ川をその内に含み、針路を北に転ずるあたりの左岸にビンゲンはある。さらにそこからルーペルツベルクの女子修道院へ向かうのである。エンノイアは疲れていた。

シモンの告げたように修道院長は自分を受け入れてくれるのだろうか。とはいえ他に行く場所はない。拒絶されたら野垂れ死にするまでだ。生きたまま焼かれるよりいくらかは楽に違いない。エンノイアは今なら死ぬことがさほど苦痛でもないように思った。

上り坂が続いていた。道端に突き出た岩に腰を降ろし、歩いてきた方向を振り返ると、そばに立つ樫の樹の枝間から、ろばに荷車を引かせて上ってくる老人の姿が見えた。市の近くには乞食と子供と豚と犬の群れがいる。そのさらに向こうにはライン河が翳りかけた陽に映えている。

エンノイアという古代人のような名はむろん生れながらに持つものではない。シモンがこの輝かしい名を与えてくれるまでの十二年間、エンノイアはケルンテンのフィラッハに居を構える豪商の子、アルフレート・プライゼンダンツであった。

シモン。その名もまた世俗から得られたものではないはずだがエンノイアはシモンのかつての名前を聞いたことがない。それも今は質すことができなくなった。しかし名前などどうだってよい。エンノイアはまたも内臓が重くうずく感触にとらわれ始めた。拳を岩に打ち当て、直接・卑近な痛みで、より遠くから来る苦痛を断ち切った。

錬金術師として著名なシモン・アレクサンドロス・アケイラスは身を隠すため、ここしばらくはブリュージュで医師を業とするジャン・デーケンであった。エンノイアもまた助手のティトとしてブリュージュで三年間を過ごした。平和だった。幸福とさえ言えた。

そこでは、さらに以前、ノルウェー王の保護のもとにあった時のように蒸留器や炉こそ使うことはできなかったが、そうした物質の次元ではない、ある術が達成されつつあったのだ。負の存在でしかなかった自分のありようがそのまま、積極的な意味として認められる体験と言えばよいだろうか。エンノイアはその名とともに、かつてない自尊の心をシモンから与えられたのだ。

もの心ついて以来、アルフレートは未来に横たわる残酷な拒否の発動を予感していた。あとは宣告を待つばかりだった。失格者の烙印である。

それは六歳の折、馬丁のグレゴールとともに近くの森を通って親戚の家から帰る途中、急に尿意をもよおしたことに始まる。とても家へ着くまで我慢できないことを告げると、グレゴールは馬車をとめ、その樹の影でおやんなさい、と言ってアルフレート坊やを降ろした。

膨らんだ膀胱をしぼませてほっとした時だ、その時のことをアルフレートは今も正確に思い出すことができない。ともかく猛烈な勢いで何かがぶつかってくるとともに激痛があった。アルフレートは極度に怯え、そして気を失った。

屋敷のベッドで気がついても、熱と苦痛でしばらくは何が何かまったくわからなかった。意識が朦朧としたまま一週間も寝ていただろうか。その間の、いつまでも下腹部に粘りつく痛みと、父母の異様なほどの嘆きとが印象に残っている。

ことの真相は随分後になってはっきりしたのだが、つまりはこういうことだ、たまたまアルフレートの立っていたところへ飢えたはぐれ狼が襲いかかってきて、その鼻先にあったものを一気に食いちぎった。

狼はグレゴールが腰にしていた護身用の鉄の棍棒によってその場で打ち殺された。重体となったアルフレートは屋敷へ担ぎこまれ、直ちに医師が呼ばれた。

医師の腕は確かで、止血の技にも長けていた。傷は縫い閉じられ、アルフレートは一命を取り留めた。しかし、なくした部分が戻ることはなかった。貪欲な狼は両の睾丸を幼い陰茎もろとも奪っていた。以来、アルフレートは性を持たない存在として一生を過ごさざるをえなくなったのだ。

陰に日向に、性的な問題は六歳以前のアルフレートにも意識されていた。女中たちは、ときおり、アルフレートのズボンに手を入れ、「あら、この女泣かせ」などと言ってはそのオリーブの実のようなものを撫でてくれたものだ。もう少し大きくなれば、おつなことが待っているわよ、と教えてくれる者もいた。

事件があってから後は、その幼さでアルフレートは修道僧扱いされた。確かにいずれ修道院へでも行く以外、道はなさそうに思われた。女中たちは以前のような戯れを一切しなくなった。代わりに、いたましげな様子を見せる者、忌わしさと好奇心に溢れたまなざしを送る者の二通りにわかれた。乳母はいつまでたっても暗い表情を変えなかった。むしろ両親の方が諦めが早かった。弟のヨーハンがいたからだ。

アルフレート自身、世捨て人を覚悟していた。家庭教師を招いて、学問の習得に時間を費やした。ラテン語を学び、文学を学んだ。当時著名だった奏者にハープと歌をも習った。相当の金額が支払われたが、プライゼンダンツ家にとって大きな出費にはあたらなかったし、また、その境遇を哀れんでか、父もこうしたアルフレートの学芸への耽溺に口を出すことはなかった。

しかし学び続けてどうなるというのだろう。あだしごとである。年を追うごとに、事態が絶望的であることが明らかになってきた。容貌がひときわ優れていることが尚一層無念を誘った。例のことがなければそこらの娘たちを夢中にさせることができたろう。もちろん、事情を知らない者はよそ者以外いなかったから、アルフレートに声をかけるような物好きな娘はなかった。

十二歳の時、風邪が流行した。近隣で数百人が死んだという猛烈な流行性感冒だった。アルフレートもその風邪に罹ったのがもとで、肺炎を起こし生死のきわをさ迷った。かつてアルフレートの命を救った医師はすでに亡く、たまたま、流れ者で腕の立つ医者がいると言うので屋敷に呼ばれた。とはいえ、家の者たちが心からアルフレートの回復を願っていたかどうかは疑問なしとしない。アルフレート自身、生きていることにあまり意味を見出していなかった。

しかしその医師は速やかにアルフレートを回復させた。そのさい、アルフレートの身体に欠落があることも了解した。

ジャン・デーケンと名乗ったその医師はアルフレートにつききりで手厚い看護を施したのみならず、絶えず耳許でこんなことを囁いた。

「世のありきたりな形での愛を断たれたからといってそれがどうしたというのだ？　お前にはもっと尊い使命があったのだ。知られざる使命を信じよ、お前は選ばれた者だ。地上の天使よ、最も高貴な精神が何千年もの間、成しとげようとしてできなかったことを、お前はなすだろう……」

思いもよらぬ不思議な励ましではあった。それは、ともすれば生への意欲を阻喪しがちな患者における心身の調和の重要性を知悉した、仕事熱心な医師としての、治療手段のひとつであったのかも知れない。

しかし、かつて性を喪失して以来、そのことを哀れまれこそすれ、それを真正面から肯定されたのは初めてのことである。

この人は世の常とは違う考え方をしている。聞いたこともない考え、どうも神の許すような考えではなさそうに思える。しかし少なくともこの人の言葉に嘘は感じられない。敏感なアルフレートは、謎めいた言い方の中に、医師自身のひどく切実な期待があることを見てとらずにいなかった。

彼は熱のある間ずっと寄り添っていてくれた。世界でただ一人、自分を必要としてくれる大切な人だ、稀な人だ、アルフレートは熱に浮かされながらそればかり考えていた。

何より、アルフレートには、その医師が美しいことが気に入っていた。

背は高く、肩幅の広い偉丈夫で、秀でた額、尖った鼻、沈んだ眼、剃いだような頬、口調は静かで身振りは細心だった。日常的なことには大抵まったく無関心なのに、例えば朝露に濡れた薔薇の色や、真夜中、西に見える星の動きといった特定の事象については非常に重要と考えているらしいことが冷静な態度からもうかがわれた。他に人のいない折、医者は、アルフレートに、この世界にはそうした端々にのみ示される真実があることを教えた。

それを語るさいの奇妙な言葉からは、世に背を向け、暗闇を覗き込み続ける者の危険な知の香りが感じられた。

悪魔と契約でもしていそうなその医師が恐ろしくないわけではなかった。しかし、自分の価値を告げてくれるただ一人の人なのだ。たとえ悪魔そのものだろうがかまわない。

かつて、あらゆる栄光とともに無際限の暗黒を背負った強く凶暴な存在によって自分がさらわれてゆく夢を見たことがある。その夢がアルフレートには今も忘れられない。

アルフレートは回復するとすぐ、デーケン医師に、自分を連れていってくれ、弟子になりたい、と申し出た。医者はしばらくアルフレートを見据えた後、ラテン語と論理学に関するいくつかの問いを示し、答えさせた。アルフレートが正確に答えると医者は何か音楽ができるか、と言った。ハープを奏でてみせると、医者は、家族さえ認めれば連れて行ってよいと答えた。

アルフレートは一族の者に家を出ることを告げた。

初め、とんでもないという表情をしていた両親はしかし、ここにいても日陰者でしかない彼を、腕もよく、見たところ教養もあり、金に困っているわけでもなさそうなその男に託することを決するのにさほど時を要しはしなかった。

プライゼンダンツ家においてはほぼ廃嫡子扱いのアルフレートが、自らの道を見出したことが周囲からはむしろ喜ばれさえした。たとえ医師にややいかがわしい噂があったにせよ。

デーケン医師は、といえばその間一切自己の意志を示すことを差し控えていた。来たければ来るがよい、しかし敢えてこちらから請うわけではない、というその態度がプライゼンダンツ家の人々の信頼を得ることを思ってのことであった。

「……つまり、この時、私はぜひお前を連れてゆきたかったから、人買いと思われないようにそうしたのだ」後に彼はアルフレートに語った。

　こうしてアルフレートは彼の弟子となった。

　医師と旅だち、プラハからハンブルクへ、ケルン、またアムステルダム、ブリュッセル、と回った。その間に医師は自分が錬金術師シモン・アレクサンドロス・アケイラスであることを告げ、アルフレートに幾つかの技を伝授した。アルフレートが聡明であることは当初から見抜いていたとシモンが言った。とはいえ、錬金術師が自ら弟子を取ることはほとんどない。彼らは常に孤独の求道者である。

　アルフレートはその稀な例外というより、むしろ、以後のシモンの作業に必要な条件と言うべきものだった。アルフレートを助手として扱うことは少なく、いつも彼は祭壇に座るアルフレートに瞑想させるかハープを奏でさせるかし、あるいは歌を歌わせ、その前で作業を行った。アルフレートの心の状態が結果を左右するというのだ。

　それだけではない。夜ごと、シモンはアルフレートを抱いた。初めは寄り添い、肩を抱くだけだったが、いつしか、アルフレートはシモンにあって自分にない部分を口にあてて愛撫することを覚えた。

　シモンはアルフレートにエンノイアという名を与えた。「大いなる思考」を表わすギリシア語だという。しかもそれは、古い時代、錬金術の基となるべき思想を伝えた賢人の一人、シモン・マグスの連れていた女性ヘレネーの別名でもあるという。自分の名、シモンはシモン・マグスから貰ったものだ、と彼は話した。シモン・アレクサンドロスは、現代のシモン・マグスたるべく、長い間、自分のエンノイアを捜し求めていたと言った。しかも、女性よりももっと完全な、「原質」としての思考を。

「お前の心の中にこそ『原質』があるのだ」

それは錬金術における最初の過程である反対物の一致がアルフレートによって実現されているからなのだとシモンは言った。

「お前には性がないのではなくて、両性を持っているのだ、お前の心には強い男の意志と柔らかな女の感情がある。初めてお前を見た時すぐわかった。お前はもともと二つの心を等分に持って生まれた奇跡だ。両性具有者なのだ。

しかしお前もそのまま成長すればいずれ男性の肉体の発達によって精神にも男の領域が増える。結局普通の男性と変わらず女を追い回すことになっただろう。それを惜しんだヘルメス・トリスメギストスはお前が男になりすぎないよう、予め手術を施したのだ、運命を恨んではならない……お前の中の男の鋭さと女の豊かさは与えられた使命の達成のために使え」

シモンは常に、使命を果たせ、と言い、決して、神の思し召しを、とは言わなかった。彼はカトリックの教えのみならず、キリスト教の神そのものを信じていなかった。

シモンの言葉は本当だったのだろうか。本当に自分は生まれながらの両性具有者だったのか。

幼い頃、少女たちの遊びを好んだり人形を欲しがったりした憶えがないわけではない。音楽と詩を愛した。人一倍感じやすい子供でもあった。反対に怒りにとらわれると自分の倍もある相手に摑みかかることがあった。一度決めたことは決して曲げなかった。約束は必ず守った。

とはいえ、自分の中に女性と男性が等分に住んでいたと言えただろうか？　それを男性女性と分けることができただろうか。今となってはわからない。ただひとつ、確実なのはシモンが自分を愛していたことだ。そして自分は、女たちから愛されることに満足すると同じように、シモンという名の男の愛を悦びと感じる存在なのだ。エンノイアはまた拳を固くした。

シモンがブリュージュに腰を落ち着けたのはそこに一人の齢老いた修道院長がいたからである。彼は理知と寛容を貫くことを旨としていた。

この頃、公然とローマ法王に反旗を翻す自治都市が現われ始め、カトリックを奉ずる諸侯との争いは熾烈を極めていた。あらゆる土地で異端審問が行なわれた。

毎日、異端者が焼き殺された。こうした状況の中で公平さを保ち、理性を信じようとする者は非常に少なかった。ダリウス・パルマール院長はその数少ない一人で、たまたま同じ馬車に乗り合わせたシモンとエンノイアに向かって、異端者への拷問と公開処刑には苦々しい思いでいることを告げた。

この時、シモンはかつて著わした一冊の書物を理由に、異端者として追われる身になっていた。どこかに隠れ住む場所を探さねばならなかった。

シモンは院長の身分と人柄を知って、自分はここに医者として留まりたいのだが、ついては少々援助して貰えまいか、と持ちかけた。むろん、パルマール院長にしてもジャン・デーケンがシモン・アレクサンドロスであると知っていたならば、修道院付きの医師として迎え入れることはしなかっただろう。

院長は、ボローニャ大学で学位を得、かつてはペストの治療にもあたったことがあるという献身的な医師ジャン・デーケンの知性を信頼した。その点に関してだけは院長を欺いたわけではない。

シモンと院長とはさまざまな点で意見が一致した。ただ一つ、神に関する見解を除いては。この点はシモンとエンノイアが細心の注意をはらったところである。

「あんなに寛容な、理性的な人物が、拷問と残酷な処刑に嫌悪しか示さない人が、異教の神を信ずる者や神自体を信じない者に対してはまるで態度を変えてしまう。それでも彼は拷問や処刑には反対するだろう、しかし、カトリックの神を否定した途端、相手の話に耳を閉ざすことは確実だ。

わたしはそういう人物を数多く見てきた。いかに賢くとも、論理のみに従い、俗世の慣習を離れて最後の最後まで公平であろうとすることがどうも人間には難しいらしい。

たとえ神やローマ法王の権威を疑ってみる人間がいたとしても、今はもう火刑台で灰になっていることだろう。

よいか、エンノイア、隙を見せてはならない。今の世では、とにかく神を信ずるふりだけはしていないと殺される。この人ならと思って打ち明けると、次の瞬間に相手は『ここに悪魔がいるぞ』と叫ぶだろう。

院長だけがそうでないと決めることはできない。刑の執行には顔をしかめつつ、自分の手を汚さないように処刑台へ送り出すといった変節は十分あることだ。

もちろん彼はいい人だ。誠実でもある。だがその誠実さもローマ・カトリックへの忠誠によって成り立った誠実さであることを忘れるな」

シモンは繰り返しそう告げた。しかし、これほどまでに用心を重ねていたにもかかわらず、まったく身に憶えのないことから告発されてしまったのは皮肉である。

「すぐここを去れ」

シモンは追手の迫る中、エンノイアに、かねて用意の女性用の衣服を着せた上、自室にあるすべての書類と器具類を破棄した。

最後にシモンは、普段肌身離さないでいた短剣をエンノイアに与え、裏口から逃した。そして今、エンノイアはルーペルツベルクに程近い丘の木蔭にいる。

シモンから渡された短剣の刃にはラテン語で次のように彫られていることをエンノイアは知っている。

「Alterius non sit,qui suus esse potest」

自己自身でありうる者は他人に従属すべきではない、という意味である。

「シモンはどうしたのです？」

ルーペルツベルク女子修道院長マグダレナは年齢の知れない女性だった。小柄で三十歳くらいにしか見えない。そのしぐさは童女を思わせるときがある。しかし声は厳しく重々しく、老婆のようでさえある。

「連れ去られました。裁判にかけられるために。身に憶えのない罪状ですが刑はほとんど確定しています。シモンはいつも毒薬を身につけていました。火あぶりになる前にそれを自らあおることでしょう……」

「おお罪深い」

マグダレナは十字を切った。

「シモンはわたしに逃げよと命じました。ルーペルツベルクへ行け、と。
わたしを助けてくれますか？」

エンノイアは腹を据えている。真に自分の使命というものがあるなら通されるはずである。

マグダレナが見つめている。その強い視線が身に痛いほどだ。しかし眼はそらさない。二人は全く動きを止め、時間のみ過ぎる。エンノイアの耳に微かな鳥の鳴き声が届く。

「おいでなさい」

マグダレナはエンノイアを院の内へ入れた。

マグダレナの後について長い回廊をわたる。修道院長は前を向いたまま話す。

「この修道院は、四百二十八年前、聖女ヒルデガルトの開基になります。ヒルデガルトはたくさんの著作を残しました。いずれも神のお告げを忠実に伝えたものですが、中に石に関する知識を記したものがあります……」

シモンは以前から折々、ルーペルツベルク修道院の創設者のことをエンノイアに語った。その女性はビンゲンのヒルデガルトと呼ばれ、ラインの女預言者と讃えられた。後には聖女に列せられた。

ただ、シモンの意見では、聖女ヒルデガルトが敬虔なキリスト者であったことは確かだとしても、現在ならば必ずや魔女と呼ばれるような能力と知識を持っていた人だったろうとのことだった。

「……けれども、その中にひとつだけ、公にしなかったものがあるのです。どうも主の教えにそったものではないように思われたからです。

とはいえ、賢明なヒルデガルトはそれが非常に貴重な知恵であることも見抜いていました。どのような形であれ、伝えることは必要と感じられたのです。そして、それが善をもたらす知恵か、悪をなす知恵かは後の世の賢者に判断を委ねようと決めたのです。しかしまた一方で、ヒルデガルトはその知識が素朴な人々の心を惑わすことを恐れました。

そこで、これを書き留めはしましたが公にすることは控え、修道院の奥の秘められた一室に置き、封印することにしたのです。封印はそれを読む資格のある者にしか解かれません。

しかも、ヒルデガルトは死の間際に予言しました。

この知識を受け取る者は天使である。それは今より四百年の後に訪れる。その者は金属の精錬法をわきまえ、音曲に長け、そして性を持たないであろう、と」

マグダレナは振り向いた。

「あなたには知を受け継ぐ資格がありますか？」

エンノイアはうなずいた。

院長以外入ることを禁じられた一室にマグダレナはエンノイアを迎え、扉を閉じた。

「今、あなたにはまだ二つの道があり、どちらを選ぶこともできます。

一つは以後、修道女として、他の者たちとともにこの修道院で節制を続け終えること。自分は女であるとあなたが誓えば認めましょう。ただし、それ以後の性の変更は認められません。また邪な術を用いることは一切禁じます。

今一つは地下の隠者としてヒルデガルトの残した智を探ること。こちらの場合にはあなた自身のことは一切質しません。そこでいかなる法を行なうかも不問としましょう。その代わり、一度入った地下室からは一生出ることができません」

エンノイアは自分をここへ遣わしたシモンの望みが奈辺にあったかを知った。即座に答えた。

「地下へ。どうかわたしを地下へ閉じ込めてください」

「よいのですか。あなたはまだ若い」

「得るべき智を手にしないままであれば何の若さでしょう」

マグダレナはしばらく沈思した後、椅子から立った。

「よろしい。案内しましょう」

マグダレナの導くまま松明を手に、暗い秘密の通路から地下へ降りた。人一人がやっと通れる岩穴に不揃いの階段が刻まれている。最も深い場所に来ると古い木の扉が行く手を遮っていた。

この先にある部屋の存在は修道院創設以来、余人には知られたことがない、とマグダレナは言った。院内でもこれを知るのは代々の修道院長のみなのだ、と。

マグダレナが特別の鍵で扉を開けると、そこは四百年間、人の立ち入ることのなかった一室なのだった。

穴蔵のような場所だが、相当に広く、一方の壁には棚がしつらえられている。そこにはあらゆる種類の鉱石が収集されていた。中央に広い石の台があり、塵埃に埋もれて真っ黒になった銀の箱が置かれている。蓋には鍵が取り付けられ、さらに鉄の帯がそれを十字に縛り、中央に鉛で封がなされていた。

「中に秘められた書があります。箱を開ける鍵はこれです」

マグダレナはさらにもうひとつの鍵を差し出した。

「しかし開けるにはまず鉛を溶かさねばなりません。できますか？」

エンノイアは道具さえあれば容易いと答えた。こう見えても当代一の錬金術師シモン・アレクサンドロスの弟子なのである。

「あなたを正当な預言の受け取り手と認めましょう。望みどおり、預言を得てよろしい。

ただし、秘められた書はここだけで読まれねばなりません。外部へ持ち出すことは許されません。

また、一度入った者は出ることができません。地下通路の入口はあなたが入った後、漆喰で塞がれます。あとは差し入れ用の窓でわたしとだけやり取りすることになります。

水も食物も、蠟燭も、必要なだけさしあげます。寝台、毛布も用意させましょう。しかし外へ出ることはできません。

よいですか？　あなたはこの先一生、ここで何かを捜すためにだけ生きることになるのですよ。できますか？」

「ええ。悔いはありません。ただ……」

「ただ？」

「羊皮紙とペン・インクをもいただきたい。記録したいのです。いつの日か、それを公表するときが来るかも知れません……」

「よいでしょう」

「ありがとう」

エンノイアは地下に降り、通路は閉じられた。通用窓へは実験室から石段を上って達することができた。するとそれは直接、院長の部屋に通じていた。

生きるには困らなかった。食物は日に二回差し入れられた。寝るときの毛布、水浴のための桶もあれば用便用の壺もある。

与えられた蠟燭をともすと、ときおり炎が揺れた。空気の流通が可能なように細い風穴が幾つか地上まで伸びているのだ。

各種金属や鉱石は初代から集められていたのだという。四百年前からここまで予想して準備させていたヒルデガルトという女性の洞察力にエンノイアは驚嘆した。

石台上の銀の箱には二十二枚の羊皮紙が収められていた。エンノイアは優雅な筆致で書かれたラテン語をゆっくりと読んでいった。

……その者は病み、また、名のらなかった。名のらざる者は語った。

「神の過ちを正せ。我等が神と信ずる者は真の至上存在にあらずして、劣等なデーミウールゴス、単なる造物の主に過ぎない。デーミウールゴスの過ちから至上存在のプネウマを救い出さねばならない」

これはヘルメスの教えに紛れもない。エンノイアにはすぐにわかった。シモンから与えられた知識のおさらいが始まった。

シモンは言った。

「錬金術とは、単に卑金属を貴金属に変える術なのではない。それは物質の中に含まれる高貴な性質を純粋に取り出すことによって、貶められた物質を完成へと向かわせる、救済の技なのだ。しかもそれは、最終的には人間の魂の救済をめざす技でもある。

至上存在、アイオーンから流出した光は原中心柱、プレーローマを経て物質界へ至る。

よって現世界には、至上存在の火の閃光、すなわちプネウマを含んだ神聖なものが多く存在する。しかし、それは造物主によって用意された劣等な肉の内に閉じ込められ、常に貶められた状態でしか見られない。

ただそれは劣等ではあっても、常に上昇を望み願う性質を持つ。人がより高度な存在たらんとする理想、希望はこのプネウマのあるがためである。ゆえに人間の魂にもまたアイオーンは含まれる。しかしそれは肉の中でいつしか消失する。そうなる前に救済するのだ」

ヒルデガルトの書き残した中に、「石を育てよ」という一句があった。それは非常に大切な過程なのだと述べられていた。エンノイアはそれがシモンの行なっていたある実験に相当するのではないかと思った。

「すべての物質には完全をめざす志向があり、それは当然、人間にもある。しかし、造物主の過ちによって、この世界そのものが非常に不完全なものとして創られた。その中で完全を求めるためには、賢者の石《ラピス》、すなわち、ミクロコスモスを変容させるものが必要だ。これにより、マクロコスモスをも完全へと導くことができるのだ」

　エンノイアは自分にいま直接見えない天、そこに輝く星々が地下にまで力を及ぼしていることを知った。

　そのうち、シモンが常に自分を瞑想させたり、ハープを奏でさせたりした理由がわかってきた。鉱物の結晶や昇華をうながすには、星の動きとともに、それを行なう者の精神状態が大きく影響するのだということ。

　夢を見た。そこで慈悲に満ちた眼を持つ聡明な女性を見た。黒い衣を身につけ、手に籠を持ち、広い野に立っている。薬草か何かを摘むと見えた。女性は軽やかな足どりで野を渡ってゆく。

　その先では、仰向けに倒れたまま力尽き、もはや動くこともならず、あえいでいる男を見た。癩者と思われた。髪は抜け、耳鼻、指は落ち、手足もほとんど利かない。

しかし彼には絶望した表情がない。病変した顔に笑いさえ浮かべて、間近な死を恐れるでもなく、そもそも自分がこうした病に罹ったことに対する悲しみのようなものが一切ない。

女性は男に近づいてくる。

次に見えたのは広い建物の中であった。そこで女性は男に食物を与え、布でその身を清めていた。病みただれた背を湯で丁寧に拭く。男はうなだれたまま感謝を示す。

清らかな寝台に横たわると、男は女性を手招き寄せ、しきりと何か耳許に囁くふうである。女性はいくらかの驚きを見せながらじっと聞き込んだ。

語り終えるとともに、男は瞑目し、動かなくなった。

夢の内容もまた大きな影響を与える、夢から預言を得よ、とシモンは教えた。

エンノイアは考える。地上の生の惨めさについて。心の望みが肉体の条件によって常に裏切られることについて。

「いかに正しいことを考え行なおうとしても生ある者は、その途中で寿命が尽きればそのまま死ぬ。あることを遣り遂げることができるか否かは肉体の頑強さと運の良さのみに関わり、その志の高さや精神の高貴には関係していない」

シモンの言ったほど、人間の生が無意味とは思わないが、例えば夢で見た癩者は、人の肉体の生が決してその人の精神を反映していないことを今更のように思い出させた。

世界の不完全さとは、それは、人間が意識を持ったときから実感されたものに違いない。意識は無限の拡がりを持てるはずなのに、肉体の条件がそれを許さない。一人一人の中には神が存在する、しかし、それは常に物質的条件の劣悪さによって発現・昇華しないまま死に蝕まれて終わる。

このような状態をあるがままでよいとは決して認めるな。我々は物質の奥に潜む神を救済せねばならぬ。聖なるものを純化せねばならぬ。それはシモンの遺志でもあった。

自らが自らの主たるべし、と教えるギリシア人の文物に長らく親しんだシモンは、不条理も不公正もすべて神の思し召し、と諦め、自らの無力を認める奴隷根性を嫌った。

あの智者シモンを自死へと追いやったこの世界が全きものであろうわけがない。この不完全さを認めてはならない。精神はどこまでも自由であるべきだ。それに従った世界をこそ作り出さねばならない。

ただし、真に自由であるためには自分からも自由でなければならない。

『石の書』にはこうあった。

至高の光を持つゆえに人間もまた、造物主となることができる。

造物主たるとは心のみによって新たな世界を創造する術を得ることである。しかもその世界自体の法則によってのみ伸び拡がってゆかねばならない。

よき造物主たる術を修めんとする者が最も心すべきは自らの創る世界に己の狭い意図を反映させない

ことである。僅かにもせよ、そこに矮小な自己崇拝の欲望が混じり込むとき、その世界はすでに滅亡を予定されている。

エンノイアは、不意に、無惨に崩壊する別の世界の様相を見たように思った。そこで世界は終わりを迎えようとしていたが、終末という言葉から連想される蕩尽と破壊の悦びはない。緩慢な腐敗と死だけがはびこり、そこに生きる者たちのかつて持っていた魂の輝きは忘れられ、硬直と頑迷だけが支配する。滅亡する者の潔ささえも封じられ惨めな窒息のみがあった。

それは今、エンノイアのいるこの世界と何ら変わらない。かくあれかしという願いが産んだ新世界の末路は無情にももとの世界と同じなのだった。

エンノイアは、救わねばならないと思った。たとえ過ちをはらんだまま死滅を待つばかりの不完全な世界にも、完全への憧れを持つ者がある限り、無意味に消滅してゆくことがあってはならない。いずれあらゆる世界は終わりを迎える。しかし、世界の滅亡にもひとつの意味がなければならない。

自分の後、自分の弟子たちの不手際な仕事にも、エンノイアは責任を持つことを決める。拙い造物主たちの意識の歪曲によって苦しむ者たちを救う必要があった。

理想世界への切ない憧れと意志を持つ同胞たちが、無駄に消えていってはならない。

青い石が光を発し、音を発しながら花のように開く夢を見た。その世界では石が生物のように成長し、さまざまの不思議な現象を見せた。

それは前日、滅亡を迎えるのを見届けたその世界の、いまだ健やかな時代の出来事であるらしかった。

過ちはあっても、美しい世界、理想を知った世界だ、エンノイアはその可憐さを惜しみつつ、目覚めて後も不思議な石の花のことを思った。

どういうわけか、このとき、エンノイアは、自分の姿を遠くから見ている者の存在を感じた。それはとても寂しげな眼をした少年であった。

シモンがいつも身につけていた五つのプラトン立体。それらならばどれも今、手に触れるように思い起こすことができる。創造は最終段階に達した。

9　マサキ（2）　1985　東京

宏樹が見舞うと兄の正樹は肉腫に侵された顔を上げ、微笑んだ。宏樹はいたましい思いで言った。

「無理しなくていいよ、兄さん、苦しいか?」

「喉にね、苔が生えたみたいで、息がしにくい。でもまだそれほどじゃない」

病状は悽惨だが屈託のない声であった。

ほぼ四年ほど会っていなかったことになるが、それだけの時間でこんなに変わってしまったのが宏樹には不思議だ。病気による肉体的変化はむしろ予想していた以上ではないが、それより宏樹を驚かせたのは兄の穏やかな表情である。以前の兄はもっとペシミストではなかったか？

警戒心が強く、身内以外の者にはひどく謙虚な態度を取って決して本心を告げない分、たまに弟に説いて聞かせるときには、安心のあまりであろう、ひどく露悪的になった。そういうときの兄の自尊心は限度を知らなかった。

「日本の組織人ってのはなあ、上にいる奴の足の裏まで舐めて当然ってことに慣れてる。個人主義者を撲滅しようってのがあいつらの共通の目標だ。

その家畜並みの奴らが自分らをこの俺よりまともな人間だと思ってることの愚かさを、力づくで分からせてやれないことが心から無念だ。こんな社会で立身出世なぞ馬鹿馬鹿しい限りだが、それでもあの自信満々の屑たちを黙らせるには、ある権威を手に入れる必要がある。そうしておけば、馬鹿を馬鹿と言う自由があるからね」

自分が大学教授になろうとした理由はこれだと言った。そして、一転して、いまだにそうした立場に立てないでいる自分は、吹けば飛ぶような存在だ、と苦々しい表情でつけ加えるのが常だった。

「政府当局は、官僚と、ある種の財閥の利益確保のための機関だからね。そこに組み込まれていない俺は、今日明日に徴兵されて前線に送られてもおかしくないくらいのものなんだ。

日本が法治国家とね。笑わせるな。人権を主張する住民側の訴えが最高裁で認められたことが何回ある？　もし稀にあったとしたらそれは偉い政治家先生の利権に関係していたからだろうな。

体育会系の保守反動差別団体は放っておいてお花畑なリベラルをいじめる方針は戦前から変わっていない。当局が表立って攻撃できない相手には暴力団を使ってかたをつける、一方的に決めて、従わない者は機動隊に殴らせる……という『和の国』だ」

兄と貧しさを共有してきた弟にとって、まんざらそれらが偏った見方とも思わなかったが、兄ほどのエリート意識を持たない宏樹には、聞いているうちに、兄の自己中心的な厭世観がべっとりと張り付いてくるようで、それが不快だった。

もう一息のところで指導教授の死によって前途を絶たれた後の兄には今日まで会うことがなかった。どれほど屈折し、怨恨を溜め込んでいるか、考えるだに眩暈がしそうに思え、宏樹はまともに顔を合わす気になれなかったのだ。何より、その時、すでに兄の蔑む組織人の一人となっていた宏樹にとって、兄の悩みも悲しみもただ手前勝手なものにしか思えなくなっていた。まったく兄の言うとおり、日夜家畜のように働かねばならず、時間外営業に出ないたまの休日はただ寝て過ごすだけになったことも足の遠のいた理由だった。

その後、兄が学習塾の講師を勤めていることは知っていた。兄は狷介な人間だったが、ただ、以前から子供には比較的優しかった。もちろん、その対象は、ある程度以上の躾のよさを身につけた子供に限られようが、しかし、そう考えれば向いていなくもない仕事である。もちろん、兄がそんな仕事に天職を見出しているわけもなかったろうけれども。

二年前、交通事故に遭ったということを半年も後になって兄の知人から聞かされた。兄はそのことを身内の誰にも告げなかったのだ。怪我はさほど重症ではなく、後遺症も残らなかったという。

しかし、その時の輸血が原因で、今になってエイズを発症したと知らされた時、さすがに宏樹も、うち続く兄の不運に同情したものである。ただちに見舞いに来た。そして、いったいどれほどの嘆きと呪いの言葉を聞かされるかと内心準備してきた宏樹の前にあるのがこの穏やかな微笑なのだった。

「兄さん、変わったね……」

それを喜んでよいのやら、哀れんでよいのやらわからない。兄がここまで運命に従順になるためには、よほどの達観か、乃至は、ほとんどすべての知力と意志の放棄があったと見るべきで、宏樹にはどう考えても前者とは思えないのだった。

あれほど自らの知的能力を誇った兄、一生を徹底的に自己の意志の統制下に置こうとしていた個人主義者の兄が、今、素朴な信仰心に満ちた農夫のように何の不平も言わず、すべてを自己以外の力に委ねて死んでゆこうとしている。宏樹は嵐でぽっきり折れた大木を眼にした思いだった。

思えば貧しい一生である。身分の保証された学問の世界の住人になろうとして二十年近く努力した結果の挫折。家が豊かでなかったために、大学・大学院在学中はアルバイトの連続だったはずだ。本来ならば中卒で就職せねばならなかったのだが、成績だけは常に学内一番であったため、父の意向もあり、奨学金によってかろうじて進学することができた。

その父も正樹が大学院に入った直後に亡くなった。母は兄弟が幼い頃すでにいなかった。

宏樹が社会人となってからは正樹が弟を養う義務はなくなった。しかし寸暇を惜しんでの勉学は続く。加えて教授から命じられる煩瑣な雑用の数々。生臭い追従《ついしょう》とご機嫌伺いなどもしないでいられるわけがない。全体主義的なつき合いを拒むための仕事に就くにも、これなしで済まされないのだから皮肉だ。しかもそれらはすべて無駄に終わった。

　例えば酒とかちょっとした美食、また映画・芝居・コンサートや小旅行など、一般人の日々の小さな楽しみさえ避けたのは倫理的要求からではない。すべて未来への投資だったのだ。それが破れた。同時に恋人も失ったと聞いた。以後ほとんど女性関係らしいものはないまま来ているに違いない。

「祖母《ばあ》さんのこと、憶えてるか？」

　いきなり兄が言った。

「親父は貧しさから逃れようと一生懸命だったけど、祖母さんときたら、まるで新しいものを認めないし、貧しいままで当り前みたいにしてただろう……」

「ああ。憶えてる。便利なものがあってもほとんど使おうとしなかったね……身につけるのは着物だけだった。いつも縫い物ばっかりしてたね……何度も何度も縫い直して……そう言えば貧乏から抜け出そうっていう気はなかったみたいだ……やればできるのに……」

　兄はあの、昔気質というよりはただ頑迷なだけの祖母のことを言い出してどうするのだろう？

　父はさまざまに生活上の工夫を重ね、なんとかして小金をためようと懸命の、いわば前向きな人だった。あんなに早く死ななければ、今頃、僅かにもせよ、財を築いていたことは間違いない。仕事もようやくうまくゆきかけていたところだったそうである。勤勉な人だった。幼い頃亡くなった母もまた勤勉で前向きなのは同じだったという。そうした部分は正樹にも宏樹にも受け継がれている。兄はともかく、宏樹は地道に中産階級をめざしている途中なのだ。

　そうした両親に比べて、祖母は確かに前進と進取の気宇に欠けていたと言ってよいだろう。頑固で決して生活の形を変えることをしないまま、十五年前、脳溢血で死んだ。最後の半年は全身不随、口もきけない状態だった。

「俺も以前は親父のように、合理的に、貧しい暮らしを少しでも変えてゆくことが大事だと思ってたし、今もそれがいけないとは思わない、だけどね……」

　正樹はここでも今まであまり見せたことのない柔らかな表情で続けた。

「貧しさから抜け出そうとするのは、俺たちを貧しくした側の連中と手を組むってことだ。もしそうしたって、支配的な立場になれるわけじゃない。召使いとして採用されることは、そいつらを呪いながら奴隷でいるよりも、ひょっとしたら屈辱なんじゃないか？

　祖母さんが辛い運命をちっとも変えようとしなかったのは、世の中の秩序が全部ひっくり返らない限り、本質的に自分たち貧民の生活は変わりようがない、って悟ってたからじゃないのか？

　中途半端に敵と妥協して骨抜きになりたくなかったからじゃないのか？　成り上がって小さくなるより、貧しいままでふてぶてしく世の不公正を憎み続けていたかったんじゃないのか？

　地上は決して自分のためにはない……そう見極めること。俺には祖母さんの穏やかな絶望がよくわかる。

　親父にどれだけ感謝してもしきれないことは今更お前に言うまでもない。でも最近ね、俺はどっちかっていうと祖母さんの気持がよく分かるような気がする。

　小利口になってこの世に合わせて、なるべく損をしないように立ち回るより、運命そのものを背負うことの方が立派じゃないだろうか……」

「何があったんだ？　昔の兄さんはこうじゃなかった……」

死を待つ病人がせっかく清澄な境地に達しているのに、それを咎めるかのような言い方を慎むには、宏樹が兄の変わりように感じた不審は大きすぎた。

「驚いてるだろう？」

正樹は予期していたように言う。

「お前に言っても納得してもらえないかもしれないが、でも俺はもう他人を馬鹿にする気はない。昔言ったことは今も間違いじゃないと思う。確かに俺たちのいるところにはどうしようもない欠陥がある。でも自分がどれほど愚かだったかもわかった。

学者にはなれなかったけど、俺は根っから学問が好きだった。知識と論理。正しさ。それが好きだった。こんな当たり前のことを言えるようになるまでまったく長い時間がかかったものだ」

謙虚さは自信の現われなのだろうか？　しかし何の？

「お前にも伝えておきたい。俺は本当に愚かだったけど、それでもね、短い間に真実に触れることができて幸福だと思う」

幸福、と。その言葉に嘘はないように思えた。

「人の心というのは、そうだな、ちょうど宇宙に別々に浮いている銀河みたいなものだ。それぞれは全然違うんだが、壁か何かで隔てられているか、というと、そうじゃない。

すべての人の心は、同じ一つの空間内にあるといっていい。ただ距離が離れすぎているだけなんだ。だから、全然無関係な人の心の動きが他の小宇宙に影響を及ぼすことがある。事実、俺の宇宙にはいろいろと、今まで知らなかった詩人や哲学者や魔術師の残したイメージらしいものが入り込んできている。あれ、何だろう、と思ったものを調べると大昔に書かれた本に載っていたりするんだ。

そして俺は、他の人の心の、ほんの幾つかにだけだが、種を撒くことができた。種といっても、ええと、結晶の核みたいなものだ。信仰心とかそういうのとも違う。本人のための、本人の気づかなかった理想のための内的世界の素になるような、そういう核だ。そこからどんな銀河が成長するか、それぞれに違う……

暗い広い冷たい虚空に、一つ一つ光がともってゆくんだ、それぞれの個性を健やかに持った銀河ができてゆく……

俺は毎年、受け持った何十人かの子供たちに、『石の種』を与えた。

それを受け取るかどうかは本人の自由だ。決して押し付けなかった。反応する子だけが受け取ったはずだ。そうだな……二十人に一人くらいの割合だろうか……五十人に一人くらいだろうか……でも確かに何人かは俺の与えた種をもとに、自分の宇宙を創造したにちがいない。俺はそのための伝達者になることができた。こんな幸福なことはないと思う。

それに、最近面白いことに気づいた。俺の宇宙に、人が住み着き始めた。

知ってる人もあれば知らない人もある。会ったことのある人によく似た人がそこにいる。誰にも似てない人もいる。どこからやってきたのかわからないし、どういう基準で入れるのかもわからないが、今、俺の中にある宇宙はかなりたくさんの人の住家になった。

これはきっと、俺が死んでも俺の宇宙は続くっていうことなんだ。もうじき、二代目の時代になる……

世界は……宇宙は……美しい」


宏樹はその後何度も病院を訪れ、そのたび兄から不思議な別世界の消息を聞いた。兄は心から楽しそうに、石が育ち結晶が歌う世界の様子を語った。

一九八五年四月九日、荒瀬正樹はカリニ肺炎による呼吸器不全により死亡した。宏樹が初めて見舞ってから三か月後のことである。

10　ゾフィー　1995　東京

「出版おめでとう」

「ありがとう」

「一年かかったって」

「実質は二年かな。でも」

「でも？」

「完訳ではないんだ。全訳すると一巻五百ページで十巻以上になる。『ヴンダーヴェルト』は一二五八章の膨大な夢の記録だ。マイレンシュタインは最初の夢から毎日一章ずつ書いて一二五八日目に記録を終えた」

「これが最初の著作？」

「ああ。マイレンシュタインはそれまで小説もエッセイも書いたことがない。『一九八五年の四月十日に、大きな結晶の周りを鉱物の群れが浮遊する宇宙の様子を鮮やかな夢に見た。その日から毎日、同じ世界の夢を見るようになった。これをどうしても記録したくなって書きとめた』と序文にある」

「ドキュメントということになるのかな？」

「そうだ。当人はそう言ってる。本邦でも小説という括りでなくて、アウトサイダーアーティストの作品紹介という形で翻訳出版を認められた。できるだけ原型がわかるようにしたが、何万ページもある記録をいきなり全訳は無理と、これは俺も覚悟していた。だから博物的記述は必要最小限にして、物語的な部分を中心に訳した。ただ現世界とは異なる物や法則による別世界だから、用語の説明なしでは何をどうしているのかわからないところが多い。それで別世界特有の物象についてはそのつど、注を入れて読めるようにした。随分わかりやすくなっているはずだ」

「英語の翻訳なのに『ヴンダーヴェルト』か？　ドイツ語だね。『ワンダーワールド』でいいんじゃないのか？」

「著者はアメリカ人で本文も英語だが、筆名はドイツ語風でゾフィー・マイレンシュタイン。本名がジュリエット・アンダーソン。わざわざドイツ人みたいな筆名にしたのも『ディー・ヴンダーヴェルト』という題名も、そこに出てくる固有名詞がいくつかドイツ語的なのも、彼女自身の見聞や書物から得た情報によるのではない。夢の中で知ったことだと書いている。マイレンシュタイン自身はドイツ語がほとんどできない」

「まあそういうこともあるか」

「そうだ。その程度ならありうる。だが、何より不思議なのは、マイレンシュタインが書きつづった鉱物的宇宙が、その少し前、ある日本人の夢想したほぼそのままの世界だったことだ」

「友人か何か？」

「どう調べても二人は無関係で、会ったことも話したこともない。言語も違う。その日本人というのは荒瀬正樹という名で、一九八五年に死んでいるからネットを介してということもない。マイレンシュタインは彼を知らなかった」

「そんなことがどうしてわかった？」

「弟の宏樹氏の証言で、荒瀬正樹の宇宙がどんなものだったか記録されている。その多くがマイレンシュタインの『ヴンダーヴェルト』と共通する。巨大な正十二面体を中心に岩の塊が軌道を回るという宇宙の構造も同じだ。タンジェリウムとか、フロレーゼンとか、あるいはムジークシュタインとかいうような、正樹が名づけた鉱物や動物、現象が、地球の裏側の、面識も関係もなかった異国の女性の記述の中に同じ名前・同じ形質で登場する。

荒瀬正樹が死んだのが一九八五年四月九日で、『ヴンダーヴェルト』はちょうどその次の日から書き始められた。マイレンシュタインは夢見るたび新たに知れてきたその世界の細部を毎日こつこつと記録した。そこに住む人々やその生活も描いた。だが八八年十月二十九日を最後にその世界の夢を見ることがなくなって、記録はそこまでになった。

最後の夢に、全身真っ白で眼だけが青い、神のような人が現れて、『この世界の様相と顛末をあなたのいる世界の人々に知らせよ』と告げた。そして白い人は『あなたはゾフィー・マイレンシュタインと名乗るがよい』と言った。

ゾフィーは『ソフィア』のドイツ語形で智を意味する女性名だ。マイレンシュタインは英語ならマイルストーンにあたる。里程標とか標となる石という意味だ。

それでマイレンシュタインは書き留めた原稿をどこかから出版しようとした。すると直ちに版元が見つかった。これがまた異常だ。およそこういう、小説として書かれたものでもないアウトサイダーアートがそれほどすぐ世に認められることはない。ところが一九八九年から翌年にかけて、『ヴンダーヴェルト』は全十巻の膨大な著作となってアート出版中心のアブソルート社から刊行された」

「そこが一番不思議かもな。そんな本、商売にならないだろう?」

「そうではない。ベストセラーとは言えないが、十分採算がとれる著作として今も版を重ねている」

「意外だ」

「これは共時的な何かの現われのひとつと思うんだ。一九八六年以来、世界各地で『思惟結晶』あるいは『観念結晶』というイメージが同時発生的に語られ始めた。あらゆるメディアにそうしたモチーフが登場する。一九八五年以前にはなかったことだ」

「俺はあんまり聞いたことがないんだが」

「少数者にとっての秘伝としてなら、これに類する発想は古くからある。あるときは魔術として、あるときは聖なる秘法として、また近代なら芸術の奥義として知られていた。ドイツ・ロマン派の作家たちには『鉱物志向者』が多くいた。もう少し後では、シュルレアリスムの運動の中にもその傾向が見られる」

「結晶ってどんな?」

「実際の鉱物ではない。心の働きによって内面に映像化される幻影の結晶だ。観念結晶は瞑想によって得られる。形は決まっていない。幾何学的に整った形になりやすい。色は無色か青が一般的のようだが、形も色も思い描く人によって違う。

古来、結晶とは絶対的な真実の象徴だった。それを得ることは一種の修行と言ってよい。イデア的結晶という観念が究極の真実への夢想を育てる。

この本は『グノーシス主義者たちの夢』。俺が以前翻訳したものだ。作者のオスカー・アランバートはグノーシス思想の研究家だ。この第四章のところを見ろ」

> エンノイアとは光を与える天使を意味する。シモンという名は師であるシモン・アレクサンドロスからもらったものである。
>
> シモン・エンノイアに関してはさまざまな伝説が伝わっており、たとえば両性具有者だったというのがそのひとつ。これはおそらく錬金術師たちの間において両性具有者が全世界を統べる完全者の象徴として語られてきたことの結果であろう。完全性の象徴として語られたのだ。つまりそれほど彼は崇拝さ

れていたということを意味する。唯一残る肖像画を見ると、確かに彼は、レオナルド・ダ・ヴィンチがしばしば描いたような両性的かつ優美な容貌であったらしいことがうかがえる。

後に、シモン・アレクサンドロスが魔女裁判によって捕らわれたとき、師の指示に従い、彼が女装してそこを逃れたという記録もある。そして、これも師の指示によりルーペルツベルク女子修道院に身を隠したこともわかっている。このあたりからも、伝説は何らかの事実を反映していると思われる。

以後数十年、彼は修道院の地下の閉ざされた一室を出ることなく、そこで『結晶想の技』という秘本を書き残した。のちには簡単に『観晶の法』とも呼ばれたが、それは十八世紀になるまで存在すら確かめられていなかった。

十八世紀初頭、ルーペルツベルク女子修道院では内密に床下を掘り起こしたという記録があるが、同記録書には何かがあったとは書かれていない。

しかし、実はそこに一人の行者の死体があったという話が今も絶えることなく語り伝えられている。それによれば、死体は腐っておらず、全身が宝石と化していた、とも、全身真っ白な石となっていた、とも言われるが、真偽は明らかでない。ただ、少なくともそのとき『結晶想の技』が地上に持ち出されたのは確かである。この書は後、幾度か印刷され、何か国語にも翻訳され、錬金術文献の古典とされて今に至る。現物は現在、チューリヒのユング心理学研究所に保管されている。

「ルーペルツベルク女子修道院って今もあるのか？」

「ない。三十年戦争のさいに壊されたまま再建されなかった」

「どうしてそれが……」

「君はクリスタリジーレナーという名を聞いたことがあるか？」

「何だそれは」

「作曲家の笹岡龍太郎が若い頃、留学先のヴィーンで出会ったそうだ。そして彼自身も晩年はそれになった。クリスタリジーレンとは『結晶化させる』というドイツ語の動詞で、クリスタリジーレナーは『結晶化させる者』という意味だ。

　帰国した笹岡は姪の子にあたる山内武夫に秘伝を伝えた。

　さらに、山内少年は通っていた学習塾の教師のひとりにそれを伝えた。それが荒瀬正樹だった。荒瀬はその後、自分の生徒たちに『観晶の法』を伝えていった」

「何のため？」

「石化症候群を知ってるな？」

「ああ、奇病ということだけ」

「その原因がここにあるとしたら？」

「今日で一番信じられない」

「マイレンシュタインの『ヴンダーヴェルト』はその九割以上、無味乾燥な博物学的記述だが、やや異質な書き方をされている章が合計二十七ある。さっき言った部分だ。そこにはサピオとアランフェという名の二人の少年のいずれかあるいは両方が登場する。サピオはラテン語なら『味わう』『探究する』の意味になる。

　二人の登場する章だけを辿ってゆくと、ある物語のようなものが読める。そして、それは、今世紀になって砂漠の砂の中から発見された最古のヘルメス文書のひとつに記された内容によく似ている」

「だからといって、それが現実に力を及ぼす？」

「あとは読んでくれ。これがどんなにあの奇病の起源と符合するかをだ。

　異変はまだこれからだ。一人一人が新たな宇宙を創造するという行為さえ、次のステップのための準備なのかも知れない。

　十二世紀イタリアのヨアキム・ディ・フィオレという神秘家は聖書になぞらえて、この世界が、父の時代、子の時代、聖霊の時代へと移りゆく、と預言した。より普遍的には、物質の時代、精神の時代、そして魂の時代と呼ぶことができるだろう。ヨーロッパの神秘主義では伝統的に、人間意識としての『精神』と無意識に潜む神の輝きとしての『魂』とを区別する。

　そして、われわれ人類のこれまでの歴史が『物質の時代』なら、この『ヴンダーヴェルト』は『精神の時代』なのかも知れない。そうすると、これが次の『魂の時代』を開くかも知れないんだ」

※作中、ランボーの書簡は平井啓之訳から抜粋し、前後にあわせて表記を一部変更しました。

第二部　精神の時代

『Die Wunderwelt』Sophie Meilenstein 著　石橋豊訳

◆物語形成部分のみ抜粋した。
◆必要部分に訳者石橋が註記した。
◆参考として博物誌のみの章から石橋が興味深いと感じたものを後半の一箇所に収録した。

第１８章　星英晶

サピオはその日、星英晶を得た。

透き通った六角形の結晶は水晶とほぼ見かけが変わらないが、いかなる条件下にあっても上下対称の両頭六角柱の形に発達する。何らかの事情でその一角が壊されても、速やかに自己を修復し、再び六角形を取り戻す。太古、地に降りた流星が岩に胎ませてできたという伝説からこの名がある。

濁りのない内部には、幾何学図形のようなものが色彩をともなって浮び上がり、刻々、変化する。また、ときおり、微小な振動を発して結晶どうしが共振する。しかしその周波数は日によって変わり、一定しない。発振の理由はわかっていない。

さらに星英晶は人間に対する好き嫌いを示す。見つけても、所有できるか否かは結晶次第である。望まない者に所有された星英晶は速やかに崩壊し、気化してしまう。しかも個性を持っており、あるものに嫌われたからといって、別の石にも嫌われるとは限らない。

この事実から、星英晶の中心には眼に見えない核が存在すると考える者がある。彼らによれば、核は星英晶のいわば魂で、結晶本体の消滅後も存在し、気化した後はこれがもとになって、どこか別の場所で再結晶するという。

サピオは幸運であった。たまたま坑道の壁に生え出ていたそれを手にしたとき、結晶内には虹色の五芒星形が浮かんだ。そのまま星英晶はころりと壁から離れ、サピオの手中に落ちた。持ち帰り、以後、布に包んで身につけた。発見後、数刻以上たつが、崩壊のきざしは表われない。拒否を示す場合は半刻以内に崩れてしまうことが知られている。

サピオは星英晶に名前を与えた。個性を持つ結晶を普通名詞で呼ぶのは不当と思われたからだ。名は誰にも教えないものと決めた。

袋から取り出して結晶の奥を覗き込むたびに立体が見えた。二度同じ形を見ることはなかった。友人のタッシェに見せた。タッシェは羨んだが、ゆずってくれ、とは言わない。たとえもらうことができても、逃げ去ってしまうだろうことを知っているからだ。

「いいなあ、サピオ」

と言うばかりのタッシェが少し気の毒に思え、以後、要望がない限りわざわざ見せることはすまいと決めた。

「そのうちきっと君にも合う星英晶が見つかるよ」

嬉しさが止まないのでドゥ・トウ博士に見せることにした。

縦横に岩を貫く複雑な坑道を辿り、博士のラボラトリーへ向かった。途中、至る所に照明のための橙光石タンジェリウムが据え付けられ、オレンジ色の光で坑内を照らしている。坑道の壁にはさまざまな結晶が実を結んでいる。それらは日々、入れ替わりがある。安定性の低いものは結晶したかと思うと、すぐに気化してしまう。

註：ヴンダーヴェルトでは、人々は岩をくりぬいて作られた部屋に暮らす。おおよそ一人が一部屋ずつを所有し、これを房と呼ぶ。不足すれば岩を掘って新たな房を作る。が、ここ百年あまり人口はほとんど増えておらず、老若の交代があるのみだ。

　公の広い空間は堂という。各房や堂を結ぶトンネルが坑道である。岩の内部は大小無数の堂・房が縦横に走る坑道によって結ばれている。かつて人々はめぼしい岩に坑道を掘り、無数の居住用空間を作った。現在の形となるには何世代もかかったに違いない。今ある暮らしは祖先による大変な努力の結果である。

　坑道にはまた、種々の地衣類が繁茂する。場所によっては緑の絨毯のように道と壁を覆い、ある所では地図を思わせる複雑な模様を描いた。しかし鉱物領域というべき場所があって、そこには侵入できない。坑道内に限らず、岩の表面はおよそ植物領域と鉱物領域とに分かれる。

　坑道の壁は画家や彫刻家の作品発表の場でもある。壁画もあれば浮き彫りもある。中に彫刻を置いた壁龕《へきがん》もある。（第1章「名称」より）

上へ下へ、右へ左へ、うねうねと続き無数の枝分かれを持つ道の果て、ようやくドゥ・トウ博士の房に着いた。

部屋一杯に眼を刺すような白色光が満ちている。研究室にはタンジェリウムではなく、もっと光度の高い白光石フロレーゼンを使う。

壁面には無数の小さい穴が斜めに穿たれ、ひとつひとつ棒状のフロレーゼンが挿し込まれている。フロレーゼンはタンジェリウムに比べて消耗が早いので、このようにして常に取り替え可能とする工夫が必要なのだ。見れば、すでに半分以下に減っているもの、取り付けて間もないもの、ほとんどなくなっているもの、長さがさまざまである。

「よくきた」

博士はサピオを歓迎した。住み場所が離れているにもかかわらず足しげく訪れる、いわば弟子でもあるこの少年を博士は見込んでいる。

「星英晶が取れました」

着くが早いか、サピオは結晶を差し出す。

「ほお」

とだけ言って、博士は微笑んだ。

「そうか。これでサピオ、君も一人前の研究者だ。実はね、……」

博士はノートや器具が乱雑に置かれた机の引き出しから箱を取り出した。蓋を開くと、繊維綿が敷き詰められた上に大切に置かれたものはこれもまた星英晶である。このとき双方が強く共振した。

「君を羨ましがらせるのも嫌だから今までは言わなかった。わたしもこれとはもう三十年来の友人だ。

わたしが研究者になることを決めたのはこれの導きといっていい。

きっと君もそのうちわたしと同じ誘いを受けるだろう。宇宙の不思議、世界の謎に魅せられる。思っていたとおりだ。サピオ、君はわたしの同僚だ」

驚きを重ねるサピオに博士は続けて言った。

「きょうからはいつでも、この研究室を使いなさい。君は学者の資格を得たんだ」

続けて博士は星英晶の扱い方についてこまごまと注意を与えた。サピオは嬉しさのあまり散漫になりかかる意識を引き締めて聞いた。

第105章　授業

「世界はまだその範囲が知られていない。われわれの使命のひとつはこの世界の広さを認識することだ。いわば、知覚できる世界を広げることだ」

と、これはサピオやタッシェに初歩の科学知識を授けたタカダト師の言葉である。サピオに世界を知ることの喜びを教えたのもこの人である。

「わたしは期待している。このバルザム・シュタインだけが唯一のバルザム・シュタインではないという発見を、だ。外周の彼方には、また別のヴンダーヴェルトがあり、そこにはまた別のバルザム・シュタインがあるのではないか、ということを……」

註：バルザム・シュタインは大結晶とも言われ、ヴンダーヴェルト（世界）をなす岩塊群の中心にある正十二面体の巨大な光源である。外周とは大結晶を巡る最遠の岩塊・破片の軌道。外周外はその外、彼方に光る星以外には何もない空間を言う。（第1章「名称」より）

タカダト師が言ったこの言葉がサピオには忘れられない。師は外周のさらに向こうにある別の世界の想像をサピオに示したのだった。

学問の伝授は個人授業が基本だが、覚醒時間帯の近い生徒たちが一人の教師から同時に講義を受けることもある。

ただしそれも三人が限度である。学問、特に哲学は対話が基本で、集団で行なうべきものではないとされている。

註：ヴンダーヴェルトの住人は各自、固有の覚醒・就寝時間帯に従い起居する。（第6章「生活時間」より）

「学者の多くが指摘していることなのだが、」

タカダト師は語る。生徒はサピオ、タッシェ、シノン・リリの三人。

「ヴンダーヴェルトにあって、人間という存在はどうも他と断絶している。つまり、鉱物との関係が薄い。

我々の肉体を形づくる物質は大部分コロイド状で柔らかく、非常に多く水分を必要とする。その成分は炭素を主とした高分子化合物だ。同じ自ら動く能力を持つ物体でこのような組織によって成り立つものは少ない。魚、貝など、雨期にだけ活動する生物に限られる。

細胞のつくりから見ると菌類、それと植物とも似ているが、体の構造が全く違っていて系統図にならない。鉱物系生物にも植物系生物にも多くの種類があるのに、人間だけは単独種だ。

ク・ナルヒトの進化論は現在定説となっているが、ただそれが当てはまるのはわたしたち以外の動物・植物の間でしかない。ではいったい、わたしたちは何から進化したんだろう？　少なくともピットやクロス蛇やアルンゴからではない。身体の組成そのものの質が違う。苔や銀百合とは身体構造が違う。

わたしたちがこの世界の動植物から進化したのではないとすれば、どこから来たんだろう？」

サピオたちはここで自分なりの考えを告げねばならない。

タッシェが答える。

「造物主がわたしたちだけを特別にお造りになったんです」

「それはどうしてだと思う」

「造物主は御自分に似せてわたしたちをお造りになったからです」

この考え方はごく一般的に信じられているものである。

サピオが言う。

「造物主はなぜぼくたちだけを特別にして、他の生き物たちには全然違う体を与えたんだろう？」

「造物主のお考えを人間が勝手に想像してはいけない」

「でも……」

「待とう、タッシェの言葉は信仰によるものだ。これにわたしたちが疑問を挟むことはできない。しかし、そうなると人間自身の科学的哲学的思考は行き止りになる。

だからここでは造物主の権威は棚上げにしよう。現実にあることから考えうることを述べてみよう」

タカダト師が割って入る。やや間があってからシノン・リリが言う。

「わたしはこう思います、わたしたちはどこか外の世界からやってきたのではないですか。風袋花《ふうたいか》みたいな生き物がたくさんいる世界から……」

註：風袋花は住人が常食とする蛋白質の塊。生命体ではないが、培養することができる。（第7章「食生活」より要約）

シノン・リリは外の世界のありさまを話す。有機体が繁茂し、鉱物を凌駕している異世界。こうしたことを語らせると彼女は大変上手である。

少なくともサピオは興味深く聞いた。タカダト師もシノン・リリの想像力は認めたが、実証性が乏しすぎる点を批判した。それでも師は、風袋花の生成から類推したのは眼のつけどころがよい、とシノン・リリを誉めた。

サピオは知っている。タカダト師は常に実証性を大切にせよ、と講ずるが、その実、シノン・リリと同じ夢想家だということをだ。彼女が異世界の様子を語るときのタカダト師の嬉しそうな顔をサピオは見逃さなかった。

「他の物や事を見るためにぼくたちがいる……違うでしょうか……」

サピオがおずおずと言う。

タカダト師は答える。

「賛成しよう。君の言ったのは認識、ということだ。

わたしたち人間が他と異なっている理由はわからない。しかし、周囲から孤立した存在は、それゆえ認識者として優れた存在となりうるのではないだろうか。他の事象と関わりが薄いからこそ、冷静で深い認識が可能ではないか。

その考えに沿うなら、われわれの最大の希望とはこの世界をより多く知ること、世界をより遠くまで広げることである。

そのためにも、あらゆる点で探究の心を忘れてはならないとわたしは考える」

タカダト師はこのように今回の授業を終えた。

第１０６章　音楽家たち

「探究」は科学観測ばかりとは限らない。表現行為も大きな比重を占める。人はそれぞれ、何らかの自己表現の手段を持つ。
そのひとつに、ムジークシュタインを使った音楽がある。

註：ムジークシュタインは濃青色の鉱物で、純度の高いものは無数の細長いとげを突き出した形で見つかる。絶えず音声を発し、人間の精神の状態に反応して音量と周波数を変える。使用しないときは鉛のケースに密封して音の発生を抑える。
　音の高低と音量は所持者の意志で変化する。音階を正しく均等に奏でるのは至難である。それでも音程の操作はある程度修練により習熟できるが、音色は各人の個性によって決まり、ほとんど変更が利かない。さらに、声部に至っては、八声以上の演奏ができる者は世界中に二十人いない。これは同時に八種以上の人格を鮮明な形で心に浮かばせることによりやっと可能になるのだ。また、そこまでの達人になると、日常的な多重人格の発生を抑え切れないことが多い。（第１５章「音楽石」より）

現在最高の演奏者とされる女性ネグ・イッコーシアは、一時に使える声部が実に六十四声、音程は二十オクターブに及ぶ。音色の美しさは言うまでもない。ただ、彼女の場合は重度の精神障害のため、もはや介護人なしでは歩くことさえできない。
ネグほどではないにしても、サピオの友人であるシロウガルフの演奏も優れたものだ。彼は六声を自在に操ることができる。ちなみにサピオもまたムジークシュタインを奏でる練習を続けているが、今のところ自由になるのは二声に過ぎない。

さらにシロウガルフは人為的に栽培した赤い結晶花クリスタラブルームの破片を用いてムジークシュタインの音色を変化させる方法をあみだした。クリスタラブルームもまた人間と同じようにムジークシュタインと反応して音声周波数を変えることが知られている。この結果彼の使える音色は五倍に増えた。

この技法にはこれからもまだまだ改良の余地がある、とシロウガルフは言い、以後は声部の拡大をめざす、いつか、精神に過大な負担をかけることなしにムジークシュタインの演奏が可能になるだろう、とも言った。

註：楽器は何もムジークシュタインだけではない。各種の岩を使った打楽器、地衣類から取った繊維を糸状にして張ったさまざまな弦楽器、金属弦のもの、岩笛、金管楽器、アルシー笹の茎を使った木管、他にも数十種、もちろん人声も含まれる。それでも達人が操作した場合のムジークシュタイン一つはそれらすべての楽器にも相当する。（第１６章「楽器」より）

演奏会は、エンノマムにおいて不定期に行われる。

註：エンノマムは各岩塊のほぼ中央部に造られた最大の堂をさす。（第5章「生活空間」より）

音楽は元来、瞑想のための手段として発達した。それゆえ、聴き手は、音楽によってどこまで遠くへ心を飛ばしうるかを問題とする。演奏者は大切にされるが、主人ではない。よい聴き手がいない時の演奏は無意味と考えられる。

聴き手は音響とともに心に浮かぶ映像や概念をできる限り自在に運動させるよう心を解く。極力自分の意志をそこに反映させないよう、音楽の導くままそれらのイマージュを放し飼いにする。そうして、限定された自己からは離れた、より本質的な何か、自己の背後にある何かに活動を許すのだ。

「自我を捨てては何も始まらない、しかし、自我だけでは何処にも達しない」

タカダト師の言葉である。

「表現活動は、最終的には自己を突き抜けた処へ向かう。それがどのような境地かは予測しうるものではない」

音楽とともに踊る人、舞踏者もいる。ほっそりとして姿のよいシノン・リリは、突飛な話で人を驚かせる発想者であるとともに巧みな踊り手でもある。先頃、シロウガルフの演奏のもとに踊ったシノン・リリの美しさは記憶に新しい。

註：舞踏は肉体における、より高度の音楽である、と語る人がある一方、卑賤な表現形態である、と決めつける向きもあって、音楽ほど評価が定まっていない。それは語り部の語る物語への評価が多く一致しやすいのに対し、同じ物語を扱った演劇がその具体性ゆえに常に賛否両論あるのと似ている。大体において、造物主崇拝の度合いの大きい人ほど形式的な表現を好み、舞踏的なものを蔑む傾向がある。

（第17章「舞踏」より）

シノン・リリの精霊的舞踏をサピオはとても愛している。それは星とか石といった自然物の好ましさに近いような気がサピオにはする。しかし、シノン・リリを人間として愛したがる人たちは舞台を降りた後の彼女にばかり注目する。彼女はそのことを嫌がり、普段ことさらに目立たない格好をしていると言った。

　舞踏の評価に意見が分かれる背景にはこうした要因もあるようだ。

第２０１章　夢想結晶

目醒めたとき、確信があった。顔を上げれば今しも、巨大な多面体が天井の岩を透過してゆく。全体の色は薄い青、ひとつひとつの面に様々な影が映っている。ゆっくりと浮揚した。各面に浮かぶ形は一見無意味・無関係なようだが、サピオには先程までの夢の内容を象徴するものとわかる。

夢想結晶である。

サピオは急いで坑道を出、アルマ第一の山、剣塔山に登った。

岩表に刻まれた道を辿り、ようやく空全体を見渡せる位置に出てみると、今回できた夢想結晶が自房のある岩から出て上昇してゆくのが見えた。形はまずまず期待にかなうものと思えた。三面だけ僅かに歪んでいたが、ほぼ規則正しい偏方二十四面体だったからである。

註：ヴンダーヴェルトでは夢を見た人間から必ず透明な結晶が発生し、空へと浮き上がる。これを夢想結晶と呼ぶ。そのさい、岩壁に遮られることはない。夢から発した夢想結晶はいかなる物質も通り抜ける。岩塊付近の空には常に多くの夢想結晶が見られる。

　夢想結晶は、人間の見た夢が蒸発し、体外で凝固してできると考えられている。ゆえに現実の物質には反応しない。

　また一方、覚醒時の人から発せられるものもあり、これは考思石《こうしせき》もしくは考思石玲《こうしせきれい》と呼んで区別される。人の住む岩塊の内外では常にあちらこちらで夢想結晶・考思石が生成しては消えてゆく。いずれも純粋な夢と想像の産物として「夢想形成物」と総称されるが、両者には明白な相違がある。

　まず重さの違いである。夢想結晶は重力には僅かに反発し、常に宙に浮く。重力圏限界近くまで上がっていって、数刻の後、徐々に消滅する。

　考思石は発生場所に留まる性質がある。よく坑道内には誰かから発せられた考思石が残っている。これを人は「置き忘れ」と呼ぶ。ただこちらもまた物質を透過してしまうので触れることはできない。消滅に要する時間は夢想結晶より短い。

　なお、夢想結晶は胸から生じるのが普通だが、考思石はその気になれば頭でも足でも、どの部分からでも発生させることが可能である。ただ、ほとんどの場合は掌から発生する。人が何かを創るときには手を最も意識するためと考えられる。

　夢想結晶と考思石のもうひとつの違いはその形態の差である。夢想結晶は常に球体に近い多面体の形をとる。考思石の形はそのような規則性を持たない。対称形になることも稀である。凹凸に富んだ複雑な形態を取ることが多い。

これを見て百三十年前、当時の哲学者ノリタリウスは、夢想結晶が考思石よりも完全に近い形態を持つと考え、そこから、人間の意識の作る整合性は無意識の秩序に劣ると結論した。

夢想結晶については、ノリタリウス以前からその形態の規則性と対称性を尊ぶ風があって、今も正多面体に近いものができあがると人は大変自慢する。形の秩序は精神の純粋さの現われと考えるからである。


一方、考思石については、むしろその形態の複雑さと他者からの理解不能の度合いを競う傾向がある。各地岩において、初対面の相手に対しては両手の間にできる限り美しい考思石を作って浮かせて見せるのが好意を示す態度とされる。そこには想者の人格が反映すると考えられるからだ。（第１２章「夢想形成物」より）

ところでサピオには特技がある。夢によらず、考思石によって透明な多面体や球体を形作ることだ。ただし、本当に好ましい相手にしか見せない。

初対面でひどく惹かれる相手はすぐわかる。是非自分のよい所を見てもらいたいと思えば多面体を作って見せる。それ以外の相手にはありきたりの石を出す。

これまで、両親以外で結晶状考思石を示した相手といえば、ドゥ・トウ博士、タカダト師、シロウガルフ、タッシェ、シノン・リリしかいない。いずれも、まるで夢想結晶のように透明で形の整った考思石に驚き、讃えてくれた。

荒れ騒ぐ心では作れない。心を静めえた度合いによって規則正しいものができあがる。正方形と正三角形の面を組合わせた二十面体と立方体が最もでき易く、球体はやや難しい。正確な楕円も難しい。幾何学の師から、正多面体といえるものは実は五種類しかありえないのだ、ということを教わって以来、そのすべてを作りあげてみたい、と思うようになった。だが正十二面体と正二十面体にはまだ成功したことがない。目標は遠い。

第３５１章　大球体

「遂にわかった」

サピオが研究室を訪れると、ドゥ・トウ博士が上気した顔を上げた。

中央の広いテーブルには、ガラス製の大結晶の模型を中心に、青銀鉄で造られた大岩塊・小岩塊の模型が置かれている。岩塊群の模型はこれまでに見たこともないほど精密なものである。

註：ヴンダーヴェルト＝世界には現在知られているだけで大・小三百五十五個の岩塊があり、すべて大結晶の周りを回っている。ただし、その軌道半径は一定せず、楕円軌道をとるものもあればほぼ真円に近い軌道を巡るものもある。それゆえ、ときに衝突の危機を迎える。人は岩塊衝突を避ける多くの技術を身につけて今日に至る。

岩塊の中で、テシオス、ピュサイ、アルマ、キュノン、ランドーヴァの五つは特に大きく、多くの人々の生活の中心である。これらは地岩と呼ばれ、他と区別される。

あとは八十ほどの小岩塊があり、約二百七十の更に小さいものは破片と呼ばれる。破片に人は住まないが、小岩塊には数家族程度までならば居住可能のものが多い。中にはたったひとりに独占されているものもある。（第1章「名称」より）

「各地の学者と何百回も情報交換を繰り返してやっとできた。グロッセス・リヒトと岩塊の模型は正確に五千万分の一にしてある。

これを見てごらん」

註：世界の中心にある正十二面体の大結晶バルザム・シュタインはグロッセス・リヒト（大いなる光）とも呼ばれる。（第2章「大結晶」より）

博士はテシオスとキュノンの模型を手に取った。

「ここと、ここの形がほぼ一致する。合わせてみようか……ほら」

テシオス・キュノンがひとつの塊になった。

「ここまでは今までもだいたい予想されていた。各岩塊ははじめ一つか二つだったものが何かの理由で割れて飛び散った、というサントウコ仮説。

これまで測量が不正確でよくわからなかったんだが、まず、五大地岩はすべてひとつの塊になる。

しかも……」

博士は五つの岩塊を組み合わせた。いくつかの欠けた部分を補えばほぼ球となる。

「すると、この真ん中にほら、空洞ができる。そしてその形からすると……」

「大結晶！」

「そうだ。この中にグロッセス・リヒトが収まっていた、ということだ。

つまり、ヴンダーヴェルトは最初、グロッセス・リヒトを核としたひとつの巨大な球体だったことになる。小岩塊を挟めばより完全な球に近づくことも確認した。破片までは調べていないが、まず間違いない、ヴンダーヴェルトにある岩はどれもすべてひとつの岩のかけらだ。この、もとになった岩の球を仮に今、大球体と呼ぼう」

「博士の発見ですか」

「そうなる。次期の学会で発表する予定だ。

だが、これで謎は次の段階に入ったことになる」

「何です？」

「つまり、……」

博士は手の球体模型を置いた。

「もともと大結晶とともにあった岩が、どうしてこのように不揃いな形で割れてしまったのか、ということだ。これにはまだ仮説もない。

それともう一つ。非常に僅かずつだが、岩はどれもその公転速度が鈍っていることは知っているね」

「はい」

「これは大気との摩擦のためだと言われている。

　ところが大結晶の引力は変わらない。すると、回転速度が緩んだ分だけ僅かに大結晶に近づくということになる。そこで考えられることは……」

「いつかは全部がまた大結晶の周りに集まってしまう……」

「そう。遥かな未来ではあるがね。これはしかし、人為による解決可能性の見込まれるハルパー帯の塵芥掃除よりも深刻な問題と言えるのではないかね。ただ、計算でいくと、そうなるのは八億年くらい後なんだが……」

註：ハルパー帯とは大結晶の周囲にある薄い塵の層のこと。大結晶の中心から半径約五千テーヒスの距離には何らかの力場が存在するらしく、引力は消滅しないけれども、大結晶に引かれて落下するものはそこで止まってしまってそれ以上落ちることがない。そのため、この位置には常にごく薄い膜のような塵の層ができており、強烈な結晶光をやわらげている。この球形の層を内周、もしくは、発見者の名をとってハルパー帯と呼ぶ。
　ある学者の計算では、ごく僅かずつにせよ、塵は増える一方で減ることがないので、あと五百万標準年ほど経つと大結晶の周囲は完全に塵に埋もれてしまい、光は来なくなる、と言う。そこで、そうなる前に塵の除去法を開発すべきだ、とその学者は訴えた。現在、塵の分解方法が真剣に研究されている。

（第2章「大結晶」より）

「本当にそうなるんでしょうか」

「なると思う。そのときはかつての位置のままに集まることはないだろうから、まずぶつかりあい、ぎゅうぎゅうに凝縮して壊れあって、新たな大球体ができるわけだが……

ところで、その後、また何かの力で岩が割れて八方へ飛び散るということは……あるだろうか？」

「……ありそうですね……」

「その先は全く想像も及ばない。そもそも、なぜ岩は飛び散ったのか……それは偶然のことなのか、必然的に起こったことなのか……」

「ひとつわかれば、その倍もわからないことが……きりがない……」

「そうだ。解明はめざすが、目標に達することはないのかも知れない。

だが、それでもかまわない。わたしはただ調べることが好きだからね。

ともかく、一歩進んだのは確かだ。祝おうじゃないか。同志」

第368章　彫刻家

サンテ・ハーシは今日も壁に浮き彫りを残していた。ほとんどの時期、覚醒時間帯が異なるため、会ったこともないが、サピオは彼のレリーフがとても気に入っている。

サンテ・ハーシは坑道の壁に不思議な模様を彫りつける。中には人間や動物の形に見える部分もあるが、特に意図したものとは思えない。

画家は壁にさまざまな色彩と描線で意味あるものを描く。大抵は何かに似せて描く。彫刻家も作る対象を決めるのは同じである。しかしサンテ・ハーシの彫る模様は予め意味を考えたものではない。彼の手が、いつの間にか描き出したものとしか言い様がない。何かに似ているものも、偶然そうなっただけなのだ。描かれる模様は毎日違う。しかし、そこには一定のパターンがあって、すぐにサンテ・ハーシのものとわかる。

まず、最初に迷路のように屈折した線が重層して刻まれ、面の構造が規定される。その間の空間に、波のようであったり、結晶のようであったりする何かが脈絡なく彫られてゆく。それらひとつひとつは不可解な断片だが、全体が完成すると必然性のようなものを感じさせるのも独特である。

「彼は人間と話すかわりに岩と話す」

シノン・リリが言った。

聞くところによるとサンテ・ハーシは口がきけないそうである。耳も聞こえるのかどうかよくわからないという。そういう人が毎日、岩と対話をかわしている。

それゆえ彼の残す模様は、離れて見るよりむしろ寄って触れるべきものだとサピオは思う。眼を閉じ、サンテ・ハーシが手を加えた壁に端から根気よく触れていると、実にさまざまな連想が湧いてくる。眠る直前、それまで自分に忠実だった思考が勝手に動き出すのを制御できないときの感じだ。

そうしていると、いつか不意に何もかも忘れ去ったような瞬間がやってくる。その独特の感覚は果てしなく遠く緩やか、そして一切の人間的な枠を超えて思える。

例えば、岩からしみでた水が長い時間かかってぽたりと落ちる、それが永遠の時間の中で何万回も何億回も繰り返す。響きの一つひとつは、どこまでも減衰しながら、しかし決して完全に消えることなく残り、やがて世界中がごく微かな水滴の音の無限の重なりだけに満たされる、といった、想像を絶した遥けさ。

そのようなときサピオは、僅かではあるが岩の思考に触れることができたと思う。

サンテ・ハーシの描く模様は彼の手が作り出したものだが、それは同時に岩自体の望んでいた形なのではないだろうか、と思われてくる。サンテ・ハーシが手を加えることで、岩は本来見せるべき表情を示し始める。岩と語るとはこういうことではないのか。

「優れた作品とは何か？　それは作為によって作為を超えた何ものかを表現したもののことだ」

タカダト師のいつものレトリックだった。作為を超えたものとは何だろう？　わからない。しかし岩の表情、岩の思考はそのひとつに違いない。

サピオは今日もサンテ・ハーシの仕事に感謝する。

第406章　鉄の樹

ある種の鉱物、また結晶、石きのこの存在や、石虫類、鉱物系動物の巣、さらには鉱物領域、こうしたものの発生位置を決める最も大きな要因として最近「地鉄樹」というものの存在を告げる報告が一人の若い学者からなされた。

それによると、どの岩塊にも、内部に複雑な枝分かれを持つ赤銀鉄の鉱脈が走っており、その配置が多くの鉱物の分布を決めるというのだ。この鉱脈を彼は特別に地鉄樹と名づけた。

赤銀鉄鉱脈はどこにでもあり、空気に触れると赤く錆びるのですぐわかる。発表によれば、鉱脈には、太く曲がりの少ない幹にあたる部分と、細く分かれ目の多い枝にあたる部分があり、すべての赤銀鉄は、幹から支流のように外側へ伸びているのだという。これは地下の岩の内部まで調査の可能な新しい音波測定機によって明らかとなった。

しかも赤銀鉄は各々の岩塊ごとに中心幹を持ち、それぞれに枝を伸ばしている。

この事実は、各岩の個別性を思わせ、ドゥ・トウ博士の大球体説に対する反論の根拠となりうるのだが、その学者は別の考え方をとった。地鉄樹は、岩が割れて、現在のような軌道公転状態になってから生じた、と彼は言う。それは、鉱物でありながら、ある意志に従って岩の中で生成成長し、岩の質を変えては枝を伸ばして今のような形になった、と。その証拠として、三年間の赤銀鉄鉱脈の位置の変化が報告された。

こうして、地鉄樹は、かつては少なかった鉱物の種類を増やし、岩塊内をさまざまな鉱物で満たした。つまり、今見かける多彩な鉱物群は地鉄樹の果実なのだ、というのが彼の結論である。批判もあったものの、現在では定説となりつつある。この地鉄樹を「生命の樹」と呼ぶ向きもあり、また逆に「創造を行うのは造物主のみであり、このような説は造物主への冒瀆である」と怒る造物主崇拝宗徒もある。

ちなみにこの説を発表した弱冠十五歳の学者というのがサピオである。赤銀鉄鉱脈に対して星英晶がきわめて特異な反応を示すことから、赤銀鉄こそ星英晶の「親」かも知れないと考え、調査を進めた結果である。

以来、サピオは学界にも知られる存在となった。

第500章　外界

アランフェは数日前、キュノン地岩における準二等飛宙士の資格を得た。

註：飛宙士とは単独で飛行する技能を身につけた専門者のこと。

一般人の岩塊間移動には移送船を使う。これは重力圏外まで浮揚しうる浮遊鉱物に乗載筒と呼ぶ円筒型の乗り場所を取り付けたもので、小型の個人用船と大型の公用船とがある。構造が簡単で手軽だが、飛び交う破片によって乗載筒をつなぐロープが切れたり、動力部が停止したりといった事故も少なくない。

そうした場合、交代で常に巡回している飛宙士が発見、連絡する。呼び集められた飛宙士たちはまるで守護精霊のように飛来して人々を救う。

飛宙士たちは飛翼という二枚の大きな翼を背に負い、大結晶の周囲を循環する風に乗って空間を渡る。危険が大きいため、厳しい階級序列に従った組織をなしており、熟練者以外飛ぶことは許されない。

飛宙士の等級は星文局本部で志望者の技術と能力を判別して決定する。資格なしに隣接する地岩以遠へ飛ぶ者は組織の厳しい制裁を受ける。岩塊間空間における警護をも司る飛宙士は武器を携帯しており、警告に従わない不正飛行者を射殺することも認められている。

ただ、現在の最高責任者は比較的鷹揚で、事故に至る性質のものでなければ、処罰を幾らか控えることもあると言われる。また、飛宙律法は伝統的に、広い範囲に緩やか、狭い範囲に厳しく、という原則があり、四等以下の資格ならばかなり多くの一般人にも与えられる反面、一等資格取得は非常に難しく、よほどの能力がないとまず無理とされる。

一等飛宙士はそれだけ特別な存在なのである。二等以下の飛宙士が主として輸送・連絡といった実務に従事するのに対して、一等飛宙士の仕事はただ探検のみである。世界の果てを調べる。飛翼だけに頼って外界風と言われる風に乗り、どんな破片も届かない空間まで飛ぶ。それ以外の仕事は免除されている。（第２４章「飛宙士」より）

「世界はまだその範囲が知られていない。お前たちの使命はこの世界の広さを測ることだ」

と、これはアランフェに初歩の科学知識を授けたマナカイ伯母の言葉である。アランフェに世界を知ることの喜びを教えたのも、飛宙士となることへの夢を植えつけたのもこの人である。

「わたしは期待している、世界を取り巻く銀の龍の発見を。外周の彼方にあるという水晶の壁。それとも鉄の扉だろうか？　何でも溶かしてしまう雲だろうか？　何かはわからない、とにかく、そこにあるものをお前が見て帰って来ることを……」

進歩派のマナカイ伯母が語ったこの言葉がアランフェには忘れられない。

伯母は外周のさらに向こうにある別の世界の想像をアランフェに示したのだった。

正二等の資格は準位取得後、半年の見習い期間を経た上で、厳正な査定により認可される。飛空技術の師、トノエ飛宙士はアランフェの才能を保証した。

「準二等を取ったらアルマへ行け。一等士の養成機関はあそこにしかない。お前なら大丈夫だ」

アルマ地岩はランドーヴァなどと異なり、探究心をより尊ぶ気風の土地と聞く。学芸の最も盛んな場所である。優れた学者も多い。それゆえ、実際的な知識よりも調査研究と芸術的表現のための知恵が多く蓄えられているだろう、アランフェは期待する。一等飛宙士養成機関もその一つを伝えるものだ。実生活のための技ならば二等までで十分である。一等飛宙士になるとは、いわば探究者のギルドに入るということなのだ。

トノエ飛宙士からアルマの文化について聞くたびにアランフェはそこで学ぶ志を強くした。ただ無限の彼方を探るためだけに飛ぶエリートたちの中に加わること、それがアランフェにとっての目下の目標である。

第５０１章　飛空

アランフェはたたんだ飛翼を持って地表へ出た。

十分に光のあたる斜面を探して翼を広げた。飛翼は極細の綱線の骨組みの上に無数の虹雲母の薄片を琥珀油で三重に貼り合わせ、大きな三角形としたもので、弾力に富み、堅牢である。

しばらく陽光にさらすと、大結晶の光を受けた飛翼はその材質の名のとおり、七色に輝き始める。じきに翼全体が薄い光彩のもやに包まれ、僅かに地表から浮き上がる。虹雲母には光を蓄積し、ゆっくりと放射する働きがある。それによって翼と飛空者全体の重量が打ち消される。

次に装着用の軽合金フレームを二枚の翼に接続する。あとはフレームを肩と背に固定し、胸に三条のベルトをしめた上、左右の操縦用アームを握って風を待つ。

見上げれば、空には今日も数多くの夢想結晶が浮かんでいる。幾つかは輪郭がおぼろで消滅の近いことが知れる。非常に規則正しい形態が羨まれるものもある。

来た。翼が浮き上がる。手に風の力が伝わった時アランフェは地を蹴る。

あとは大きな飛翼の浮力で風に乗って浮遊する。方向を変える時は両手に握ったアームを引く。右に曲がりたければ右に、左に曲がりたければ左に引くだけでよい。加速はできないが減速なら可能だ。ゆっくりと両方のアームを引く。さらに引き続ければ次第に降下する。

　何の動力もないため、その飛行範囲はほとんど風と光に左右される。しかし熟練した飛宙士ならば逆風でも進めるし、岩塊間ばかりでなく、外周に近いところまで行って戻ることもできる。

　正二等は外周円内全域飛空自由とされるが、アランフェは現在二等見習いなので、四千万デナール（四万テーヒス）圏内の岩塊との行き来、すなわち、周軌道第三期型の布陣をなす、現在ならばキュノン・アルマ・ランドーヴァ間の飛空のみ許されている。

　キュノン地岩を離れると、ちょうど足の下の方から降り注ぐ結晶光がまぶしい。大結晶の十二の面はそれぞれ見る角度によって色を変える。角度の狭い順に紫、青、緑、と変化し、九十度に近づくに従い、黄、橙、赤となる。真正面から見た時の面は無色透明で、ただ光のみ強い。

　キュノン地岩の場合、岩から九百八十デナール以上離れた者は重力圏を脱するが、今度は大結晶からの引力を受ける。

今、もし翼を外せば大結晶へ向かって一直線に墜落することになる。ただし、大結晶の中心から半径約五千テーヒスの距離にあるハルパー帯より落ちることはない。

アランフェはまだハルパー帯に降りたことはないが、経験者の話では、強烈な光に眼を開けていられないことを除けば岩塊地表面に立つ時とあまり変わらないそうである。ただ、放射線が強いので、健康には悪いという。

眼を転じ、上方を見る。トック鳥と飛び鼠が点のようになって眼に入る。アルンゴも見える。


註：飛行する生物はあまり多くない。しかしその飛行原理は一様でなく、翼を使うもの、蓄えた空気を一気に噴射して飛ぶもの、体重を打ち消すことで浮遊するもの、など、それぞれの方法に合わせて形態が異なる。

トック鳥は深い緑色をした有翼の鉱物性生物で、六角形の翼四枚を使って岩塊間を飛ぶ。足が白く大きく、ものを摑むことができる。空間に浮遊する塵芥性の石英を餌とする。

飛び鼠は楕円球の形態をした銀色の鉱物性生物。ガス噴射を利用して非常に速く飛ぶ。細かい金属礫を餌とする。

アルンゴは風船形の浮遊生物。これは鉱物性ではなく、菌性である。浮遊する他の菌の胞子を主な餌とする。（第１０１章「浮遊生物群」より）

今しも泡状浮遊鉱が左脇をゆっくりと通った。

註：泡状浮遊鉱は浮揚力を持つ泡の集合のような形の鉱物。泡はガラス質の硬い膜でできており、中にヘリウムを蓄えている。飛翼を操ることのできない一般人が岩塊間を渡る場合は多くこれを利用する。できるかぎり大きい浮遊鉱を捕えてロープで乗載筒を取り付けると輸送船になる。ただ、なかなか十分な大きさのものが見つからないので、大型の公用輸送船は数が少ない。

　重力圏外空間を漂う鉱物は多彩である。結晶体、団塊状、中空構造、楕円、球体、綿状、鎖状など、透明度は概ね低く、色は青・灰色・白が最も多い。（第１０２章「浮遊鉱物群」より）

　風が両の頬を撫でた。

　アランフェは最大速度で滑空する。小岩塊の脇をすり抜け、破片の軌道を避ける。数多く、向きもばらばらな破片をこの速度でよけるのは難しい。破片が翼を貫通しても一か所や二か所の穴ならば問題はないし、補修剤は常に携帯しているが、操縦者自身にぶつかった場合は死ぬこともある。それでもアランフェは強風に乗ることを好む。

　速さに我を忘れて進む時、アランフェはいつも、外周へと向かう誘惑にさらされる。もっと熟練したら必ずいつか、そう言いきかせて自分をなだめる。

　しばらく風の道に沿って進むと、巨大な正八面体が風向きにも周軌道にも関係なく、一定の速度で横切って行くのに出会った。全体が乳白色に輝いている。放散星である。

註：放散星には五種類が知られており、すべて乳白色で、正多面体の形態を取る。正四面体、正六面体、正八面体、正十二面体、正二十面体の五種である。どれも人間の五倍から三十倍もの大きさを持つ。これまでで最大と言われるものは小岩塊ほどもあったとされる。これが生物なのか完全鉱物なのかはまだわかっていない。

どうも、長い時間をかけて宇宙を横切ってゆくものらしく、その軌道は少なくとも観測される範囲内では直線のように見える。

統一暦でほぼ一週間に二、三個ほど、放散星の通過を見ることができる。珍しいものではない。ただし、捕獲に成功したという話は聞かない。その推進力が何によるものかはわからないが、通常の手段では通過速度を鈍らせることすらできない。（第４２章「放散星」より）

アランフェは以前からこの奇妙な、無言の通行者が気になっていた。

しばらく正八面体の放散星を追うが、じきにそれは外周の方へ向かい、現在のアランフェには禁じられた処まで去った。

いつかあれの秘密を明かしてやるぞ、と何度目かの決意を新たにしてアランフェは再びキュノンへ戻った。

第529章　経験談

トノエ一等飛宙士は現在引退して後続者の教育に従事しているが、かつては外周を遥かに越えて前人未到の空域にまで達したことのある人だ。アランフェを見込んでいて、機会あるごとに過去の経験を語って聞かせる。

「外周を越えると常識は通用しない。

銀龍を知っているか？　ものすごく大きな銀色の蛇が空を泳いでいるんだ。俺も見たことがある。すぐ眼の前を通っていった。あんまり太くて、銀の鱗が波うつようにしか見えない。それが、二刻経っても終わらないんだ。気が遠くなった。

人間を襲わないのが幸いだ。だが、こんなのにいきなり出会うと、慌てて逃げようとして事故を起こすことがあるものだ。よく憶えておけば大丈夫。

銀龍より危ないのは大星魚だ。こっちは人を襲うこともある。襲うといったって、人間を食おうと思ってやってくるんじゃないんだ、あんまりでかいんで、口を開けると吸い込まれちまうってこと。

こっちはもう大きさがわからない。銀龍よりも大きいそうだから。きっと世界をまる呑みできるほどに違いない。俺もこれは遠くから尻尾の先が星の光でわかっただけなんだ。魚の尾の形のところだけ、星が見えなかったからだ。

それと、大きさはどのくらいか見当もつかない、その上、形もはっきりしない、不思議なものもいる。俺は出会ったことがないが、見た奴の話では、なんかぶよぶよして透き通った塊がいきなり眼の前いっぱいに広がってくるんだと。どこまで続いてるのか、果てもわからないそうだ。

半透明だが、薄赤いようだったり、薄い青だったりいろいろで、ところどころ光ってるという。まだ見た奴が二人しかいないんで名前もついてない。

こいつは、絶対近寄ってはならない。そのぶよぶよの一部がにゅーっと細長く伸びてきて、アルンゴだのトック鳥だのに触れると、そいつらはすぐに吸い込まれていったと。どう見ても捕まえて食ってるとしか思えない、ってさ。

こんなのが外周外にはどっさりいると思ったほうがいい。放散星は誰でも知ってるが、もっと変な形のものがいろいろ浮いているし、触手が何百本もうじょうじょ動いてるのが待ち構えてたり、ぎざぎざの破片みたいのがものすごい勢いで飛んでくる所があったり、危険なことばっかりだ。

もうひとつ、仲間が『眠りの領域』と呼んでるものについて教えておく。外周を越えたからといって、すぐに別世界へ行けるわけじゃない。一番近い星までだって、何十年も飛び続けなければ辿り着かないと言われている。いずれ、導師の承諾が降りたら、大きな乗り物に乗り組んで、一人で行ける限界よりも遠くへ行こう、っていう案もある。ただ、そうするにしても、一つ、困ったことがある。

天のどの方向かよくわからないんだが、かなりの広さで、『眠りの領域』というのが広がっている。ひょっとするとそれはすっぽりこの世界を包むようになってるのかもしれないという話もあるんだが……

そこへ至ると、意識が遠くなって、眠ってしまう。空気が薄いからだ、と言った学者もいたが、どうもそうじゃない。俺の経験では、そこではやたらにいろんな夢を見る。あんまりおもしろいんで、つい、そのまま眠っていよう、と思ってしまうんだ。

毎年、何人かの一等士が戻ってこない。それは天にいる魚やぶよぶよに食われちまうのもあるだろうが、一番多いのはこの眠りの領域に入り込んだまま眠り続けているからだろう。

俺は無事で済んだが、戻ってきた奴の中には廃人同様になったのもいる。あんまりいい夢だったんで忘れられないのか、死ぬほど怖い夢で心毀されたのかはわからない。

本当に外周外には惑わしが多い。ときどき、俺の見た銀龍なんかもありゃ夢だったんだろうか、って思うこともあるが、これは他にも何人かが見てるわけだし……いや、全員が同じ夢を見たってこともないとは言わないよ、でもな。

ともかく今俺たちが一番考えなきゃならないのは、この『眠りの領域』をどうやって突破するか、だろう」

第620章　邂逅

三日三晩降り続いた流星群が止んで、あたりに薄青い砂塵がまだ消えやらぬ白四刻のこと、サピオは房を出て昼側の岩場に立った。灰青色の空の果てに眼をやれば、一点鮮やかに輝くものが見える。

飛宙者だなと思う間もなく、それはサピオの立つ岩山に近づいた。

まだ若い。齢はサピオとあまり違わない。異邦の少年は虹雲母の羽根を負い、光の子のように舞い降りた。サピオはとっさに岩陰に身を隠した。普段のままの心で彼の前に出ることはできない。そう思われた。

容貌は容易く変わるものではない。しかし、心をぴんと張り詰めて人に会うこと。特に大切な人の前では掌の中に一分の狂いもない規則正しい結晶を浮かばせて見せたい。

飛行具ならば手にしたことがある。自ら背に装着して短い距離を飛んでみたことさえある。だからといって彼方の空から来る輝く者を己と同じには思えない。

降り立った少年は翼をはずしもせず、真直ぐ歩いてくる。背には七色の光彩が大きく広がっている。サピオは身を硬くする。

「君、案内してくれないか」

と声をかけてきた。

相手には自分の姿が見えたのか。サピオには心を整える間もない。せめて一度深く息を吸い込んで背を伸ばし、陰から出た。

儀式に向かう足取りでしずしずと歩み寄る。

「ぼくはサピオ。君は？」

「アランフェ。キュノンから来た。光のままに、サピオ。君がここで会った初めての人だ」

「光栄だ。アランフェ。何をしに来た？」

「ぼくは一等飛宙士の資格を取りたい。そのためにここへ渡って導者の弟子になれと言われた。それで来た」

「君にはぼくが見えたのか？」

「誰かいるとわかった。見えたわけじゃない」

サピオはもう一度大きく息を吸うと呼吸を止め、両掌を胸の上で合わせた。ゆっくり引き離すと中央に小さな結晶が生じ始める。それは掌と掌の間に浮いたまま、大きさを増してゆく。

やがて結晶は青色透明の立方体となって回転を始める。サピオは手を下ろす。結晶は回転したまま浮いている。

しまった。サピオはひどく後悔する。よく見るがよい、僅かだが正六面体の二面までが歪んでいる。正方形になっていない。失敗だ。この輝く翼の人の前で自分は自らの未熟さ、不純さをあらわにしてしまった。サピオは顔を挙げられない。うっすらと眼に涙がにじむ。

「なんて綺麗な色だ。空の青よりも透明で、思慮深い……こんな結晶を作れる人には初めて出会ったよ、サピオ」

相手の意外な言葉であった。アランフェは素直に喜んでいた。

自分も素直になろうと思った。これは稀なことなのだとサピオは思った。

第634章　師

アルマ飛宙士連合星文局の最高導師ニナ・イ師は、新たに教えを請うためキュノンからやって来た二等見習い飛宙士に言った。

「若いな。筋がよいのか、早く消耗する質なのか、それはわからない。しかしわたしはものごとを悪く考えるつもりはない。

訓練は明日から始まる。時間厳守とすること。命令には必ず従うこと。それ以外の注意は特にない……いや、もうひとつ、命を大切に、だ。忘れるなよ」

「はい」

退出しようとしたとき、ニナ・イ師がいきなり近寄ってきて、耳許で囁いた。

「宗徒か？」

「いいえ」

アランフェが小声で答えると、

「そうか。うん。行ってよし」

アランフェはあまり堅苦しくなさそうな師に好ましい印象を持った。現在の導師は先代と違ってもののわかる人だ、と聞かされていた。嘘ではないらしい。

それにひきかえて、次官のクロンベル副導師の堅物さ加減は見習い飛宙士の間で揶揄の対象となっている。非常に熱心な造物主崇拝者なのだそうである。

「そうした筋の人にはよくあることだ。あの方はランドーヴァ出身だそうだしな」

と同僚が語った。

アランフェの訓練はアルマ暦に従い、規則正しく行われた。最初、睡眠時間の調整が苦痛だったが、そのうち慣れた。そうして、暇ができるとサピオの房を訪れ、あれこれと話し込んだ。気の合う相手であることがわかった。


「いずれにせよ」

五人の新規見習い生を前に毎回、ニナ・イ師が短い訓示を行う。

「君たちは一等飛宙士を目指すのだからによって、少なくとも、先入観は捨てたまえよ。世界がどのような構造なのか、それは君たちが調査するのであって、調査なしに予想ばかりしてはいかん。よろしいな」

ニナ・イ師はちらっとクロンベル副導師を見る。副導師は憮然とした表情である。アランフェはそれが予め持つ世界観を捨てよ、という師の言葉への無言の抗議であることを知っている。

「副導師はどうして一等飛宙士なんかになったのかな。外を探る気なんてなさそうじゃないか」

訓練の後、アランフェが問うと、同僚のロートレルが答えた。

「主のお導きだ。俺たちの岩では就くべき仕事を法王様が決めてくださる。副導師は星文局の責任者になって、探査の行き過ぎを監視するためにつかわされたんだ」

　ロートレルもまたランドーヴァの出身である。

「行き過ぎを気にしてちゃ、探査なんかできないじゃないか」

「どうしてだ？　人間、節度が大切だ。造物主の定めた決まりの中でやりすぎのないよう、見張ってくれる人がいないと」

「納得できない」

「ま、仕方ないね。いつか俺の岩へ来てみろよ。考えが変わるだろう。あ、それから……」

　内緒話の口調になって、

「君の友達に考思石で結晶を作れる奴がいるって話じゃないか、今度紹介してくれよ」

どこから聞いてきたのか、サピオのことだろう。アランフェは、

「ああ、いつかな」

と答えた。ロートレルには強く待ち望む様子があった。


　それからしばらくすると、アランフェの飛行技術を見て才能を認めたニナ・イ師がときおり特別に呼びつけるようになった。同僚の中には嫉視する者もあったが、そうしたことはキュノンで慣れている。尖った石は削られる、のたとえどおりである。

　あるとき、ニナ・イ師はアランフェに言った。

「どうも、世の中には新しいことを知りたがらないのが多くて困る。最近は官僚の中にもそういうの

が増えている。われわれの使命である外周外探査にも許可がおりない時があって往生しとる。大抵、観測局のドゥ・トウ君が便宜を図ってくれるんだがね、おお、知り合いか。よろしく伝えてくれたまえよ。

そうだな、あんまりおだてるのはよくないが、君はわたしの若い時よりちいと下手なくらいだな。認めるよ。きっといい飛び手になる。

わたしはまだまだ、こんなやり方じゃ大したことはわからないと思う。いずれ大きな地岩脱出計画を立てようと思う。そのときは一緒に来い。早く資格を取れよ」

その日以来アランフェは、巨大船に乗り込んで出発する自分を夢見る資格を得たのだ。

「だが、命は大切にな」

これが師の口癖だった。

第６８７章　水銀湖

水銀湖へ行くには特別の装備を必要とする。珪酸石油から合成した薄膜によるマスクが不可欠である。気化水銀から呼吸器を守るためだ。

キュノンには水銀湖がない、とアランフェは言う。サピオはアランフェを誘った。

屈曲した道を辿り、少しずつ地下へ降りてゆくと目印の大岩がある。そこでマスクをつける。

急に細くなり一層曲折の増えた通路を長々進むといきなり広い空間が開け、すぐ一歩先から水銀湖が始まっている。アルマ地岩の魏牙山《ぎがさん》地下には自然にできた巨大な空洞があり、そこに大量の純粋な水銀が溜っているのだ。

少量では粒となる水銀がここではすべてひとつの塊となって平らに広がっている。ただ、そう見えるのは一部分を見た場合のことで、湖の全体は地下空洞に、ややいびつな球となって浮いていることになる。重力の作用によってできた巨大な水銀球である。その直径は五百デナールにも達するという。岩と接している箇所が何か所かあり、サピオらがいるのはそういう場所であった。

波だつこともなく、とろりとした滑らかな湖面は鏡そのままである。岩との境目の部分だけは水銀特有の半球状の凸面となって僅かに盛り上がっている。周囲には硫黄と化合してできた真っ赤な辰砂の結晶が大きく枝を広げている所もある。しかしこのあたりの岩の成分はほとんどがニッケルとカイザー鉱で、いずれも水銀には溶けない。

人工照明はないが、空洞の天井にあたる岩壁には少量ながら種々の発光鉱物が露出している。薄暗い中、上からの光はそのまま湖に映る。

非常に重い液体なので人間が入っても沈まない。ただ、あくまでも液体であるから押せばへこむし、足の先は潜る。体重をかければさらにいくらか沈む。相当の力を出せばだが、しぶきをたてることもできる。ただその場合には身を包む装備が必要だ。

サピオはなぜよく自分がここへ来るのか、考えてみるが、うまく説明できない。

水銀湖には数種の昆虫が棲む。水銀内にアマルガムとして溶け込んだ微量の金属を摂取して生きている。いずれもニッケルでできた甲殻を持つ。見ていると、湖の表面が少しふくらむときがある。水銀棲昆虫が活動しているためである。

　稀なことだが、水銀の中に棲む大蛇を見ることもあるという。これは赤龍とも呼ばれ、全身に辰砂の結晶をこびりつかせていると聞いた。

　二人は水銀湖の底深くに潜む赤龍が姿を見せないかと期待した。見たことはない。この日も姿を見ることはなかった。しかしサピオがいつもそうであるようにアランフェもまた帰りは行きより何となく陽気である。

　外へ出る頃には非常に喉が渇いている。しかし、付近には飲用水槽がない。それで二人は水結晶を探す。これならば坑道内のどこにでも見つかる。緊急に水分が必要な時は水結晶を割ればよい。


註：水結晶ヴァッサードルトは内部に水を持つ結晶体で、殻壁の成分は空気中に漂っており、岩壁面のいたるところに昇華する。核となるものが壁に付着すると、あとは数刻でこぶし大になる。最大、人の頭くらいまで成長するが、その後は自重で崩壊し、大半は再び空気中に散る。

　結晶のさい、何層もの中空構造を作り、その中に水分を凝集させてゆくため、表面から割ってゆくと相当量の純粋な水が取れる。

　水結晶はもろく、歯で割ることも可能だが、そのさい、注意すべきなのは、歯に付着した破片をそのままにしておかないことだ。水結晶はカルシウムと親和性が高く、歯に付くとそこから空気中の成分を引き寄せて成長するので、気づかず放っておくとじきに歯が固定され、口が閉じられなくなる。（第63章「水結晶」より）

二人はかりかりと音をたてて水結晶を割りながら帰った。

第694章　化石

発掘は進んでいるという話である。二人は古代坂をめざした。第三山脈の黄色鉱石側、現在は光照地である。

註：地岩表面で大結晶からの光があたる区域を光照地と呼ぶ。光照地の位置と面積は時間によって変化する。地岩の動きとともに、結晶光のあたらない裏側にまわると、そこが該当区域の夜である。（第5章「生活空間」より）

坂のふもとへ来ると十人ほどの人が何かを掘り出しているのが見えた。この地区からは多くの化石が発掘されている。古代坂の名もそのことにちなむ。

さらに近寄れば、二デナールはあろうという太さの、よく見ないとわからないほど緩く湾曲した骨の化石が数十本も突き出ていた。肋骨と思われる。しかし一本の長さは岩山の頂上に達するほどあり、またその骨と骨との間には人間五、六人分の幅があった。

「博士」

サピオが声をかけるとドゥ・トウ博士は振り向いて歯を剝き出した。上機嫌である。

「よお、仲良しさん。この化石はこれだけではまだ完全でない。どこまで続いてるかわかるか?」

アランフェが答えた。

「山の端まで」

「いいや。ランドーヴァからアルマを越えてテシオスを越えてキュノンまでだ」

「続いてないじゃないですか」

「いいや。わたしの説を忘れたか?　地岩は昔すべて一つの塊だったということをだ」

「じゃ……」

「そうだ。これは、まだ地岩がひとつだった時代に生きていた生物の化石ということだ。しかも三つか四つの岩塊を足したくらいの大きなものだったということになる。

この続きはアルマからもテシオスからも発掘されるはずだ。すでに他の岩の者からそういう連絡が入っている。

本当に、こういうことがあると、学者をやっててよかったと思うね」

「何なんです?　これ」

「魚だ。雨期に泳いでる奴。あれのものすごく大きいものだ」

「大星魚!　いたんだ、本当に……」

アランフェが声を上げた。トノエ飛宙士の話してくれた天の向こうの巨大魚。先輩の話は夢でなかったのだ。

「ほう、知ってるんなら話してくれんかね」

　アランフェはトノエ飛宙士の言葉のとおりに語った。

「ふうん。学界では話題になったことがないな。外周外にいるはずのものがここに……」

「そんなものがどうして？」

「わたしはまた新たに仮説を立てていた。ひょっとしたら、大昔は世界中が水に浸されていたんじゃないかということだが。しかしアランフェ君の話を聞くとそうでもないのかな」

「水はどこへいったんですか？」

「造物主に聞いてくれ」

「なあんだ」

「そうとでも答えるほかないだろう？　考えられるか？　地岩より大きい魚が化石になっていたなんてなあ」

　ドゥ・トウ博士はそう言うと再び二人に背を向けて発掘の指図を続けた。

　帰途、アランフェは巨大魚のことばかり考えていた。サピオが話しかけてもろくろく答えない。アランフェには五大岩塊を合わせたほども大きな魚が虚空を泳ぎ回るさまがありありと見えた。

　それだけではない、この生物は、ここでは化石の形でしか見られないが、遥かな彼方の世界に今も生きている。そこでは巨大魚が群れをなし、さらにさまざまな巨大生物がいるに違いない。……と想像は進んだ。

「またあっちのこと考えてるね」

サピオが少し寂しげに言う。

「え？　だってあんなものがここにもいたなんて……」

「ぼくたちはとても小さい。世界はあれよりもっともっと大きいんだ」

「でも……」

アランフェはまたいつもの結論を出した。

「いつかはそれも見届けられる日が来る。ぼくたちの力は知ることだ」

第723章　礼賛宮

「やあ、造物主の御心のままに」

ロートレルが言った。キュノン人には奇妙だがこれがデーミウールゴス崇拝宗徒であるランドーヴァ人の挨拶である。ぜひ見せたいものがあるから一度来い、と誘われたのでアランフェは僅かな休息期間を割いてランドーヴァにやってきた。

「おいで、こっち」

ランドーヴァは最大の岩塊であるとともに造物主が大結晶の次に創った第一の岩とされる。このことから造物主信仰の聖地ともなっており、住民には地域中心思想が強い。

アランフェの眼前になにやら巨大なものが姿を現わした。数え切れないほどの三角形四角形が重なって、両方から頂点を同じ方向に向け、空の一点へとせりあがっている格好である。中心には最も高く大きな三角錐が突き出ている。最高部は百デナールもあろうと思われる小山のような造形物だ。
もとの材質は半透明だが、あまりにも多くの面と辺で透過光が屈折し、白く見える。それだけでなく、ひとつひとつの面には微細な浮き彫りが施されている。

「礼賛宮だ」

「たいへんなものを造ったね。でもこれ、何でできてるの？」

「よく見てごらん、全部考思石だ」

近寄って見ればロートレルの言うとおり、考思石特有の材質感がある。壁に触れようとしても手応えがない。

「こんなものを一体誰が……一人で……」

「一人じゃない、四十人が一気に造ったんだ」

「そんなことできるのか？　考思石は人によって違うものができてしまうじゃないか」

「訓練だよ。これを想像するために何年もかけて設計して、チームを組んで……」

「うーん」

アランフェは正直な感想を口にすることをためらった。確かに大変なものだが、わざわざ何年もかけて何十人もが本来別々であるはずの心をひとつに統一するという行いにはとても納得できない。とはいえ非難しても意味がない。これがランドーヴァのやり方なのだ。

アランフェは不明点だけ尋ねた。

「何のために……」

「造物主を讃えるためだよ。そうしてよい運命を拓くためさ。そんなこともわからないのか」

「わからないなあ……」

「仕方ないな。でもどうだ、立派だろ」

「ああ。確かに立派だよ。……でもこれ、半日もすると消えてしまうんだろう？」

「そこだよ、訓練の賜物は。礼賛宮を造った後は五人ずつ、交代で周りに座って想念を保つんだ。すると何時間たっても何日たっても宮は消えない。ほら、あそことあそこに人が座ってるのが見えるだろ」

ロートレルの指差す方向には人がいる。心を集中させているようだ。

「驚いたな……」

嘘ではなかった。アランフェは確かに驚いていた。しかし、それはどうしてこんな無駄なことにそこまで労力を費やすのだろうという驚きであった。

「な、すごいだろ」

ロートレルはたいへん単純に自慢する。

「中に入ろう。『造物主の御足跡』を見せてやろう」

註：「造物主の御足跡」は世界創造の後、造物主がこの岩に初めて降り立った証拠とされる。なお造物主は正式にはデーミウールゴスと呼ぶ。（第4章「造物主信仰」より）

礼賛宮の中は薄暗く、影も光も曖昧で、その冷たく白い感じは少しアランフェの気に入った。いかめしい表情の神官たちが不動で立つ中、中央とおぼしいあたりに金色の光が射している。人為的なものらしい。方法はわからないが、これも「訓練」によるのだろうとアランフェは思った。金の光の中に岩のくぼみが見えた。ただのくぼみが上からの光で燦爛と輝いて見える。

「これが世界をお創りになった造物主の最初の一歩だ」

奥は洞窟になっていた。造物主は本当にここへ降り立ったのだろうか。

「ぼくたちはこれからもこの礼賛宮を永遠に保っていくつもりなんだ。皆平等で平和な未来を築くためにね」

気持はわからないではなかった。しかしそこには、ある翳りが感じられた。割り切れないものを感じながらアランフェはそこを去った。

「君も造物主を崇拝しているの？」

アランフェが訊く。サピオは言下に答える。

「いや」

「君は、じゃ、あそこにいたら異端ってことになるね」

「そうだ。でもそれは数の問題で、正しさは人数じゃない」

「同意だ」

「まっとうな学者はたとえ造物主を尊敬していても、そんなふうに押し付けがましい祈り方はしないよ」

「いつまでもそうあってほしいものだ」

サピオの言葉はアランフェの中にあった重い気分を少しだけやわらげた。

第725章　隠者

「連れていってあげる」

アランフェは三本のロープをサピオに渡した。先にはそれぞれ泡状浮遊鉱がくくりつけてある。サピオはロープの一端を巻き取り機に繋ぎハンドルを回した。徐々に浮遊鉱が降りてくる。アランフェが重力圏外で取ってきたものである。これによって飛翔操縦の不得手なサピオにも圏外を散歩させようというわけだ。

用意の乗載筒をロープに取り付け、乗り込むと出発である。

「進む方向に引っ張るからね」

アランフェは三日前に正二等を認められた。それにより、移送船誘導の権限をも与えられる。こうして、サピオとの以前からの約束を果たすことになった。約束とは、軌道の外れにいる隠者を訪ねよう、というものである。

アランフェの話では会うたびに少しずつ印象の異なる不思議な老婆であるという。老人の知識は限りなく、毎回聞く話の内容にひとつも重複がない。

アランフェが一度、外側へ飛び続け、外周限界まで達しようとしたとき、大きな声で呼び止めた者がおり、それがこの人だった。見れば外周ぎりぎりあたりに浮かぶ房一つ分ほどの岩に小さな老婆が座っていた。

こんな所に岩があるとは聞いたこともない。人が住んでいるとは尚更の驚きである。

老婆が、まあこっちへ来て少し休みなさい、と呼びかけたので、アランフェは好奇心から岩に降りた。

老婆は名をベナンドーレと名乗った。見慣れない結晶を差し出し、口に入れてごらん、と言った。浮遊晶雲のようだった。味はよくわからないが、口の中で転がしているうちにとても朗らかになり、しかもそのうちに気が遠くなるような感じさえしたとアランフェは告げる。

ベナンドーレはその間、さまざまなことについて語った。心を結晶させる方法を見つけ出した女性の話、世界の外を絵に描いた画家の話、新たな宇宙を誕生させる方法を教えた教師の話、などだったと記憶するが、口中の幻妙さに気を取られていたためか、具体的な部分はほとんど忘れてしまった。ただ、その中に、外周の向こうまで達する方法がある、いつか教えてやろう、という約束が含まれていたことをアランフェは憶えている。

以来、ベナンドーレとのつきあいは続いている。

「この間で五回目。いっつも違う感じなんだけど、同じ人ってことはわかる。変な婆さん」

サピオが興味を惹かれる様子を見て、アランフェは、移送船の誘導資格を得たら連れていってやろう、と請け合ったのだった。

アランフェは牽引ロープの先をベルトに結び、大きな翼を広げて飛び立った。サピオが乗載筒に入り、繋留ロープを外すと一人乗りの移送船は圏外に向けて浮き上がり始めた。

重力圏外に出る。見上げれば三つの泡状鉱が三方から乗載筒を引き上げている。

前方には七色に輝く二つの三角形が頂点を接して左右に広がっているのが見える。アランフェの飛翼である。緩やかに進むと思えば突然、急旋回する。どうしたかと見ると、アランフェのよけた箇所を鋭い破片が通過していった。アランフェはそうした迂回を楽しんでいるかのようだ。軽々と浮気に進む羽根持つ人。

飛宙士は精霊に例えられるのが常だが、実際に天高く渡る様を見ればそれがまことに妥当な比喩であることがわかる。自分は精霊を友に持っているのだ、とサピオは思った。


「お友達か」

ベナンドーレがにこやかに二人を迎えた。アランフェが会った五回のいずれもと違う容貌で同じ姿勢なのに違いない、とサピオは思った。

アランフェの言葉どおり、岩幅は三デナール程度、三人がいればあまり余裕もない。人の背丈の倍ほどの盛り上がり部分が一つあり、あとの半分は平坦である。

老婆は山部分を背にして座っている。非常に小さな老女で、普通の人の半分くらいの大きさに見える。正面に石机があり、繊維綿の上に水晶球が置かれている。

「ひとつどうだ」

老人は脇にあった氷の塊のようなものをさしだした。

「霞玻璃《かすみはり》と呼んでいる。他の岩にはない」

二人はそれぞれ手に取り、口に入れた。アランフェの報告のとおり、味わったことのない感触である。熱くも冷たくもない、ただ、とても刺激が強くて舌を刺すような感じである。サピオは、何やら体内がすっと空虚になるような気がした。

簡単な紹介の後、サピオが尋ねた。

「ずっとここにいらっしゃるんですか？」

「そうだ。もう何年経つか忘れた」

「どうしてこんなところに……」

「それも忘れた。何のためでもいいんだ」

「何をしてるんですか？」

「ここにいるといろいろなことがわかって、それが楽しい」

「でも何を食べて？」

「もちろんこの霞玻璃だ」

「これだけで？」

「これは人の体に本当に必要なものだけが含まれた石だ。これだけ口にしておれば死ぬことはない」

「でも水は……」

「ほら、こっちに水結晶がある。わたし一人くらいこれ一つ養っておけば十分だ。人間、どこにいても生きていけるものだ。さて、何しにきた？」

「お話を聞きに」とアランフェ。

ベナンドーレは皺深い顔をほころばせて、

「聞きたければ話してやろう。話し切れないほどある。あんたたちに向いていそうなものを一つ、教えてあげようか？　この水晶についての話」

「お願いします」

「では聞きなさい。

一人の楽士がいた。腕がよくて、沢山の人が演奏を聴きたがった。

あるとき楽士は夢を見た。そこでこれまで聴いたこともない素晴らしい音楽を聴いた。

それ以来、眠れば夢の中で必ず不思議な響きが聞こえるようになった。

楽士は自分の奏でる音に飽き足りなくなった。世界を歩き回ってなお音楽を学んだが満足しない。

いつも夢の中では何よりも深く何よりも豊かな音を聴いていたからだ。

楽士はそのうち、自分の演奏をやめて眠り、夢ばかり見ているようになった。するとそこへ一人の男が訪れた。男が言うにはこうだ。

『わたしは夢から生まれた者である。夢を信じ、夢以外信じない者のもとに現われる。

起きて見る世界はただひとつの世界でしかないが、夢はあらゆる外の世界に通じている。だからそこではすべての世界が動くときの響きを聞くことができる。

お前が聞いたのは天界の音楽である。それは宇宙全体が動くときの響きで、お前のいる世界の人間には聞こえないものだ。だが、実はこの音楽こそが、全宇宙を統べる真の音楽であり、お前のいる世界の運命までも決める。

お前も知るように、宇宙は常に和声を発しながら動いている。しかし、ときおりそこに、本来鳴るべきでない、きしり音《ね》のようなものが生じることがある。するとその音はあらゆる因果に関わって、思いもよらない破局を生じさせてしまう。

だから、宇宙には調律師が必要なのだ。天界の音楽を絶えず正しく奏で直す者が必要だ。今、わたしたちは、宇宙の音を新たに作ることのできる者を求めている。あの音を聞いたお前にはその資格がある。

もしお前がこの世界の者の耳にだけ響く音楽を捨て、修行を積むならば、天の音楽の奏者にしてやろう』

楽士はぜひそうしてくれと言った。すると、夢の男は白い石の球を差し出してこう言った。

『天界の音楽を響かせるには心を硬く透き通ったものにしなければならない。そうなったとき、お前はここを離れ、真の世界へ登ることを許されるだろう。

この石球は今は石英の塊だが、お前が自分の心を研ぎ澄ますことによって、少しずつ水晶球に変えてゆくことができる。

この球が完全に透き通り、すべてが水晶となったとき、お前はこの世界から去り、永遠の響きを奏でることができるだろう』と。

楽士は自分のいる世界の人々から認められることを捨て、一人だけで瞑想を続けた。

最初、夢の中で聴いた音楽を一音も忘れないようにする練習を積んだ。次には、起きていてもその音楽をすべて思い浮かべることができる訓練をした。

そして最後に、この先、夢で聴くはずの音楽を心に響かせる修行をした。何もせず、ただ毎日毎日心に天の音だけを響かせた。

その頃には楽士の体は枯れ木のようになり、楽器の使い方さえ忘れていた。

こんな苦しい思いを何十年も続けて、あるとき、とうとう、もらった石英が水晶球になっているのを知った。

　こうして楽士は死んだ。

　そして、楽士は今、天の彼方にいて、ありとある世界に響き渡る天の音楽を奏でている。

　さて、この水晶球こそ、その楽士が心で磨いたものだ」

「どうしてここにあるの？」とサピオ。

「夢の男が置いていった」

「なぜ？」

「わからないな。きっとお前たちにこの話を聞かせてやるためだろう」

「そんなこと……」

「その楽士は何という名なの？」とアランフェ。

「名は知られていない。もう、その楽士は一人の人とすらいえない者だからね。今では彼は天の音楽そのものだ。

わたしは何十年も、その音楽を聴き続けてきた。ここに霞玻璃が生じるのもきっと彼の音楽が最もよく届く場所だからだ」

「どんな音？」

「ここで昼寝をすれば聞こえるかも知れないよ」

サピオはこれはただの作り話かな、とも思ったが、それにしてはどこかに本当の匂いがする。かなりの作り事もあるが、全部が嘘ではない、そんな気がした。

「この水晶球には他の世界のことまで全部映る。話してあげたことはここに見えたことだ。わたしはそれで外の世界のことはたくさん知っている。けれど、……」

ベナンドーレは二人を見据えた。

「こちらからは呼びかけることができないのだよ。

呼びかけのためには、強い意志と強い憧れが必要だ。

アランフェよ、お前は意志に満ちているね。サピオには憧れがある。お前たちに頼みたい。外へ、すべてを越えた先のどこかへ、わたしたちの願いを伝えておくれ」

「わたしたちの願いって、どんな?」

「より真理に近づきたい、より正しくありたい、より強くより美しく、存在することのすばらしさを伝えたい、そして新しい何かを創り出したい、そんな願いだ」

サピオはアルマに帰ってからもベナンドーレの最後の言葉が忘れられなかった。楽士の話については「天界の音楽」という言葉ばかり憶えていて、どういう内容だったか、おぼろげにしか思い出せなかった。アランフェに尋ねても同じ答えだった。

「また行こう」

二人はそう言い合った。

実はサピオにはもう一つ、忘れ難い発見があった。ベナンドーレのもとから帰る途中、放散星とすれ違った。そのさい、身につけていた星英晶が微かな音を発したのだ。放散星に接近したのは二度だが、二度とも星英晶は鳴り、しかも星に近づくほど音響は増した。取り出して見ると結晶の中心にこれまで見たこともない光がともっていた。

圏外へ出ることが少なく、放散星のそばを通る経験もなかったため、知らないできたのだ。以来サピオは、もし赤銀鉄が星英晶の母ならば、父は放散星に違いない、と思うようになった。

第727章　開花祭

「早く。始まるよ」

サピオがアランフェを急がせた。坑道は空と違って一飛びすることができない。アランフェはいちいち右へ左へと曲がりながら僅かずつ下ってゆくのがもどかしい。サピオは適当な浮遊結晶を見つけてはそれにつかまりながら半ば浮き上がり、自在に走る。

竪穴のひとつに辿り着いた。二人はできるだけ大きい浮遊結晶を捕える。サピオはすぐにほぼ球形の大きなものを得て穴から飛び降りた。アランフェは少々時間がかかる。ようやく八角形のやや小振りのものを摑んだ。

竪穴は二人を一挙に最下層まで導いた。さらに進めば赤色石花鉱の鉱脈が露出した場所へ辿り着く。故意に発光石類を排除してあるそこは暗い。波模様のような赤い鉱脈の部分がうっすらと光を放っているだけである。

すでに人々がいた。音楽家たちである。手に手に藍色のムジークシュタインを持っている。静かな旋律が響いていた。

そうするうちに同じブロックの住人が皆集まったようだ。ふだんは見ない顔もあるはずだが暗くてよく分からない。

あとはただ物音を立てずに待つのである。

ムジークシュタインから、りーん、という微かなしかし演奏時とは異なった響きが聞こえ始める。音楽家たちは音を立てる青い石をそっと床石の上に置き、自らは退いた。

ムジークシュタインが徐々に音量を上げ、周囲が響きに満たされる頃、壁面の鉱脈のあちこちから突き出たひとかかえほどの赤い柱状結晶があらたに強い光を発し始める。

さらに結晶は、側面から順に、同じ形・厚さの薄い板となって剝離し、外側へ倒れてゆく。表面部分が八枚分開くと、続いてその中の面もまた薄片八枚に割れて開き、こうしてあとからあとから広がってゆく。

クリスタラブルームである。規則正しい長方形の花弁は透明で赤い。それが奥の部分からの発光によって鮮やかな朱をともす。そうしながら石の花は少しずつ開いた。

赤色石花鉱の鉱脈にはところどころ、八角柱の結晶が形成されるが、特定の時期になると光を発しながらひとりでに劈開《へきかい》する。これを開花と呼び習わしている。

開花のさい、クリスタラブルームは弱い精神波を発し、ムジークシュタインはそれを増幅させて鳴る。波動は微妙に変化し、それに反応するムジークシュタインの響きはしばしば熟練した音楽家の即興演奏にも勝る。

クリスタラブルームの開花現象を知った人々は、その時期が近くなると観察係を設け、開花時刻を予想させた。開花は数刻しか続かないからである。それらしい兆候が発見されると皆、最寄の鉱脈へと足を運ぶのが習慣となった。

人々は無言で佇む。誰もが半年に一回の開花を心待ちにしてきた。

石の花の発光は一層強くなり、周囲を照らした。いくつもの大きな石花結晶がまばゆい光を放つ。ムジークシュタインがわななくように鳴る。

人々はできるかぎり鮮やかな色彩を持った考思石を投げる。堂内は華やかな混沌へと変ずる。音響はさらに幾重にも重なり、高低の揺れが著しくなってゆく。クライマックスが近い。

音響と光が最高潮に達したとき、そこにいる人は世界の外を覗くことができると言われている。

サピオは、胸許にしのばせた星英晶が振動するのを感じた。

「何か見たか？」

「いや……」

「なあんだ」

「でも……」

「でも？」

「ねえ、造物主より偉い人っているだろうか？」

「考えたこともない」

「いったい何が本当にあるべきことなんだろう……ぼくたちは……」

「世界を見ること……そう教わった」

「そのとおりだ。でも、この世界だけではない……一番大切なことを……」

「いつか」

「わかるか？」

「わかる」

「……ぼくにはまだわからない」

アランフェはしかし、そう言うサピオの表情に、ある確信が漂うのを認めていた。

アランフェには言うことができなかった。明解な言葉にすることが過ちを誘うように思われたからだ。

荘厳な響きの中で我を忘れた時、サピオはふと、瞑想する美しい人の面影を見た。白い肌、整った容貌のその人は髪も白い。年齢はわからない。白髪なのか、もともと銀の髪なのか。さらに男性か女性かさえもわからなかった。その人は暗い地下のどこかに座り、眼を閉じ、最も大切なことだけを考え続けている。

確かに胸に感じた星英晶の共振も、それに関係しているのではなかったか。

しかし、最も大切なこととは何だろう？

以来、サピオはあの人こそが、真の創造者ではないかと思っている。造物主とは別の存在、しかもより高い所にいる人ではないか。造物主が正しいとしたら、あの、名を知らない綺麗な人はもっと広い意味、高い意味で正しいのではないか、サピオはそう思うのだった。

◆以下には物語形成部分にかかわらないヴンダーヴェルトの報告をいくつか抜粋する。この世界の有様をもう少し知りたい読者はお読みになるとよい。煩雑な説明が不要な向きは以下01から995までの十三章分を飛ばしてその先をお読みいただきたい。

01　名称　※第18章・第351章で注記した部分を省く。

世界全体を示すヴンダーヴェルトという言葉の語源は誰も知らない。ヴンダーは素晴らしいとか驚くべきとかいう意味だそうで、ヴェルトは世界をさすという。ただ、この「ヴンダー」は「ヴンダーヴェルト」という形でのみ使われ、日常、この語が形容詞として使用されることはない。ヴェルトもまた独立した用法はない。さらに「世界」という語が別にあるのもおかしなことだ。

ヴンダーヴェルトとは我々の文明以前から伝わる語で、現在の言語とは系列を異にしている、と教師らは告げる。造物主崇拝者たちによると、これは本来、神の言葉であり、みだりに使ってはならない、とのことである。こうした語は他にもある。

バルザム・シュタインというのもそのひとつである。ヴンダーヴェルトの中心に光り輝く巨大な十二面体をさす。これは通常、「大結晶」と呼ばれるが、古い正式な名称をバルザム・シュタインという。こちらはもはや意味も不明である。

大結晶の周囲に浮かぶ大岩の洞中に人は住む。岩の外面に穿たれた小窓からは変わらずバルザム・シュタインの結晶光が射し込む。窓前に立ち空を仰げばそこに降る輝きが眼を眩ませる。人はこの光なしで生きられない。

（中略）

サピオの住む岩塊はアルマと呼ばれ、世界で三番目に大きい。この名は十八代前の祖先の頃つけられたものだそうだが由来は不明である。

（中略）

その中で生活していても、岩塊にはまだわかっていないことが多い。重力に関しての謎もそのひとつである。


小岩塊は無論のこと、五大地岩もまた形がさまざまで、対称性も規則性もない。しかし、そのいずれからも必ず、同じ大きさの重力がはたらく。これは破片でも例外ではない。いかなる形でも、ごく微小なものを除くあらゆる岩はその中心からものを引きつける力を持つ。そのため、小さな岩に立つときにも地岩の場合と同じ力で引き付けられることになる。ただし重力圏は限られていて、圏外には影響しない。その広がりは岩塊の大きさによって決まり、破片では範囲が狭い。アルマ地岩の場合は上空千二百デナールまでが重力圏である。

また、重力は、大結晶からの求心的で均一な引力の向きとも関係がない。個々の岩には固有の上下があることになるが、それは大結晶の位置には左右されない。岩による重力だけが、その及ぶ範囲内のすべての方向を決定する。

ちなみに、「重力」とは、岩がそれぞれものを引き寄せる力を言い、大結晶が全方向的にものを引きつける力である「引力」とは区別して使われる。

報告によれば、全く中心を突き抜けてしまった坑道を持つ小岩塊においても重力はなくなることも小さくなることもなかった。さらに、何らかの理由で割れてしまった岩にはそれぞれ別の中心が生じることも知られている。ただ、二デナール以下にまで砕けた岩にはもはや重力は発生しない。

多くの研究がなされているが、何が重力源になるのかはまだわかっていない。ただ、最近は岩塊間の情報交換が頻繁になったので、これに限らず、謎の解明の可能性は増した。

「わたしの祖父の頃はそれはのんびりしていて、他の岩の研究者との連絡なんて、五年に一回くらいしかなかったそうだ。なかなか他の岩とすれ違わないんだ。十年に一回なんていうペースのところもあった。あとは小さい岩に住んでる人にことづけるとか。

わざわざ飛宙士を頼むほど急を要するものはほとんどなかったからなあ」

と、いつかドゥ・トウ博士が言った。

通信が行なわれるようになったのは十標準年前からのことである。すべての主要な岩塊には電磁波を発する鉱石があることが発見された。これを使って通信が行なわれ、情報の交換量は飛躍的に増大した。鉱石発見以前は、周期的に岩塊がすれ違うさい、合図を送るか、飛宙士あるいは移送船乗組員に依頼するしか方法がなかったのである。

06　生活時間

日々の暮らしはそれぞれの岩固有の時間則に従って営まれる。時間の計測機は標準年で数えて百二十五年前に発明され、八十六年前に、全世界における一秒の長さを統一する取り決めがなされた。これにより、物理的時間の単位は普遍的となったが、各岩塊における生活時間則を統一する必要はなかったので、それぞれの自主暦に任されたまま現在に至っている。ただし、最近では、各岩塊間の交信のさいの便宜を考慮し、一年に関しては五大地岩のそれを平均した「一標準年」というものを採用することが一般的となった。

アルマにおける一日は十二万九千六百秒、すなわち三十六時間であり、十二ずつ黒白赤の三期に分けて呼ぶ。

大結晶を一周するのは三百一日となり、これが一アルマ年である。五日を単位として一週間と呼び、十二週で一か月、一年は五か月とし、五年に一回、うるう週がある。五と十二を基本単位とした週と月の数え方はほぼ世界共通で、それは大結晶の形からの連想に基づくものとされる。

このように目安はあるものの、眠るべき時間と起きている時間はアルマ内でさえ統一されているわけではない。人は自分の肉体上の要求に従って眠り、起きる。他者に会うなり交渉するなりの必要が生じた場合はそれをより必要とする者が相手に合わせることになっている。行政機関である頒水省《はんすいしょう》も強制はしていない。

もともとアルマの住民は強制を悪と見る傾向が強いので頒水省もあまり権力を持っていない。これは本来その岩における天水の貯蔵と配分をより公平にするための組織が発展したものだからである。絶対的な人口が少ないせいもあって、アルマにおいてはこれまでのところ、権力集中の歴史はない。

それで、最大の権力者は、と言えば、音楽家、舞踏家、演劇家ということになる。なぜなら、彼らは上演時間を自身で決めるため、鑑賞したい者は彼らの時間に合わせねばならないからである。

サピオは約十二時間眠り、二十四時間起きて活動する。睡眠時間と覚醒時間の割合と周期は人によって異なる。

昨日は黒八時に起き、赤八時に寝た。この間に目醒めている者たちが当面のサピオの交際範囲に入る。大抵の人の活動時間帯に対し、数日内のいずれかの覚醒時と重なるが、中には覚醒時と睡眠時が逆転し、しかもその睡眠・覚醒時間の比率が同じであるため、ほとんど顔を合わせない相手もある。そうした相手とは公堂でだけ会うことになる。

おもしろいのは、父母の生活時間がほとんどサピオとすれ違いであることだ。こうしてサピオは週一、二回しか両親と話さない暮らしをしている。

食物の採取はごく幼少の子供を除いて各人に任されている。そして、アルマには常に住人の必要量に数倍する有用物質が存在する。それらの採取と加工の方法は人が最初に学ぶものである。

身体洗浄には水を使わず、清浄砂《せいじょうさ》を用いる。これは白色の微細な粉で、人体の汚れの九十五％を吸着し、固めて石化させる。排泄物もこれに埋めておくと数時間で消毒され、無臭の礫土《れきど》となる。生成した礫土は自然物と変わらないが、鉱性生物が餌として好む。

飲用水は坑道各所に設けられた水槽のものを利用する。濾過した雨水を貯蔵したものだ。

各岩塊にはそれぞれ雨期がある。ヴンダーヴェルト空間には常に濃い雲の発生している空域があり、そこを通過する岩塊に強い雨を降らせるためである。雨期以外、水分の補給はないが、岩に含まれた水分がゆっくりとしみ出してきて、絶えず各所に細い流れを作っているので、極端な水不足は起こったことがない。

ただ、雲の発生空域は移動していて一定しないので、雨期から、次の雨期までの期間がどれだけかは予想できず、場合によっては二年近い間、まったく水分の補給のないこともある。そのような時のため、水を集め、保存しておく装置が工夫された。雨期はアルマ暦で三週から四週も続く。この間は飛宙行ができないのでとかく不便が多い。人々は短い期間に多量の雨が降ることを願う。

人口は最大のランドーヴァで二千人程度、全岩塊で九千人を僅かに下回るくらいと概算される。人口の比率からすると物質は豊富ということになる。基本的には自給自足経済であり、各個人は自分用の食料及び必要物資をどこからでも収穫することが認められているが、交換の便宜を図るための貨幣も存在する。通貨は全岩共通で、晶栢金《しょうはくきん》と呼ばれる最も安定した稀少貴金属によるもののみ。発行は各行政府の管轄。

各地岩により、文化も習慣も異なるが、現在のところ、必要な制度の決定はどこでも直接協議制を採っており、すべての住民に発言権が認められる。法に違反した者への制裁はこれまた各地岩の行政府が兼任する。小岩塊に住む者たちはほぼすべて家族単位の生活なので、そこでの秩序は「家訓」に任されている。

世界的な宗教思想としては、ランドーヴァを中心とした造物主デーミウールゴス信仰が最大の信徒を得ているが、信仰の形態は、熱狂的で戒律の厳しいグループから、ほとんど戒律を認めないようなものまで幅広い。学者・芸術家たちはたとえ信徒であっても自由意志を尊重したがる。一方、総本山ランドーヴァの法王庁にはそうした志向に顔をしかめる向きも多い。

アルマ・テシオスはどちらかと言えば学者の勢力が強く、キュノンとピュサイには職人が多い。キュノンでは飛翼及び機械製品、ピュサイからは植物繊維による衣類が多く生産される。

職人にはかなり明確な徒弟制度があるものの、本当に全世界的な資格が規定されているのは飛宙士のみである。学者と芸術家については、すべて実績によってしか承認されない。言い換えれば誰でも小学者であり、小芸術家なのである。

07　食生活

サピオは目覚めるとまず、銀百合を採りに、現在暗い側の地表、「夜側」へ向かう。アルマ地岩は自転することなく公転しているため、その地表の一方には大結晶の光が半年だけ射し、後の半年は射さない。それで光のあたる時期には盛大に向日性の苔が生えるが、光がこなくなるとすべて枯死してしまう。すると、枯れた苔の堆積の上に真っ白で葉緑素を持たない植物が生える。その一つが銀百合である。銀百合はそのまま食べることもできる。味はなく、香りにやや特徴があるが、調理法によって消すことも可能である。

味付けに使われる塩は岩の中から岩塩として採れる。香辛料は、何種かの苔の成分を使う。鉱物性のものもある。

苔にも食用に適したものは多い。しかし、多くの住人が主食としているのは風袋花と呼ばれる蛋白質の塊である。これは地表の、風のよくあたる場所に萌生石《ほうしょうせき》を置き、香塩酸《こうえんさん》をかけておくと、数日程度で付着する。白い、親指ほどの球体が、一個の石に数十もつく。ぶよぶよした袋の中には蛋白質がつまっているが、今のところ、これは生物ではないと考えられている。香塩酸の作用によって空気中に含まれる窒素と萌生石とからアミノ酸が合成されるらしい。無味無臭のため食べ方は自在である。サピオは茹でた風袋花を好む。

ミネラル分は直接鉱物から摂取する。房・堂・坑道の至る所に発生する浮遊晶雲などもよく口にされるが、これは嗜好品というべきものである。（以下略）

08　ピット

石綿《いしわた》毛《げ》というのが正式の種族名だが、どういうわけか、昔から「ピット」と呼び習わされている。体全体が細かい毛に覆われており、大きさは掌に載る程度だが、本当に載せてみると長くそのままではいられないほど重い。全身が鉱物で成り立っているからだ。細かい毛はオーケナイト、筋肉は銀を多く含む。色はどれも純白、楕円形をしており、上から見ると足は見えない。頭から耳だけが長くとび出ているのが特徴である。眼は澄んだ青色を標準とする。

重いわりに動きは素速く、特に逃げるさいには非常な速度で走る。音に敏感で怯えやすい。ところが、天敵と言えるほどの動物がいるわけではない。しかもよく眠るので行動する時間は短く、無防備な状態ばかりが長い。よく道端で転がっている。これではいくら逃げ足が速くてもあまり意味がない。一か所に集まっていることが多いので増殖しているように見えるが、繁殖力は低い。

石英粉を餌として食べるが、その産出区域にいるよりも結晶樹の周囲に群れていることの方が多い。他の動物と違って結晶樹の葉を食べるわけではない。関係がないのに、なぜか樹が好きなのだ。サピオにとって、岩に棲む動物たちの中では最も好ましい部類に入る。といっても、捕まえて飼うことはしない。また飼おうとしても、よほど堅固な檻を用意しないと、針金くらいは容易く破ってしまう。そんなことをせずとも、いる場所が決まっているのでそこへ行けばいくらでも観察はできる。最近は慣れてきて、サピオが来ただけならば逃げない。大抵ただなんとなく群れているか眠っている。それだけの動物なのだ。しかしサピオにはそこがよい。見ていると、何もしないことこそが美徳であるような気にもなってくる。

ただ、彼らが真に環境に適応しているのか、というと、どうもサピオにはそう思えない。現在のこの世界にあっては無意味な特質・習性が彼らには多すぎる。どうしてなのか、サピオは鉱物系生物に詳しい学者に聞いてみたが、いまだ不明という答えしか帰ってこなかった。

さらに、よく観察していると、ピットたちはときおり、この無為で気儘な生き物にはひどく不似合と思えるような生真面目な態度で、石英粉を食べるのを止め、中空を見上げてしきりに首を捻っている。このときだけは隣同士体をくっつけ合うことも忘れ、その様子はひどく寄る辺なさそうである。

０９　星たち

外周外にある光源はすべて星と呼ぶ。夜側の暗い空の彼方に輝くのがそれである。しかし、中には外部空間からやってくるものもある。

流星群もそのひとつだが、他にもおよそ月に一、二回の割合で、丸い発光体が飛来する。これを風《ふう》来星《らいせい》と呼ぶ。

非常に早い速度でやってきて、地岩に衝突することもあれば、掠めてゆくだけのこともあり、ときにはしばらく動き回りながら地岩の周囲に留まっていることもある。

大きさは掌大から人の身長程度の直径まであり、色は赤も青もあるが、特に黄色と緑色の中には思いもよらないいたずらをしかけるものが多い。

人が地表を歩いていると後ろから頭すれすれに迫って髪を逆立てたり、前からぶつかると見せて、素早く横にそれたり、というときもあれば、窓から坑道内にまで入り込んで驚くべき早さで走り回り、あちこちの壁にぶつかって火花をあげる、といったこともする。

これらの行動からどうも、ある種の星には意志や感情のようなものがあると考えられている。

いったい連中は何を考えているのだろう、とよく話題になるが、わかったためしはない。ただ言えるのは生物が驚くのを見るのが好きらしい、ということだ。

先年は、輪のかかった星が三個も一緒に飛んできて、地表の岩肌に旋盤で削ったような跡をつけて去っていった。

星を捕えることに血道をあげている者もおり、何度もの失敗の結果、チタン合金製の金網ならば逃れられない、ということが判明した。この特製網を何人かでかぶせるのだが、素早いのでなかなか成功しない。

あるとき坑道に入ってきた黄色い星を遂に袋小路にまで追い込んだら、行き止りの所で相手は大爆発をして粉微塵になり、追い込んだ者たちが大怪我をした上、岩に吹き抜けができてしまった。

しかし、早くから合金や機械操作技術の発達していたキュノンでは先頃、遂に安全な捕獲に成功した。ただ、しばらくそのまま飼育しようとしたところが、星は輝きをなくし、三刻くらいで消えてしまったという。

どうも、風来星は同じ場所にある時間以上留まっていると死んでしまうらしいということがこれでわかった。彼らがあれほど素早く動き回るのはひとつには生存のためでもあったのである。

この報告以来、星の捕獲については考え直す人が増えた。しかし今も、なんとか捕まえようとする者が跡を絶たない。

10　結晶樹

数は少ない。しかし、どれも大きいものばかりである。中心に真直な幹があり、そこから水平八方向に向かって枝が伸びる。枝を中心としてまた直角八方向に小枝が伸びる。小枝からはさらに細い枝が八方向に伸びる。それらは先へ行く程小さくなり、樹全体としては底面の狭い円錐形に発達する。一見真っ白に見えるがひとつひとつの枝は透明である。硬度は高く、小指ほどの太さの枝も人力で折ることはできない。

結晶光を浴びて成長し、年に二回、毎回異なった色の葉珠《ようじゅ》をつける。周囲の生物の発する夢想結晶の影響でそうなるものらしい。

葉珠は一週間ほどで落ち、石鼠や岩蛇の餌となる。特に色合いの美しいものは職人たちが拾い集めて装身具に加工する。形も一定してはいないが、多くは規則正しい立体である。完全な球形のものは最も価値が高いとされる。

枝が微細に入り組んでいて人間は登ることが難しいが、鉱物系の小動物には住家となる。

この結晶樹については生物学者よりもむしろ哲学者たちの方が興味を持っている。その存在の意味をさまざまに考えることができるからである。

ある者は造物主の残した何らかの啓示だと言い、ある者は世界の秩序の象徴だと言う。またある者はこの世界の生成を促す要《かなめ》だとさえ言った。

いずれにしても非常に大切な、意味ある存在だという意見が大勢を占める。ところがこの樹ほど人間とのかかわりの薄いものはないのだ。人は結晶樹をただ眺め、ときおりその最下部に触れ、たまに落ちた葉珠を拾うだけである。他の鉱物・動植物のように直接人間が生活のために利用するということがない。

しかし、それゆえにこそ、人間を超えた何かを感じさせ、他の身近な物体よりも尊ばれるのであろう、とは心理学者の意見である。

１２　夢想形成物（後半部）　※前半部は第２０１章注記部分に記した。

夢想形成物に関しては、五十標準年ほど前、キュノン出身のアタナヤ博士がひとつの大胆な仮説を立てた。彼女は一般物質系と区別される夢想物質系というカテゴリーを導入し、夢想形成物を形成する元素を夢想素「イマジウム」と名づけた。一般物質と夢想形成物とは互いに異なった次元の存在だが、夢想形成物もまた、結晶と昇華を繰り返し、拡散と固定、そして化合を続けるという点では物質と変わらないからだ、というのがその根拠である。

しかも博士は夢想結晶および考思石は人間の精神内の何かとイマジウムが化合したものである、と考えた。こうして博士はイマジウムと化合する人体内の夢想物質を新たに精神素「スピリチュアリウム」と名づけた。

「我々の精神は一般的な物質ではないが、イマジウムと同じレベルでの物質なのである。人間とは一般物質と夢想物質との結合によって成り立つ存在なのだ」博士の言葉から。

後に博士は、人間精神の活動とは脳内の精神素の化学反応のことであると考えるに至る。結局、わたしたちが自分と思い自己の意志と考えているものもまた、夢想物質の化合によって生じた、純粋に物質的な反応の連鎖だ、というのが博士の結論である。

「わたしたち人間とは、夢想を発生する装置なのだ」博士の言葉から。

アタナヤ博士の説には現在のところ、有力な反証が示されていないが、人間を単なる機械としか見ない非人間的論説として、何人かの哲学者から強く批判された。これに対しては、もし人間が夢想発生装置であったとしても、だからといってそこに現われる意志や意識が無意味なものだということにはならない、という有名なレイ・クノの擁護があり、以来、発表当初のような反発は減った。

さらに、アタナヤ博士の後を継いだトリイ学士（後に博士）は、夢想物質の存在意義に関する仮説を立てた。それによると、夢想物質と一般物質との関係は設計図と材料の関係なのだという。つまり、物質世界を構成する材料である一般物質の組織・配分・構造、ひいては世界の運命を最終的に決定するためにあるのが夢想物質だというのである。

もしこの説が正しいとすると、人間が意識的・無意識的に希望したことや志向したことが世界を決定していることになる。こちらは、人間の存在意義に疑いと不安をいだくことの多かった哲学者たちからむしろ強い支持を受けたが、ただ、ここまで人間中心主義に立った思考が望ましいかどうかには今も相当議論がある。

最近では、人間ばかりでなく、生物はすべて、微細ながら夢想結晶を発しているという観察結果が報告されており、それをふまえて、人間の意志が、ではなく、生物全体の意志が世界の構造と運命を決める、という修正意見が優勢になりつつある。

ただその場合も、生物すべてが生産する夢想結晶よりも、人間のみに生産可能な考思石の方が未来を決定するにあたってはより強力であるとするカ・サンコの意見がある。彼は初めてノリタリウスの夢想結晶優位説を批判した人としても知られる。

また、カ・サンコ学派から出発して、造物主信仰の影響のもとに、人間の意志でこそ世界の未来を決定すべきであるという強固な人間中心論を展開するグループもある。

このような思想を人為改変説と呼ぶ。これは特にランドーヴァで盛んであり、そこではしばらく前から、より強力な運命改変のための、夢想形成物長期保存の実験が行なわれている。

13　流星群

単独の流星は稀だが、一どきに多数の、細かな星が降る日が年に数回ある。流星群の日と呼ばれている。大きくともせいぜいこぶし大、小さいものは砂粒程度の星が一斉に地表に降り注ぐ。小物体の群れがヴンダーヴェルト空間を通過するとき、その一部が岩塊にぶつかって起こる現象である。

しかしその物体群がどこから来るもので、どうしてできたのかはわかっていない。

それぞれの粒は、いかに小さくともほぼ正しく球形をしていることが知られている。小さくとも志が高いことをさす「流星の意地」という古い言い回しはこの知見がもととなっている。

星々は地表にぶつかると派手に破裂し、ぱんぱんと音をたてる。それとともに赤もしくは青の煙がたつ。濃さはいくぶん違いがあるが、色はこのいずれかである。流星群の通過の日は一日中賑やかな音と色煙であたかも祭りのようになる。

星の破裂は大抵、音だけで、人にあたっても生命の危険はまずない。しかし、怪我・火傷くらいはするし、絶対安全の保証などないので、その日は誰も外に出ない。外でさかんに破裂音が響くのを聞き、窓から入り込む星をよけながら外を覗く。

鑑賞向きの場所なら、天体観測用の鉄枠製小ドームが各地にあり、これは天井が強化ガラス張りであるため、ここにいると流星群の落下と破裂の様子を安全な状態で見ることができる。ドームでの流星雨観測を望む人は多いのだが、入れる人数が限られている上に、都合よくその近辺にいた者でないと施設内に入れない。流星群通過日時の予想はできないので、結局、ドーム内で空を見上げるのは、ほとんどの場合、普段出入りしている学者たちということになる。

それで、一般人は、いったん流星群が降り終わってから、外へ出て、名残りの煙によって大気が不思議な色に染められている様子を楽しむこととなる。

流星群通過直後からほぼ三十時間にわたって、それぞれの星から発した、赤と青の煙が周囲にたちこめている。煙はすぐに混ざり合って、濃淡のある紫色になる。場所によって、また、流星群の質によって、赤の濃い部分、青の濃い部分がある。

地表には星の破片が微細な砂となって散らばっている。これまた鮮やかな赤と青の色をしており、そのため長年星砂の積もった地岩の表面は全体として紫色に見える。

稀に不発のものがあり、丸い形のまま地面に残っている。これは刺激を与えずに保存しておけばいつまでもそのままだが、僅かな振動でも破裂する可能性があるので扱いに注意しなければならない。

流星の成分にはこれといって目新しいものがあるわけでもなく、今のところ、粉状のものを染料とする以外の役にたつということはない。しかし、不発星については、その完全な球形と色の美しさとで非常に珍重される。星のコレクターもおり、高値で取引されている。

最近は綿状繊維によって、人為的に不発星を捕獲しようとする方法が工夫されているが、まだ成功はしていない。

14　雨期

雨期がやってきた。岩の表面は絶えず雨に洗われる。雨水は岩の隙間から地下へと浸み込む。普段細い流れでしかない川が数倍の水量となる。坑道内も房・堂内も空気が湿気を含む。

この時期にしか活動しない生物が姿を現わし始める。地表の川は言うまでもなく、坑道を横切る地下水道にも魚が泳ぎ、貝が繁殖する。

貝類は二百種ほどが知られており、巻貝もあれば二枚貝もあるが、雨期以外の時期にはどれも殻に閉じ籠って岸壁に張り付き、まったく石と同じになって耐えている。雨期になるとその内に隠していたスポンジ状の体が膨れ上り、殻から身をはみ出させて這い回る。肉は軟らかく、食用となるものも幾つか知られている。

多くの魚類はその生涯の大半を卵として過ごす。雨期に川が増水したときだけ、卵が孵り、水中を泳ぐ。どの魚にも頭から背にかけて硬い覆いの部分があり、これをぶつけ合って闘う。雨期の間だけ活動し、争い、慌ただしく生殖を終え、至る所に硬い殻の卵を残して成魚はすべて死滅する。後には頭殻と骨だけが残る。

古くからあるたとえに「魚の生」という表現がある。短く激しい生涯のことをさす。

最近、魚卵から夢想結晶が出ているのが確認された。非常に微細なもので、肉眼では見えなかったため、これまで知られてこなかった。研究者によれば、これが多く放出され始めると雨期が早まるという。

雨期はまた地衣類の繁茂の時期でもある。中でも光毛苔《こうもうたい》という特殊な苔が全盛を極める。これは、その繊維が光を伝導するもので、ごく一部が光のあたる場所に出てさえいれば、そこから吸収した光をどこまでも伝達し、それにより全く光の届かない坑道内にも生き生きした緑の胞子体を繁らせる。ただし、他の苔よりも水分を多く必要とするため、雨期でないと繁殖しない。

雨期の間、光毛苔は少しずつ鉱物領域を侵し始めるが、大抵、全域を征服しそうになった頃、雨期は終わり、乾燥した気候の中で再び活動を鈍らせ、鉱物領域から撤退する。

雨期にはまた、夢想結晶・考思石が普段より多く発生することも知られているが、これは湿度の影響というより、雨によって房に籠ることを余儀なくされたゆえの無聊が人の心を内へ向かわせることによると考えられる。

それとは別に、雨期には坑道内に漂う浮遊晶雲が増える。こちらの原因は確かに湿度であることが知られている。空気中の水が触媒となって特定の浮遊物質が集積するのである。

浮遊晶雲は脆い氷のようなものだが、凝固に必要な温度は氷ほど低くなく、また常温で溶けることもない。多くは綿状もしくは微細な針状である。

雨期の坑道内にはこうしたものが無数に浮いている。地上にはほとんど発生しない。手で摑むとからんからん、と乾いた音をたてて壊れる。栄養はないが、食べることができる。口の中でぴちぴちいいながら唾液によって溶ける。

大抵は薄い甘味と少し舌を刺す味がある。中には酸味のあるもの、苦みのあるものもある。これらは捕獲されて密封保存され、雨期以後も嗜好品として好まれる。浮遊晶雲狩りを職業にする者もある。

　雨期には演奏会や舞踏・芝居の発表会が増える。アルマ最大の公堂エンノマムはこうした時期にも響きの良さを保つため、岩の隙間をタールで埋めた上に鏡のように滑らかなカイザー合金製の板を張り巡らし、四つある出入口には特別の二重扉を設けている。カイザー合金板はフロレーゼンやタンジェリウムの光をよく反射し、照明効果もある。また各所に空気中の過剰な水分を吸収する脱水炭《だっすいたん》の粉末をカプセルに詰めたものが置かれ、こうしてエンノマムには今日も最上の音が鳴り響く。

18　睡眠地帯

坑道を歩いているとき、ひどく眠くなることがある。そこで足を止めれば眠ってしまうが、あと一歩踏み出せば、眠気は嘘のように消える。地表にも同じような場所があり、いずれも、眠気のさす地帯は決まっている。

　この現象は古くから知られていて、坑道や房はなるべくそうした位置をよけて掘られるのが常だが、ときに睡眠地帯を横切らざるをえない坑道もある。工事中はさぞ苦しかったろうと想像される。

　房全体が睡眠領域に含まれることはないし、そうなってしまっては人が住めないが、かなり近いところにあって、影響を受ける、ということはある。ときには房の一角が明らかな睡眠領域になっていて、不眠のさいにはそこで眠るのだ、と話す人もいる。

この眠気が何によって生ずるのかはわからないが、仮説として、「時間素」という元素の存在を主張するグループがある。彼らによれば、まだ検出はされていないが、岩塊には時間が物質化した時間素という物質が含まれており、その密度が高い部分が睡眠地帯となる、というのだ。

時間素は時間を遅らせるとともに、生体の活動を不活発にするもので、そもそもはこの世界に流れる時間が不均一であることから生じた元素なのだ、と彼らは語る。

ここから発展して、では、時間がより速く流れる地域はないのか、という疑問、また、時間の流れと睡眠はそもそも問題が別ではないかという反論、これらがそれぞれに主張しあっていて、まだ解決がついていない。

ただ、時間鉱という鉱石は実際にあり、その周囲では、ごく僅かだが確かにものの動きが緩やかである、という報告がなされている。とはいえ、その差は一時間に対し〇・〇三秒ほどの遅れで、あまり大きな差はない、という。

これとは別に、かなり昔から囁かれてきた噂がある。睡眠地帯に座り込み、そこで眠ってしまうと目覚めることはなく、永遠に眠り続け夢を見続けるという話で、今も、どこかで眠り続けている者がおり、実はそれが造物主である、というのだ。

実際に睡眠地帯で眠る者があると、すぐ誰かが運び出すことになっているので、そのまま眠り続ける者は今のところない。また、実際に睡眠地帯で眠り込んだ者は何人もいるが、皆、二、三日寝たあとは自然に目が覚め、その後はしばらく不眠症だったとも伝えられる。造物主云々は全くの作り話であろう。

ただ、そこで長時間眠った人は、具体的には忘れたが何か不思議に懐かしい夢を見たと言い、それ以来、何をしても楽しくない、と語ったと伝えられる。それゆえ、わざと睡眠地帯で眠り込むことはやはり危険だ、とされるが、しかし、これまた新たな噂のひとつなのかも知れない。

19　菌類

地衣類とならんで数の多いのは菌類である。中でも、きのこは種類、量ともに多い。地表にも坑道内にも繁殖する上、鉱物領域にまで進出する特殊なものもある。

ほとんどが膝の高さ以上にはならないが、一種だけ、巨人茸と呼ばれるものはおよそ三デナール、人の背丈の三倍近くにもなる。これが坑道に生えると通過不能、房に生えれば居住不能となるので、早いうちから駆除しなければならない。一方、地表に生えた大きのこは一向構わないので放っておかれ、子供たちの「きのこのぼり」の対象となっている。

物理的に邪魔となる場合を除けば、きのこには苔に増して有用なものが多く、薬品・食品として珍重される。

中でも光きのこはタンジェリウムの代わりに使える上、机上にでも定着させればいつまでも同じ光を放つので貴重なものとして売買される。

また、最も特殊なものに「石きのこ」と呼ばれる種があり、これはもはや鉱物と考えるべきであるとする人もいる。鉱物領域に繁茂する唯一のきのこである。

体内に多くの珪素を含み、組織の九割以上が石である。ただ、形がきのこそのものであること、ゆっくりとだが繁殖することから、かろうじて準菌類という分類に入る。ただし繁殖と見える増大は、結晶の成長なのではないか、とも考えられ、未だに判別がついていない。

　このきのこもまた発光する。ただし、それは強い衝撃を受けたときに限られ、石で傘を割ったりするとしばらく青い燐光が出る。石きのこに限って、石虫類との共生が見られ、燐光の発生はきのこ自体によるものではなく、中に住む微小な石虫の働きではないかと言われている。

９９１　夢想遺跡

　採掘場から掘り出されるのは生物化石ばかりではない。太古、地岩が形を成していったときに紛れ込んだらしい夢想結晶が封じ込められていることがある。

　夢想結晶や考思石は本来安定性の低いものだが、硫《りゅう》砒《ひ》緑《りょく》鉛鉱《えんこう》を多く含む岩とともにある場合には数千年にわたって保存されていることがある。ただし、周囲の鉱質を取り去ると数時間で消滅するので、発見した場合には直ちに固定剤につけてしまう必要がある。

　固定剤はごく最近発明された薬品で、これを入れた容器を、夢想形成物全体がその中に含まれるようにして置いておくと、ほどなく、立体像を浮かばせたまま透明になって固まり、いったん固まると、中の像は半永久的に消滅しない。

　これは夢想物質とのある程度の親和性があるためで、この薬品を使えば夢想形成物の形と色を正確に記録することができる。固定剤は不可触の夢を映像として記録する性質を持った樹脂なのである。こうして、夢想形成物の標本ができあがる。

サピオは古代の夢想結晶採集を続けている。古代から残っているものに考思石は少なく、夢想結晶がほとんどである。しかも重力には反発することなく岩中に留まっている。

夢想結晶を発するのは人間だけではない。僅かでも意志と心を持つ者ならばいかなる下等な動物でも植物でも夢想結晶を合成する。ただし、心が単純であるに従い、できあがるそれも簡単で小さい。しかし岩から掘り出されるものは決まって非常に複雑で大きく、人間かそれ以上の心を持つ者が残したとしか思えないものばかりだ。岩がまだ固まってもいなかった時期にこのような結晶を生んだ者とはいったいどういう存在なのだろうとサピオにはとても不思議である。

９９５　遺跡解読

標本として保存している太古の夢想結晶の示す意味を読み取る作業が始まった。

解読方法はまだまだ不完全である。しかし、長年の研究の結果、幾つかの情報が得られるまでに至った。

最初に、大結晶と同じ形態のものを取りあげた。サピオが以前から気になっていた標本である。

まず、結晶標本に白色光をあてて分光器にかけ、スペクトルを調べる。

青の領域が少なく、赤の領域が広い。これはその結晶の創造者が感情的に大きな振幅の中にいたらしいことを示している。しかも、中間の位置より赤に近いあたりに光度の強い輝線が五本見られる。これはその感情的事件が負の結果に終わったことを示す。この結晶を成した精神は強い失望を味わったのだ。

一方、青の領域は狭いにもかかわらず、他の色よりもはっきり現われており、それは知的な営みへの強い憧れからであろうと読み取れる。

つまり、この結晶の主は、理知的・静謐なものを強く求めていたのだが、それが叶えられなかった、という事情がそこに推定される。

次に、これだけの激しい事件の中でもこうした整った形の結晶を生んだということから、生成者は意識的失望にも妨げられない、何かの宗教的確信のようなものを持っていたのではないか、という仮説も成り立つ。

サピオはそこまでの情報から、隠者のような人の顔が見えるような気がした。例えば今の自分の静かな研究生活、このようなものをこの結晶の生成者は望んでいたのではなかったか、とそんなことを感じるのだった。

ところが、同じ石の別の部分を調べると、今度は非常に強い紫色が広範囲に渡って見られた。これは極度の高慢さを示すものである。この結晶の生成者は、隠者のような静けさへの傾向とともに、強固な自己崇拝的要素をも隠し持っていたということがこうしてわかるのだ。

◆以上で博物誌部分は終わる。

第780章　葬儀

ニナ・イ師が亡くなった。高齢ではない。五十四歳は導師の年齢としては若い。ただ、変晶石症《へんしょうせきしょう》の患いがあった師はここ数年、実地の飛空を控えていたと後に先輩から聞いた。

死因は骨変晶石性悪性貧血《こつへんしょうせきせいあくせいひんけつ》。全身の骨がアクロニウム結晶に変わり、そのため骨髄の造血細胞が死滅する病である。難病であり、治療法はない。徐々に関節が曲がりにくくなることで発見される。原因はある種の浮遊晶雲の過剰摂取が主だが、他にもクラン酸を多く使った甘露酒の飲みすぎ、紫煙《しえん》香《こう》の吸いすぎなどが指摘されている。

享楽的な師はいずれにもあてはまる。よく飲みよく食べ、よく話した。

師の骨格はすべてアクロニウムとなっていて、光にかざすときらきらと美しく輝いた、と最後に手術した医師が話した。

「大探究飛空が実現しないまま死ぬのは残念だが、あとはさんざ好きにやった。ここらが潮時かな」

これが最後の言葉だそうである。

後はクロンベル副導師が継ぐという。近く認定を受けることになっていたアランフェは寛容とは言いかねる新導師の意向が気にかかったが、実力の世界では大きな変化もなかろうと思われた。

しかしそんなことはよい、アランフェはひどく残念なのである。ニナ・イ師の周囲にはいつも楽しげな空気があった。他にあんな人をアランフェは知らない。研修生は皆、師のそばでは実力以上を発揮した。そして今、誰もが一様に師のもとで過ごした研修期間を懐かしんでいる。

　葬儀は盛大に行なわれたが、アランフェはその間、ただ呆然としていただけで、さまざまな名士の長い弔辞の一句も思い出すことができない。

　生前、造物主への尊敬の薄かったニナ・イ師の葬儀も、最後はデーミウールゴス賛歌によって閉じられた。

第833章　予感

「造物主ってどんなものだったと思う？」

　サピオが問いかける。結晶光も遥かな雲にたわめられてやわらかな白の刻のことだ。銑鉄山《せんてつさん》の斜面に腰を下ろしてふたり並ぶと背に影は手をたずさえている。凪のほとんどない穏やかな日。

　アランフェは答える。

「ぼくたちに似た人じゃないのかな」

「人？」

「神とは思わない」

「ただの人？」

「ただの、かどうかは知らない。全能とか完全とかとは思わない」

「なぜ？」

「補う余地があるから。世界は未完成な気がしないか？」

「未完成……」

「どこが、って言われても言えないんだけど……いいところたくさんがあるよ。素敵な世界だ。でも……」

俯いていたサピオが突然言う。

「どうしてだろう、最近ぼくはとても寂しい。君、いなくなってしまわないだろうか。どうしたらいいだろう。ぼくはどうしたら……」

アランフェは笑いかける。しかしすぐサピオの真剣さに気押される。自分もまた沈んだ心を持て余していることにようやく気づく。

「ねえ、またやってごらん」

アランフェが促すままにサピオは青い結晶を手の中に結ばせる。

「いつか見た」

「え？」

アランフェは説明しない。自分にもわからない懐かしさがその結晶には見えるからだ。なぜか言うことのできない、先天的な懐かしさ、理由のない懐かしさはサピオの手の中にしかない。

「いつまでも一緒にいよう」

サピオはそう言うアランフェの唇ばかり見ていた。

アランフェも両手の間に考思石を浮かばせてみる。それは無色に近い。アランフェは満足しない。

どうすればサピオのように繊細な青色を出せるのだろうか、といつも思う。

「造物主って、なんか、普通の人だったんじゃないかな」

「そう思う？」

「きっといい奴だったさ」

「でも……」

「でも？」

「何のためにあるんだろう、山も光も」

「何のため……」

「人はなぜいる？」

「見るため聞くため知るため考えるため」

「懐かしむため」

「何を？」

「記憶はこの世界のものじゃない」

「どうして？」

「記憶はどれも本当にあったことより美しい。体験はこの世界のものだけど、それが記憶になると、もうこの世界のものじゃない、世界の外にある。だから記憶は遠くて懐かしくて綺麗なんだ。遠いものでなければ綺麗じゃない」

「綺麗なものは遠い？」

「君の作る結晶は世界の外にある」

「遠いから？」

「綺麗だから」

第900章　決定

「入りたまえ」

というクロンベル導師の口調はニナ・イ師存命の時とはおよそ異なっていた。以前はもっと弱い調子だった。もちろん最高指揮官ともなれば言葉つきも変わる。それはよいとしても、アランフェはなお少々違和を感じないではいられない。空飛ぶ者の親方がこんな重い話し方であってよいものだろうか。

　堂内は全く様変わりしていた。ニナ・イ師ゆかりの品は一切処分され、部屋は灰色一色に染め直されている。中央には金のΛ字章が掲げられ、クロンベル導師の造物主信仰の篤さを証していた。

　正面に座るクロンベル導師は渋面をあらわに、決して笑わない。造物主信仰者の中でも熱心派と呼ばれる原理主義者たちは笑いを認めない。それは一か所に心を集中させることを妨げるからだという。

「アルン・アランフェ・シシュ二等飛宙士。昨日の実技査定において第一位の成績を認定する。君の飛空技術は非常に優れていると報告された」

　アランフェは一挙に緊張がほぐれる思いであった。長かった。しかしこれで遂に一等飛宙士に昇進することができる。思わず口許が緩んだ。

「注意だ。表情を厳しく保ちたまえ。偉大なるデーミウールゴスはたるんだ面持ちを喜ばれない。さて、前師ニナ・イ指揮官の管轄のもとにおいてであればこれで君は一等飛宙士の資格を得ることができる。

しかし、だ。今回から、わたしの一存で、資格認定のためにもうひとつ最後の査定を加えることになった。とりたてて難しいことではない。単なる身上調査に過ぎない。これからわたしが幾つか質問をする。それに答えるだけでよい。

まず訊くが、君は造物主を信じるか？」

「はい」

「では、世界はすべて造物主がお創りになったことを信じるか？」

「はい」

「では、そのすでにある世界をどうしてことさらに探ろうとするのか？」

ややためらった後、アランフェは答える。

「謎があるからです。わたしたちは知ることが大切と考えます」

「経典を読んだことは？」

「ありません」

経典とは『神聖伝導書』のことで、造物主の意志を伝えるとされる数種の書物をさす。文献学者によればその正統性は相当疑わしいということだが、熱心派宗徒たちはこれに絶対の信を置いている。

一般人は宗徒であってもほとんど読むことはない。

この問いには正直に答える以外あるまい。おそらく経典すべてを暗唱自在であろうクロンベル導師に知ったかぶりをするのは愚かなことだ。

「知らないということは正に罪ではない。では教えてやろう。ナトリ記第三章第五節、そこにこうある。

『我を敬う外の何をかなせる。デーミウールゴス問い給う。

岩人答え奉りて曰く、ただ御心のままに。

デーミウールゴスのたまわく、我が創れる森羅万象と我がなせるありとある行いそのままにして直く清く全からんゆゑ、そこに汝が手にてなお探りなぶるはこれ最大の冒瀆なり。知を与うるは我のみなれば汝自ら得んとすべからず。命に背けるもの永遠に呪われよ、と』

意味はわかるか?」

「わかります」

「ではどう考える?」

「わたしたちは知を自分で得るために訓練を受けました」

「そのとおりだ。その罪深さを知るがよい。さがりなさい」

アランフェは退出した。すぐには何が起こったかよくわからなかった。少し時間を置いて事態が呑み込め始めてからも、自分の直面していることが信じられないままであった。

その日、全研修生に導師から通達があった。デーミウールゴスを深く信仰する者以外には以後一切、一等資格を認めないという内容であった。

第901章　天の涯

飛ぶこと。それだけが必要と思う。アランフェは夜側に立った。銀百合の群生が闇の中に薄光り、風に揺らいでうねるように波立っている。

携帯食は十分に持った。睡眠用具の他、準備はずっと以前から整えてある。

光の届かない夜側から飛ぶには相当の技術と、ある種の勇気が要る。闇の中へ落下してゆく恐ろしさに耐えねばならない。

暗天に見える微かな光。それはほとんど無限の彼方から来るものなのだ。別の世界からの合図である閃きを見、冷たく暗い虚空に向かい、アランフェはためらうことなく両手で火炎鉱を折った。勢いよく吹き出す火を地へ向けた。

ニナ・イ師の励ましも無意味に終わった。一等飛宙士の資格は永遠に得られない。果てまで行く道は閉ざされた。

しかし、それはこの地の掟に従えばの話である。アランフェは一回限り、試してみようと思う。これで帰還しても記録は公式には残らないし、せっかく取得した二等の資格も取り上げられる上、相当重い処罰もあるだろう。しかし、飛宙士をめざしたそもそもの目的が達成されえないことが明らかとなった今、許された空域だけを飛ぶことにどれだけの意味があるか？

明日になれば、生地への帰還を強制される。そこでは二等士としての実際的な仕事が待っている。今。今だけだ。後がないという思いが一層期待を掻き立てる。未だ何ぴとも見たことのない光景が自分を待っている。そうに違いない。そうでなければならない。アランフェは湧き起こる期待に耐えられない。

火炎鉱の噴射力を利用してアルマの重力圏を脱すると、あとは弱い結晶引力から逃れるだけでよい。底なしの闇に向かって惰性で進む。

凍りつくような冷たい風の中を一直線に飛ぶ、否、飛ぶというよりそれは落ちるというべきだろう。アルマの投影領域から出ると強烈な結晶光が降り注ぐ。闇に慣れた眼が眩み、視界が一瞬真っ白になるとともに、背の翼がエネルギーを得て進行速度が緩む。急激な減速が全身に強い衝撃となって伝わる。そこからは風の力を借りて外周へ向かう。火炎鉱を手放す。

やがて五大地岩の軌道最遠域を離れる。そこからの飛行はどこまで続くか知れない。目的といって明確なわけでもない。ただ翼を操縦するだけの長い長い空無の時間をアランフェの意志が埋めてゆく。しかしこれだけの空虚を意志だけで覆い尽くすことができるだろうか。

風の囁きだけがある。行く先は風だけが知る。すでに小岩塊の最遠軌道の外へ出た。しかしここからが長い。意志は期待の助けを得て、いつ果てるとも知れない作業を続けている。アランフェの手からは無数の小さな考思石が漂い出す。それぞれに期待の色、意志の形を示している。放散星が通る。正四面体から正二十面体まで、続けざまに並んで通るのは何かの規則でもあるのだろうか、こちらの謎は解けないままなのがアランフェには少し悔しい。しかし先へ進むこと。

前方にひとつ、静止している岩を見た。色が珍しい。深い青だ。ところどころ輝いて見えるのは金色の鉱物が混じっているせいだろうか。これほど美しい色の岩は初めて見る。

本来この領域には破片も岩塊もないはずである。あるいは……アランフェは一瞬、別の星系に辿り着いたのかと思い、すぐさまその考えを打ち消す。早すぎる。結晶引力圏を脱してもいない。

しかし、報告にはなかったものだ。アランフェはゆっくりと近づいてゆく。放散星が取り巻くように周囲にあった。どれも移動しているようには見えない。とすればこれもまた既知の項目とは異なっている。

「新しい呼びかけをもたらす者」

突然アランフェの耳許に響く声がする。

「待っていたよ、アランフェ」

その声はサピオ、と思ったとき、アランフェは眼を覚ます。一瞬のまどろみの内に夢を見ていたことを知った。

夢だったのだろうか。事実、眼の前に岩がある。その青は夢と変わらない。周囲に陣どるべき放散星はなかった。声が響くわけでもない。しかし、確かに夢に見たものと同じ岩がそこにはあった。

近寄れば相当の大きさだ。岩はほぼ三角形の山型で、その一面に人の入れるほどの大きさの穴があいている。アランフェはためらわず穴を目指した。

さらに近寄ると穴と見えたところの前に階段のようなものが刻まれている。人の手が加わっていることがわかる。

穴に人の姿が見える。年配の男性らしい。階段を降りてくる。その人はアランフェを見上げる。微笑んで言う。

「待っていたよ、新しい呼びかけをもたらす者」

あなたは……と言おうとしたとき、またアランフェは眠りから覚める。

虚空だ。何もない。彼方の輝きは近づこうとすればするほど遠ざかるように思える。翻って後方を見ればもはや星のひとつであるかのように大結晶がある。

再び前方に顔を向ける。

青い三角形の岩が現れる。

夢だろうか。これもまた夢に違いない。自分はいったいどういう場所に来てしまったのだろう。アランフェは困《こう》じ果てた。

「来い」

声は響く。アランフェは従う。

目覚める。

アランフェは、進むことを止めた。虚空に静止したまま、意識の途絶えるのを待った。

思慮深そうな老人が自分を見詰めているのがわかる。容貌はよくわからないが、その瞳が真っ青なことだけが印象深い。夢に見た岩の色。

「やっと来たな。超えたいか？」

「何を超えるのです？」

「時間と空間を」

「はい」

「心は宇宙より大きい。そうは思わないか？」

「いいえ」

「宇宙を想像せよ。できるか？」

「はい」

「そら、君の心には宇宙が入ってしまった。君の心は宇宙さえ入れることができるほど広い。無限について考えよ。そうすれば君の心は無限をも包括していることがわかるだろう」

「それが心の広さですか？」

「そうだ。君の心は君の思いが届く限界までの広さを持つ」

「どこまで……」

「想像せよ。想像の限界まで想像せよ。その先にこそ呼びかける相手はいる。

人の心は無限に広いが、それでもまだ届かない場所がある。そこへ辿り着くことが君の目的だったはずだ。ここまでは翼を使ってやって来た。ここからは心だけで飛べ」

「限界があるならどうやって越えるんです？」

「いつか心を無限より遠く飛躍させる機会が来るだろう。ただし一度だけだ。いつかはわからない。永遠の中のただ一度。それを待ちなさい。それまでずっと心をこの宇宙に広げたままにするがよい。遠くへ行こうとする意志を忘れるな」

「無限の星、無限の距離……」

「そうだ。時間はある」

そう言うと老人は突如巨大な銀色の蛇となって飛び上がった。青い眼の銀の蛇は全宇宙を取り巻くほどの弧を描いて進み、自らの尾を噛んで虚空に輝く環を完結させた。


無数の放散星が秩序ある布陣をもって自分とともに移動していることをこのとき初めてアランフェは知った。


彼方から響いてくる音楽がある。いかなる名手も及ばない天の声だ。神のような一人の音楽家が奏でる音に違いない。その音楽家は長い修行の果てに、人間の耳に響くだけの音楽を捨て去った。それとひきかえに天の音楽の奏者となったのだ。

すべて空の彼方のできごとである。

アランフェは眠り続けた。

第905章　経過報告

アランフェの失踪は、サピオを除いて、大きな驚きもなく受け入れられた。キュノンにいるアランフェの親族には、導師の責任のもとに事故死と伝えられた。デーミウールゴス崇拝者たちは天の定めと告げた。

空の果てにいることのわかっているアランフェを追おうにも、そのための能力が自分にないことをサピオは認めざるをえなかった。何人かの一等飛宙士に捜索を依頼したが、クロンベル総帥の意向を慮ってすべて断わられた。サピオには自己の無力さへの深い失望だけが残った。

ドゥ・トウ博士が亡くなって後、サピオは遺言どおり、博士の研究室と機材を受け継いで、研究者となった。地質に関するいくつかの発見を成し遂げ、研究発表も十回を数える頃になると名実ともに学者扱いされた。さらに年を経、学界になくてはならぬ人と呼ばれて十年は経つ。弟子も現在八人を数える。入門志願者はその十倍ほどもいる。盛んに他の地岩から講義に招かれる。招待の二十回に一度ほど出かけてゆく。優秀な弟子は得たが、未だ伴侶はいない。

第1002章　正多面体

今日もサピオは眩いフロレーゼンの光の中でいくつもの計算をし、記録を取る。

最近は、地質学からは半ば退いて、幾何表象学とでもいうべき新たな領域に挑んでいる。夢想形成物の色・形態の分類とそれの示す意味との関連を調べるものである。

研究の一環として、今、サピオは何人もの被験者を一定の条件の下で眠らせ、あるいは覚醒したまま意識させ、夢想結晶・考思石を作らせる実験を続けていた。結晶が生じたとき見た夢、そのときの精神の状態、肉体の状態をいくつもの項目に分けてチェック、また生成した結晶の形態と色、強度、構造をそれぞれ記録する。そうするうちに少しずつ、結晶生成の文法とでも言うべきものが姿を現わし始める。

これまで夢想形成物は芸術的な方面からの興味しか持たれてこなかった。そこに示された意味を読み取る方法、また心理状態がどのように結晶と石の生成に作用するか、それらはまだほとんど知られていないのだ。この研究には若い研究者たちが興味を持ち、サピオには各方面からの協力要請が増えた。

あれから何年がたつだろう。

ドゥ・トウ博士もタカダト師も今は亡い。アランフェは空に去った。

幼なじみのシノン・リリは比類ない美貌のダンサーに成長し、各地岩を渡り歩いて名をなした。テシオスに渡ったおり、一方的な思い入れで後を追ってきた男によって惨殺されたのが二十年ほども前。彼女の華麗で非情な舞踏は今も伝説となって語り継がれている。

世の仕組みも大きく変わった。

デーミウールゴス崇拝宗徒たちは、飛宙士の最高職を独占したのを手初めに、各方面の権威をひとつひとつ手中にしていった。全世界の権力はランドーヴァの宗徒に集中しつつある。それとともに、どうしたわけか、十年前まではほとんど増減のなかった人口が急増し始め、現在では二万人を越えた。その後も増加の一途を辿っている。

サピオの知人の一人はデーミウールゴス宗徒であることを最大限に生かして、アルマ頒水省の高等官吏に就任した。

頒水省もまた、かつてとは異なり、アルマ地岩警備官を掌握し、相当の権力を誇示するようになっている。しかも中枢はデーミウールゴス宗徒が握っていると聞く。

学芸の地アルマにおいても七年前、造物主に対する不敬罪を認める統制法が成立した。学者・芸術家たちは猛反対を続け、法改正を要求しているが、これといった成果は出ていない。当局による連行ばかりが相次いだ。デーミウールゴス崇拝宗徒による、自由な表現・研究への弾圧は日々強まっている。

サンテ・ハーシが没した後は美術界も停滞したまま今に至る。

シロウガルフはすでに亡く、後継者のササイ・カノは赤色花鉱片を巧みに使うシロウガルフ譲りの奏法を完成させ、その腕は伝説的な名人ネグ・イッコーシアをもしのぐとさえ言われる。

聞いているうち、どこかへ連れ去られそうになる彼女の底深いムジークシュタインの響きは、悪くなってゆくばかりの状況の中で細々とでも自己の営みを続けるためのサピオの心の糧となって久しい。しかし音楽にまで宗徒の禁止の手は伸びようとしている。

友人たちの内、タッシェは研究者となることもできず、芸術の方面でも芽は出なかったが、よい嫁を得、子に恵まれ、元来が敬虔な崇拝宗徒であるので世の中との摩擦もありようがなく、稀に見る幸せな男と言われて今に至る。すでに孫が二人いる。

そういえばサピオは結局娶ることをしなかった。研究だけに賭けているのだ、というのはドゥ・トウ博士からいただいた由緒ある言い訳である。

研究だけに時間を使いたい、確かにそのとおりだが、実のところ、サピオにはどうして伴侶とともに暮らす気にならなかったのか、よくわからない。機会は幾度かあったが、まず何より面倒で、いつもそのままになった。四十路が近づく頃には今更という気持が加わった。五十の半ばを過ぎた今もそのことにあまり悔いはない。

思えば、あのとき、彼が去るとともに、ある大切な何かが終わったのではなかろうか。今の自分にあるのは余生ばかりなのではないだろうか。そんな思いにとらわれることが増えた。

研究とは別に、サピオは今も正多面体を作る技を磨いている。たまたま正確な多面体の成型に成功すると、サピオは決まって思う。彼に見てもらえたら。

複雑な形、多彩な色合い、それぞれに試したが、結局、満足のゆくものは決まっている。形は正多面体、色はアランフェが讃えた薄い青。ただしその満足は学者としてのそれではない。

正四面体は比較的早く、美しい形のものができた。正六面体も難しくはない。かつての過ちは克服された。

規模が大きくなるにつれ、困難が増す。とはいえ、一面が正三角形の正四面体・正八面体と正二十面体は親戚のようなものだ。十回に一度程度だが正二十面体についても成功する。最も困難なのは世界を統べる形である正十二面体である。これを想像することは最初、人の能力の届かない領域かとさえ思われた。ひとつひとつの面が完全な正五角形でなければならず、二つの面が接する辺の部分の角度も正しくなければならない。

他の四つは全体を想像することで得られたが、どうも正十二面体だけはうまくゆかない。すぐに面と面の角度が食い違ってしまう。

正三角形と正方形ならば容易く想像できるが、正五角形というのは非常に不安定な形である。ひとつの角が一〇八度というだけで動揺してしまう。六〇度、九〇度、というなら実感できるが、人間の意識はそこまで小さな単位は規定できないように思える。

そこでまず、正確に製図した実際の正五角形を見て記憶することにしてみた。こうすることで比較的簡単に想像できるようになる。ただし、それは厳密に言えば想像ではなく想起である。もちろん、想起もまた広義の想像に含まれるものであり、想起なしに想像は成り立たないのだが。

次いで、その正五角形を三つずつ組にする。ひとつの頂点で三つが接し、そこから伸びる三つの辺ではそれぞれ二つずつが接しているという、正十二面体を構成する部分を四つ作りあげるのだ。それぞれを正確に見ることができたら、最後にその四つをひとつの立体になるよう、組み合わせる。こうして、ようやく正十二面体が出来上がる。

多面体を想像するとき、サピオは他の一切を忘れている。

ふと我に返ってサピオは苦笑する。他は変わったのに自分だけが全く変わっていない。

第1038章　連行

「偉大なデーミウールゴスに栄えあれ！」

いきなり、入口のところで叫ぶ声がした。サピオが誰彼《すいか》する間もなく、宗徒特有の装束を身につけたいかめしい表情の男が押し入ってきた。

「イル・サピオ・ルートギア博士。あなたの研究は有益と認めます。ただし、過去の遺骸を調べることに価値はない。即時に止めること。みだりな過去の暴き立ては冒瀆に通ずる。よろしいか。以後は、我々の礼賛宮の設計にのみ協力していただこう」

「誰の指示か？」

うろたえる弟子たちを抑え、サピオは静かに問う。

「ロートレル大司教閣下からである」

男は一層背を正して怒鳴る。飛宙導師の地位にあったクロンベルは十四年前に没し、後を養成機関時代からの弟子、ロートレルが継いだ。ロートレルはクロンベルの理念を一段と推し進め、その結果、一切の探査飛空は廃止された。

この業績は宗徒長老会の認めるところとなり、三年前、ロートレルは造物主崇拝宗徒の総師に選ばれた。

一等士見習い養成時代のアランフェから一度だけ、ロートレルに考思石を見せてやってくれないか、と言われたが、どうも好きになれそうもない相手だったので断ったことをサピオは憶えている。

「大司教といえども人間である。デーミウールゴスの望むところをその恣意により決める資格はない」

「何！」

「気にいらなければわたしをここで殺すがよいだろう。

ところで弟子たちに罪はない。解放しなさい」

「決定権はわれわれにある。あなたは従えばよいのだ」

「ふふん。ではわたしはここで自害させていただく。自分の意志に反することを強要されたときにはいつでもためらいなく身を滅ぼすことが学者たるもののたしなみだ。

学者ならば常に自分用の毒薬を携帯していることは知らないわけでもなかろう？　わたしの場合、それが歯に仕込まれていて、強く嚙めばすぐ死ぬることは知らなかったにしても……」

嘘である。しかし相手はそう思うまい。男の表情を読む。あきらかに動揺している。すなわち、この男は自分を生きたまま連れて帰ることを命ぜられていることがわかる。それはまた、礼賛宮の設計に何らかの形で自分の知識が必要とされているという意味である。

宗徒にとって、上部からの命令は絶対であり、結果に僅かでも不備があれば重い不服従の罪に問われる。この男は手を出せない。サピオは内心ほくそ笑んだ。

「全員を逮捕せよとは命じられていないはずだ。ともかく必要なのはわたしだけだろう？　弟子たちを捕えたければ別の命令によって他の者に追わせればよいではないか。

この場はいったん見逃したまえ。そうすればわたしも思いとどまらないでもない。君も無用の血を流すことがデーミウールゴスの意思とは思うまい？」

男はどう威厳を取り繕ってよいか、困惑している。丸く納まるならそうしたいのだが、それでは相手に膝を屈したことになる、俺の権威は……と気に病んでいるのだ。宗徒によく見かける気の小さい威張りたがり屋だ。しかし、あまりに追い詰めてはなるまい。ともあれ弟子だけが助かればよいのだ。

「君がここへ来たとき、たまたま弟子たちは出払っていた。わたしだけがおり、そしてわたしは直ちに君の命令に従った」

「どういうことだ？」

「そういうことにしてもらえないものかね？　どうかお願いする」

男の表情が変わった。しばらくのためらいの後、言う。

「くれぐれもわれわれの指図に従ったのだということを忘れるな」

「仰せのとおりだ」

男が合図すると、五人の同じ服装の男たちが現われ、中の二人がサピオの両脇を固めた。

「すぐ身を隠せ」

弟子たちに声をかける。そのまま男たちはサピオをランドーヴァへと連行した。

第1040章　美学

ロートレルが言った。

「見なさい。なんと壮大で素晴らしいものだろう。あなたの仕事はこの宮をより堅固にする方法を見つけ出すことだ」

「拒否する」とサピオ。

「その権利はない」

礼賛宮はますます巨大な構築物に発展していた。ほとんどランドーヴァ全体を覆うほどの大きさとなり、あちらこちらに極彩色がはびこり、最初は白色だった壁もあまりの重複にうず黒く見える。サピオには垢のたまった人肌が連想された。

全貌を一言で言い表わすことは不可能となっている。部分部分に各人の思い入れが微妙に異なった形と色とで塗り込められているからだ。塔の形をした部分がいくつかあるがひとつずつ様式が違う。柱と壁、破風、伽藍、そこにびっしりと描かれる模様。人型、幾何学的図形、何重にも広がってうねる曲線、渦巻、鱗状、波型、小さな細かい突起、棒状、階段状、そうした形態が関連性なく重なる。

「心を結晶させる作業というのは本来、集団で行なうことのできないものなのだ」

サピオが言う。

「いかに強固な信仰も複数の雑多な人間たちの心を完全に統一することはできないようだな。これは信仰と欲望のアマルガムだ……いや、むしろ欲望ばかりの寄せ集めではないのか。手で彫り削るならともかく、心がそのまま反映するのだからごまかせないわけだ。

いったい、これだけ不純なものを見せつけて、どうしてこれが礼賛の証しなどというのだ？　とにかく誉める心の形をとりさえすれば、何でもよいのか？」

「もちろんそれで結構だ。礼賛とはこのように多彩で執拗なものでなければならない」

「礼賛の名のもとに個人個人が内に秘めた卑小な欲望が塗りつけられていてもか？」

「卑小な欲望？　ほほう、どのようなものがあるというのかね」

「見ろ、あそこに見える紫色は傲慢への欲求だ、あちらには嫉妬の赤、その向こうには物欲、愛欲、名誉欲、頑迷、独善……偽善ばかりではないか！　敬虔ぶった心の奥で汚い泥をこねるのがそれほど貴いか？

　わたしは長年、夢想形成物の意味を読み取る研究をしてきた。だからここにあるものが礼賛とは名ばかりで、実のところ、いばりたい、他者を苛みたい、自己への疑いと不安を忘れて自分を甘やかしたい、といった退嬰的な欲望ばかりだということがすぐに読める。とりわけ突出しているのが他者を引きずりおろしたいという欲望だ。他人の優秀さへの憎悪がこれほども強いとはな。

　崇拝宗徒が学問や芸術をひとつひとつ抑圧していった理由がこれでよくわかった。

なぜ多くの人々が信仰の名のもとにこんな不自由を愛するか、教えてやろうか？　平等だからだ。

他人が自分より少しでも高級なことをしたり考えたりすることが許せないからだ。全員が劣等であると決まってしまえばさぞ安心だろう。変化がなく、何も新しい発見がなければ自分でものを考える必要もない。個人が自己を優れたものとするための努力も必要ない。

怠惰なのだ。絶対者を礼賛することで、全員一致の安易さの中にいたいだけなのだ。

祈りは本来潔いものであるはずなのに、ここではただの手段となっている。ここには礼賛の名のもとに志の高さなど捨てて現世利益ばかり望む惨めな欲望が塗りたくられているだけだ」

「意味などどうでもよい。形を残すこと、より巨大に、より堅くしっかりした想像の建造物を造ること、そうすることでわれわれの運命を拓くためにこれはある。無用な詮索はやめるがよい。閉じ籠って学問ばかりやってきた者は決まって民衆を馬鹿にする。民衆の素朴さを嫌悪する。信仰者はその選民意識を越えねばならない。

宮を見るがよい、広さは地を覆い、高さは重力圏をも越えている」

「大きければよいのか？　これが素朴だと？　だとしたら素朴さとはなんと貪欲で猥雑なものだな。この建造物を見れば見るほど、もっと権威をもっと権力をと泣き叫んでいるようだぞ。貧しくとも足ることを知った民など、どこにいるというのだ？

正しさを教えるのが宗教ではないか？　あなたたちのやっていることはまったく宗教の行なうべきことの対極ではないか。最も愚かな者の欲望にあわせて、ただ肥大することが宗教者の望みか？」

「見解の相違だな。ルートギア博士。世界の未来を決めるのはあなたのような気難し屋ではないのだ」

「あれは?」

宮の周囲には常時、何十人もの宗徒が懸命になって消滅を防ぐための祈りを捧げているのだが、それとは別に、囚人たちが鎖につながれてうなだれている。

「楽士たちだ。無用の音を立てないよう、指を切り取って並べてある。ああして、敬虔な祈りの中に連中の軽薄な苦痛が混じると外壁を固める効果があるのだ。根っから騒々しい奴ばらはこのくらいにしか役にたたんでな」

「愚かな」

「愚かこそ天の賜物である」

さらに、あちらこちら、真っ黒な柱が突き出ているのがサピオの眼についた。先の方しか見えないが、奥深くまで突き通っているらしい。宮は地から聳える黒柱を芯にして八方へ伸び上がる格好となっていた。かつてサピオが礼賛宮について聞いた話の中にはこのような柱に関する言及はなかった。

「あの柱は?」

「あれこそ、この三年間における画期的な発明である。民衆による人心清浄化運動の結果なのだ。どこまでも造物主に背き、礼賛をおしむ心曲がった者らを捕えて、地に伏させ、長い期間にわたって生きることをも厭うほどの苦痛を与え続ける。爪を剝し指を切り取り、手足を性器を切り落とし、舌を抜き、耳鼻を削ぎ、眼を潰す、歯を抜いて顔面に打ち込む、真っ赤に焼けた鉄棒を肛門に突っこむ、溶けた鉛を傷に流し込む。そうするうちに、背からああした黒く長い柱が立ち上がるのだ。

あれは異端者どもの、このいと善き世界へのさかしらな呪いが形造った呪い柱である。面白いことに、憧れは消え易いのに、絶望と呪いはいつまでも消えない。これを柱にしておけば礼賛宮はより堅固に存在し続けることができる」

「なんということだ！　本末転倒ではないか。礼賛宮はその名のとおり礼賛の印なのだろう？　これでは世を呪うためのモニュメントにしかならないではないか！」

「何を的外れなことを言うておるか。

宮は心曲がった者、過てる者への鉄槌でもあるのだ。あの柱は貴い造物主とそのありがたい世界に否をとなえる罪深い異端らを押し潰した勝利の証ではないか。

ああした柱が多ければ多いほど、無用のやからを取り去って、世界はより清浄に掃除されたことになる。めでたいことではないか。

宮は悪魔を踏み殺した上に建てられる。そうしてこそ本当に主を讃えうるのだ」

サピオは自らの胸中にも黒々とした柱が立ち上がる思いがした。

「ここまでになれば、少々の祈者が欠けてもすぐに消えるということはない。年々、消滅速度は鈍っている。いずれ、放っておいても増殖の速さの方が消滅のそれを上回るようになる」

「ならばわたしの手などいらないわけだな」

「われわれは小さな進歩であっても、進歩である限り、ないがしろにはしない。これよりもまだ少しでも大きく、強度を増す工夫があなたにあれば、生かしてやると言っておるのだぞ。

あなたは目醒めたまま結晶を育てることができるそうではないか……

……要するに哀れみで使ってやろうというのだ」

急に弱まった口調にサピオが見返すとロートレルの視線が僅かにひいた。そこには、透明な結晶への純粋な憧憬、といった感情と等価なものが微かながら見えた。この相手がかつてアランフェに頼んだことは忘れられていなかった。

「哀れみは無用だ」

心引き締めて言い放つ。

簡素単純こそ美と考えてきたサピオにとって、宮の様式のなさには寒気さえした。自らの判断を捨て愚鈍に主を誉めあげればそれでよしとする繊細さの欠如、押しつけがましさ、サピオはそれを愛せない。

「醜い」

サピオは吐き捨てるように呟く。

ロートレルの顔色が変わった。

「これだけの熱狂的な礼賛の産物を見て恥かしささえ感じないとはな、……」

唇が震えている。

「哀れな学問屋だ」

ロートレルはサピオを処刑日まで監禁するよう、部下に命じた。

第1257章　伝導

疲労の内に眠るともなくまどろみ、サピオは五大地岩をも連結してさらに成長し続ける礼賛宮の幻を見た。

世界を結晶が覆い尽くす、という神話は昔からあり、人間が一段階高い処へ達する至福の到来として語られてきた。しかしこれは違う。無理矢理作りあげた矛盾だらけの思い込みの堆積だ。

自らの重い執着が糊のように世界を繋ぎ止め、身動きもできなくなって死滅する。それはなんと呪わしい地獄だろうか。

深い絶望とともに獄舎で眼醒めたサピオは状況が夢に見たそれと異ならないことを認めて嘆息する。自分が囚われていることよりも礼賛宮の成長が夢のとおりであることが悲しい。もはや未来はない。夢想形成物はその集合によって世界の運命を決定するのだ。

結局、弟子たちは全員捕えられて無理矢理改宗を迫られ、その内最も意志の強かった一人は拷問によって宮の黒柱の土台となったと聞いた。思い出すたび心が痛む。

アランフェが虚空に去って以来、自分は何のためにここまで意地を貫いてきたのか、今はよくわからない。ただ、極端な造物主崇拝が決定的に間違っているという確信は今も揺らいでいない。

造物主を完全に悪とするこれまた極端な思想にもうなずけないが、少なくともこの世界を創造した者は崇拝宗徒たちのいうような偉大な全能の存在ではありえない。

遥か以前に見たあの不思議な白い人の面影が蘇るたびに、また、アランフェとの対話、破片に住む隠者の言葉を思い出すたびに、サピオはものごとの進み方がひどく間違ってしまったと思う。

最初は小さな偏差でも、それを修正する機構を欠いた体系にあっては、体系自体をいつしか途方もない混沌へと変貌させてゆく。世界はその発生のときから、すでに矛盾した何かを含んでしまっていたらしい。

そもそもこの世界は、もっと静かで、権力と情念の希薄な処ではなかったか。サピオの感慨は、かつてアランフェのいた頃、ドゥ・トウ博士の導きでいそしんだ実験と調査の記憶にばかり向かう。老いれば過去のみ善く見える。この感慨もただ自らの老耄のなさしむるところかも知れない、しかし、あの頃は、確かに前向きの心構えと自由の空気があったと思う。

あの開かれた好奇心の先にこそ、真のヴンダーヴェルト、素晴らしい驚異の世界があった。世界は広がり続けただろう。あの時自分たちが向かっていた方向は、とても明るい処へ通じていたような気がする。

あのままゆけば……とはいえ、あのとき、世界はあまりに清らかに過ぎたのかも知れない。愚劣なもの、偏狭なものにも場所を与えておくべきだったのかも知れないのだ。そうしなかったために、端に寄せられ凝固した愚かさが世界そのものを変質させ始めたのではないか。あのときあまりに世界は賢く善いものばかりでありすぎた……

しかしもう遅い。

かつて、誰がこのような形の世界の終わりを予測しただろう。ヴンダーヴェルトはハルパー帯につもる塵によって暗黒に閉ざされるよりも早く、また、岩塊が公転速度を緩め、大結晶に引き寄せられて再び大球体となるよりも早く、智を憎む糊のような情念に固められて身動き取れなくなってしまうのだ。遅かれ早かれ、礼賛宮は岩と人々を塗り固め、あの美しい大結晶さえその中に封じ込めてしまうだろう。世界が完全に硬直し、驚くべきものの一切が姿を消すことを今、宗徒たちは望んでいる。その望みは宮を形成する濁った考思石によって確実にかなえられる。

新たな発見を公にした学者たちは全員処刑された。演奏家は指を折られ、歌手は喉を裂かれた。一般人が歌うことも禁じられた。舞踏の禁止は言うまでもない。ここ十年ばかり、舞踏者という言葉さえ影をひそめた。絵画彫刻は偶像崇拝であり遊戯であるとして一切が破棄されようとしている。

かつては一ブロックに一人は必要とされた哲学の師は廃業を命じられ、神学以外の学問は禁止された。タカダト師のような哲学者にはもう会えない。

心を心のままに飛翔させて未知に触れさせ、ときに常識的な倫理さえ超えさせてしまう瞑想は最大の冒瀆とされる。

サピオは、まだまだ存在する探究心ある人々と、ピットをはじめとする動物たちのために嘆く。寛容を愛する気のよい人々、愛らしい動物たち、そして今も正体の知れない不思議な物体たち。彼らが皆、一握りの押しつけがましい連中のために窒息してゆく。

一握りの？　否。かつてはそうだったかも知れない、しかし現在、数は逆転している。狂信的であることの方が当然とされ、学芸の伝統を伝える自由主義者たちもその命の保証のためには常にまなじりを決した表情と礼賛者然とした言葉の偽装を余儀なくされている。その彼らもじき滅びる。未来の方向は決定してしまっているのだ。

僅かばかり自己の無知を認めることで無限に近いほど多様豊饒な選択がありうるのに、どうして世界はいつもたったひとつの狭く暗い道へばかり進んでしまうのだろうか。どうしていつも……

ふとサピオには、その「いつも」というのが奇妙に思えた。自分の知る過ちは宗徒たちのそれだけだ。なのに、自分はもう何万回も同じような過ちを見てきたような言い方をしている。おかしなことだ……しかしその感じは変わらない。サピオは、同じ愚行が全く別のさまざまな場所で行なわれているという思いをとどめられない。この世界のみならず、どこか別の世界でも、またさらに別の世界でも、どこへ行っても、取り返しのつかない過ちが起こり、精神が本来持っていた理想への志向は必ず裏切られる。いつも、いつも、だ……

人のある処、過ちと破滅がある。ならば、人の行ないには何の意味もない。ただ、予定された徒労を死に至るまで繰り返すだけではないか……

あの地下で瞑想する人はどうだったのだろう？　サピオは両手を組み、かの人のように瞑想する。あの人のいる世界では過ちが起こらなかっただろうか？　……いや、そこも例外ではあるまい。しかし、サピオはあの面影の貴さに微かな希望を持つ。

あの人は繰り返しの中に、ひとつだけ、かつてなかったことを導き入れようとしていたのではないか。世界が永劫に回帰し予定を消化するだけのものでないことを証そうとしていたのでは。理想のともし火を消すまいとしたのでは。

今は耳にするのも稀になったムジークシュタインの響きがどこかから伝わってくる。


瞑想から醒めた。

サピオは自分に残された時間が長くないことを思い起こす。

すでに年老いた。未練はない。ただ、若干の死の準備をしておきたく思う。

サピオは、終生の友である星英晶を呼び寄せることに思い当たった。研究室に置いたまま連行された。部屋はおそらく蹂躙されたままになっているだろうが、星英晶だけは壊されても再生するはずだ。そして、もし自分のことを今も忘れていないなら、部屋で気化し、ここへ昇華することもできないわけではあるまい。

サピオは名を呼んだ。

星英晶はすぐさま現われた。


どうしても完了させておきたいのは例の遊戯である。最後のひとつだけが未完成のままだった。

サピオは修練の結果得た技を尽くして四種の正多角形を作り出す。正四面体、正六面体、正八面体はたちどころに作り出すことができる。そして懸命の集中によって正二十面体もまた。

最後に、正十二面体に挑む。

サピオは、今、目的も研究も、人生さえも無用となった中で、最後の正多面体の造型に没頭する。

ふと心が逸れ、彼方のどこかに浮かんでいるであろう、放散星を連想してしまい、失敗か、と思った瞬間、偶然にも理想的な角度で四つの部品が接して、完全正十二面体を手の内に見た。

ついに正十二面体は出来上がった。しかし、面を先に観想することから始めたため、形態は完全だが、表面だけの立体となった。内部が全く空である。

ここまでは予想していなかったが、もし充実させたければ、何でもよい、その中に入っている様子を考えればそれで済む。想像内においては、閉鎖空間のどこをも破ることなく出入りが可能なのは言うまでもない。サピオは人間の想像世界というものが一次元の時間・三次元の空間による実際の生活世界よりも一つだけ高度な時空間であることを改めて実感する。

内側には何を入れようか。サピオはそれを青い理知の色で満たす。このとき、アランフェの面輪がうっすらした模様となって紛れ込んだように思う。


サピオは眼を瞠《みは》った。この齢になってしかもこのような場所で、幼時のそれにも勝る驚きに出会うとは思わなかった。

今し作りあげた五つの多面体が手の中にある星英晶を中心として等距離に浮かび、ゆっくりと周りを回転し始めている。しかも星英晶が微妙な響きを発し始めた。

非常に精密な音響が、複雑な和声を伴って一定の音形を繰り返し、眩惑するように続く。それはしかし、微小な変化を伴っていて、長い間に無限の変容を経るものと知れる。五つの立体は音に呼応して回転する。音響が軌道と速度を決めている。

楽器もムジークシュタインも及ばない、これは本当に耳に感じているものなのかどうか。かつて告げられた、天界の音楽とはこうしたものではなかったのか……ならば、これがかの隠者の告げたメッセージか。かつてなかったこと、変化よ、起きよ……よりよいものへの憧れよ、世界を突き破れ。

音量が上がってゆく。限りがない。どこまでも増大する。耳ではない。心と体全体で聞いている。やがて無音ともまがうほどに巨大な響きとなる。

突然、眼前に炸裂するもの。

光、と思ったその時、サピオは強烈な白光に眼を焼かれるとともに意識を消滅させていた。

その後のことはサピオの与かり知らないことだが、光は瞬時に幾億倍にも拡大し、ランドーヴァの地下からあらゆる岩を透過して世界全体を照らした。

すべての結晶樹が燃え上がったかに見えたという。

耳のよい人は異変の起こる直前、地の底から響く唸りのようなものを聞いたともいう。しかし光の発された一瞬に響き渡った音はもはや人間の耳にはとらえることができなかった。

未曾有の光輝にたまゆら人々が盲いた次の瞬間、早くも光は去り、何ごともなかったようにもとの世界に戻っている。人々は何が起こったのかわからないまま、ひととき前までの営みに戻った。あたりを見回しても壊れたものはなく、増えたものもない。結晶樹からも炎は失せている。

ただ、地下牢に監禁されていた学者が一人、死亡しているのが確認された。

第1258章　成就

天空の一角、無数の放散星が複雑に、しかし規則正しく円陣を組んで並ぶ領域がある。そこへヴンダーヴェルトから放たれた光が届く。響きがやってくる。光はひとつひとつと伝達されていってやがて全星が光輝を放ち、互いに光の帯で繋り、ついには巨大な光の球を形づくる。

中心には眠り続けるアランフェが浮いている。響きと光はアランフェの眠りの中にまで浸透してゆく。このとき、アランフェは、懐かしい友の、彼方への憧れをそのまま受け取ったように思う。

眠りつつアランフェは今こそ無限に一度の機会を確信する。アランフェの夢は彼方へと飛翔する巨大な流星を描かせた。

行け。伝えよ。

集合する放散星は一斉に外へ向かって飛んだ。

第三部　魂の時代

1　アウロラ

エレミは目醒めた後、さきほどの夢を思い出そうとしたが無駄だった。時計を見ると四時である。午前か午後かの判断に迷った。辺りは暗い。午前であるらしい。しかしすぐには信じられない。午前四時に目醒めることは稀であったからだ。

夜明けには間がある。再び眠ろうとしたができない。エレミはベッドを離れた。

室内は冷えている。僅かな空気の顫えが肌に響くような気がする。コートを羽織ると、鍵だけを持ち、部屋を出た。エレベーターで最上階まで昇る。非常用の出口へ出た後、屋上へ続く階段を上る。入口の鉄の扉を合鍵で開ける。

エレミは屋上東側の手摺によりかかって立った。空のほとんどは深い藍色だ。星も見える。東の方が少しだけ明るみ始めている。日の出はまだだ。風が冷たい。

一人で空を見るのは何年ぶりだろうか、小学生の頃、よく高いところに上って空を見上げた。何度か朝早く起きて夜明けの光も見た。中学生になってから後は空を見ていた記憶がない。

自分は長い間、空を見ることを忘れてきたのだ。そう思った時、屋上に来たきっかけが何であったか、わかった。

数日前、同窓会で、これが人に聞かせることのできる最後の夢だ、と前置きして、高科《たかしな》がこんなことを話した。

「夜空を見上げていると、不意に大きな星が現れて、流星になってこちらへ向かって来た。逃げる暇もなくて、立ち竦んでると、流星は青い炎を散らして迫ってくる。両手を交差させて顔を庇うと、星は自分の身体を突き抜けていった。冷たいものに触れたような感触が右手の指先だけに残った。最初に流星に触れたのがそこだったことを思い出してぼくは目醒めた」

その日の朝、高科は、右手の食指が真っ白になり光沢を持っているのを知ったという。

「そこだけプラスティックのカバーをつけたみたいだった。爪も指紋もそのままで、色だけ変わっていた。

その日から白い部分は拡がっていった。右手全体を覆い尽くすのに三日とかからなかった。四日目に顔が侵された。一週間後、全身が真っ白になってた」

高科は十八歳のときに発病した。進行性《しんこうせい》組《そ》織《しき》鉱《こう》化《か》症候群《しょうこうぐん》というのが正式の病名である。しかし人はそれを石化症もしくはマーブル病と呼んだ。

全ての患者が二十歳以前に発病する。つまり二十歳を越えた者には発病の心配がないということである。この病には現在治療法がない。しばらく前から、世界各地で発病者が報告され始めた。感染するものでないことはわかっている。しかし、何が原因なのかは今のところ不明である。病原体らしいものも発見されていない。現在、世界中で二千人ほどの発病者が知られている。日本では五十二人ということであった。

石化症の症状の一つは細胞組織の変化だが、もう一つは時間感覚のずれである。発病者は周囲の事象の変化が次第に速く感じられるようになり、何年かで一般人との対応が不能となる。患者側からすれば年とともに時間が加速されてゆくのだが、それを健常者から見ると、患者の認知・動作・対応がだんだん緩慢になってゆくことを意味する。そのうち、患者の感覚は何年、何十年単位のものとなり、外から見るともはや全く動かず、話もできない状態となる。この頃になると、組織の変性は身体の内部にまで進み、ほとんど新陳代謝が行なわれなくなる。食事も排泄もしない。しかし、それでも、流れが非常にゆっくりしているものの、意識は明晰であるという。

先月、エレミは高校の同窓会開催の知らせを受け取った。そこには、同窓生の一人である高科史《し》郎《ろう》が石化症に罹ったことが報告されており、実行委員から、他者との会話ができなくなる前に、できるだけ多くの人に会わせてあげたい、ついてはどうかなるべく全員参加していただきたい、との旨が書き添えられていた。

実行委員の名を見てとても意外な気がした。湯《ゆ》浅《あさ》敏《とし》樹《き》はこんな世話役を一番しなさそうな男だったからだ。確かに高科とは親しい方だったように記憶するが、というより、彼の唯一の友人だったとは思うのだが、しかしそれもエレミから見ればいつも自分より劣る相手とつきあってやっているという優越感が漂うものだった。正直なところエレミは湯浅の悪ぶった自信満々の態度が好きでなかった。そして自身の経験から考えるにそうしたタイプの男が自分のためでない慈善的な意志を示すことはない。

そう言えば「最近、彼に会って少し話してきました。その後、石化症の人のいる療養所にも行ってきました。いずれ高科君もここに入所するそうです。そこはとても静かな……」と、これまた湯浅らしくないコメントが案内状に記されていた。

最初、エレミは出席するつもりはなかった。高科はかつて、エレミに、つきあってくれ、と告げた。エレミは即座に断わった。恋愛の対象となりうる相手ではなかった。そのときエレミには決まった男性もいた。判断は間違っていなかったと思う。しかし、その後は気まずかった。嫌でも毎日顔を合わすことが、エレミに殊更かたくなな態度を取らせた。

それなのになぜ出ていったのだろう。エレミは自問する。自分に、今話題の奇病、しかも感染の心配のないそれを直に見物したい、といういかがわしい興味が全くなかったかどうか。こんな機会はまたとないのである。

しかしエレミを本当に決心させた要因は別にあった。石化症患者の性欲が著しく減退するという事実は周知のことである。エレミは、高科が言い寄った高校三年のときでも、それこそ文字どおり「お友達としておつきあいする」のならば、大歓迎だった。

この際、以前のうっとうしい関係の名残りを清算し、その上で新たに、安心かつ友好的な関係を結べるのではないか、とエレミは期待した。石化症患者には人格上の変化が生じることもよく知られている。どれほど短気で激し易かった者も、発病後には特有の穏やかさとある種の諦観のようなものを示すと言われる。多くの人は彼らを前にして安らぎを感じるそうである。エレミは今、それが一番欲しかったのだ。性欲抜きの穏やかで安らげる関係。

三年を隔てて会う高科は、文字どおり石像のようだった。髪は真っ白になり、顔も手も大理石色の光沢を放ち、到底生きた人間とも思えない。しかも無表情である。

高科はエレミの思ったとおり、高校の頃のことなどまるで気にもしていなかった。あまりに恬淡《てんたん》としすぎていて、最初、エレミはやや不満でさえあった。一度は自分に強く惹かれ、拒絶される恥辱を覚悟して告白までした者が、たった三年でなんのこだわりも持たなくなっていたということがエレミを少し不機嫌にした。しかしその不満も高科と話し始めるとともに跡形もなく消えた。

高科は悪びれることなく、すでに病気の進行を窺わせるゆったりとした話し方でエレミに言った。

「いつかはごめんなさい。今思うと迷惑なことだったと思います。こっちが愛するのは自由だ、なんてのは勝手な理屈で、愛している、と言って、実は君を独占したかっただけなんだ」

このとき、エレミは今つきあっている飯尾《いいお》の言葉を思い出していた。

「世の中ってのは不公平でさ、ほっといても愛される女と、何しても愛されない女といるよな。でもほーんと、可哀想だよなー、愛されない女ってのはさ……」

そのように言うことにより飯尾は逆の形でエレミが愛される幸せな女だと強調していたわけだが、本当に愛されない女は可哀想なのだろうか。エレミは不意に疑問に思ったのだった。これまで一度も考えたことのない疑問である。以前とはまるで変わってしまった高科の前だからこそ感じた疑問だと思った。高科は愛されなくてもまったく平気のように見えたからだ。愛する愛されるなどということがらからは遠く離れた存在のように思えた。

今の高科の見ているものは何だろう？　わからない、しかし、それは世の中の不公平さでも、魅力のない女の子への軽蔑に満ちた哀れみでもないことは確かだとエレミは思った。

石化症の患者を前にすると、大抵の人はひどく人間離れした感じを受けるという。そのあまり、神仏のように拝み奉り、教祖扱いしたがる者が跡を絶たないとも聞く。

そうした人々に対しては、患者側から「自分たちはただこういう奇病に罹っているだけで、他の点では何ら普通の人と変わらないのだ」とのコメントがなされるのが常である。

高科はその後、どうやって発病したかを話してくれた。発病前夜の夢の話がエレミに最も強い印象を残した。

それはまた、言葉で表現できる最後の夢であって、以後の夢についてはどうにもうまく説明できない、とも高科は言った。

「もう本当に、何て言ったらいいのか、あのあとの夢はね……発病してからは夢が違うんだ、それも眠らなくても突然やってきたり……それが……どう言ったらいいのかなあ……時間の果て、っていうのか、光より速いっていう感じかな……夢を見るようになって、以前より昔のことをよく思い出せるようになった気がする。それとおんなじように先のことも記憶を辿るように思い出せそうな気がする。そんなはずないのにね。でも、過去と未来がなんとなく等価な感じに思えてしまう。そして今がない。どうしてだろう、自分はここにいることがはっきりわかるのに、どうしてだろうなあ……」

以前から、石化症患者は特有の強烈な夢を見るのだという話は聞いていた。その夢があまりに過激な淫夢であるため、彼らの性欲は著しく減退するのだ、というまことしやかな噂も囁かれていた。真偽はわからない。ただ、患者たちに共通しているのは、誰一人として、当の夢の具体的な内容を伝えられない、ということだった。

「どんな気持ち？　何がしたい？　この先、どうなると思う？　つらくない？」

　夢のことでなくてよい、高科の、この不思議な感じを漂わせる理由を知ることはできないか、そう願うあまり、相手の気持ちを害しかねないことも口にしてしまった。ただそれは高科の感情が自分の言葉によって昂《たかぶ》ることがもはやないと思われたからでもある。男を前に怒らせない配慮を全く忘れて語るのはエレミには稀なことだ。

　エレミは、確かに愛され易い女だったからこそ知っている、周りからあなどられているのを見て、あるいは気弱そうだからと安心して、ぞんさいに扱った男が怒ったときの方が本当は怖い。しかも彼らは馬鹿にした男をではなく馬鹿にした女をこそ、より憎む。それまでの人生の憎悪全部を、自分をないがしろにしたと思う女に向けてくる。そういうとき容姿がよい女の方が憎まれ易い。容姿のよい女はそれに見合う愛想のよさを示していないと危ない。だが逆に人当りのよさのために狙われることもある。いつか近くにいた内気な男が知り合いの女に傷害事件を起こしたことがある。狙われた女はとても美人だった。そして愛想がよかった。彼女はどうすれば逃れられたのだろう……他人ごとではない。呪わしい記憶である。あのとき高科の前では忘れていられた記憶だ。

「なんだかさ、変なたとえかもしれないけど……たとえでしか言えないんだけど、そしてこれはどこかで誰かから聞いたような気がするんだけど……」

　案の定、何の不快も示さず、高科はゆっくりと話してくれた。

「洞窟かなんかの中にいる。深い地底の岩穴で、暗くて、わずかな水の落ちる音以外に音がない。岩からしみでた水が長い時間かかってぽたりと落ちる。それからまたものすごく時間を隔てて、ぽたりと落ちる。聞いているとそれが永遠の時間の中で何万回も何億回も繰り返されるだろうとわかる。ぽたり、っていう響きのひとつひとつは、どこまでも減衰してゆくんだけど、でも完全に消えることはなくて空間の顫えみたいなものとして微かに残ると思えてくる。またぽたり、と落ちる。波紋のように音が広がる。そして微かな跡になって残り続ける。また。やがて世界中がごく微かな水滴の音の無限の重なりだけに満たされる、こんな想像を絶した遥けさ、みたいな」

「気が遠くなるよ」

「そうなんだ。いつも気が遠くなりそうなんだ。もう、ほんのちょっとしたことで無限に遠いところまで行ってしまいそうな、でも、だからって本当にどっかへ行けるわけじゃない。遥かさに敏感な気持ちがどんどん増しているだけだ、幸せかっていうとどうなのかな。なんかもう比較ができない」

　こんな話をした。

　東の空は一層明るんだ。中天から半分が淡い青となり、僅かに緑色の部分の生じたその下が朱に染まり始めた。朱色は見る見る拡がってゆく。

　エレミは両手を伸ばした。指先には赤い光が届くだろうか。愛されなくても平気になりたいと思った。

　陽は上ってゆく。辺りが黄金色に満たされてゆく。エレミは不意に涙ぐむ。こんなことも絶えてなかった。

　石化症はうつらない。石化症患者に触れても、あるいは輸血しても、石化症は決して感染しない。特定の、罹るべき人間だけが罹るものなのだ。肉体的にはそうだろう。しかし、そこに発病者がいることで、周囲の人の心を僅かずつ変容させているような気がする。よくか悪くか、わからない、だがこれもまた感染なのではないだろうか。ほんの少しだけ、高科の見る夢に手が届きかけた気がした。
エレミは石化症者を患者と言うべきでないと思った。それを病気と呼ぶべきではないと思った。
夜が明けた。溢れる光の中にエレミはしばらく立ち続けた。

2　クエスト

佐久間《さくま》医師はリストを開いた。

石坂《いしざか》 真《まこと》
母はフランス人、父は東大文学部仏文科教授という環境から、十二歳で原書を読み始める。十五歳、ランボーとブルトンの詩に特に親しむ。
十九歳、フランス留学中、アラン・デュカス回顧展を見て数日後、発症。
一九八七年九月十七日。

斉藤《さいとう》浩子《ひろこ》
カトリック信者の家に育ったが、十歳の頃、神の行ないに対して強い疑問を感じた。

十七歳、ニーチェを読む。『ツァラトゥストラはかく語りき』読了後、一週間おいて発症。
一九八八年二月二日。

若林《わかばやし》遠三郎《とおざぶろう》
十一歳、鉱石を集めるのが好きであった。
十五歳、友人から「石の観想法」の話を聞く。翌日発症。
一九八九年十月十六日。

川北《かわきた》冴《さえ》
十歳、宮沢賢治の『銀河鉄道の夜』を読んで後、いつも夜空を見ていた。
十六歳、詩作に親しむうち、自動書記を試みる。一週間続けて後、発症。
一九九〇年一月十二日。

湊城《そうじょう》明子《あきこ》
幼少より周囲の人間関係に対し、非常に不適応であった。七歳から九歳までの二年間、ピアノを習うが教師の死により中断。そのさい、教師から「石の観想」という瞑想方法を学ぶ。
十九歳、「石の観想」をなし遂げ、同時に発症。
一九九〇年十一月二十五日。

「進行性組織鉱化症候群は心因性の病気ではないかと考えた研究者もいますが、さすがに明らかな身体的変容を心因性とは考えられない。ただ発症に心理的な何かが関連していることは認められています。現在にいたるまで病原菌もウイルスも見つかっていません。伝染性のものでないことは当初から知られていました。遺伝子上の変化がありますが、癌のような暴走はありません。

　今のところ、なぜ肉体的変化が生じるのかについては何もわかっていないのです。ただ確かなのは、発症の引き金となるものが物質的素因とは言えないということです。

　契機としてまず挙げられるのが、発症直前に見る夢の一致でしょうね。どの患者も、暗い空から何か大きな光るものが自分の方へ接近してくるという夢を見ています。それをＵＦＯととらえる者もいれば流れ星と見る者もありますし、飛行機が事故で燃え上がって巨大な火の玉となって迫ってくると思った者もいる。解釈はそれぞれですが、内容そのものはほとんど同じなので、ここの記述からは省かれてます。

　そこで、仮に発症のスイッチが心因性要因と考えた場合、次に言えることは、それが常に二段構えになっていることです。

　このリストを見るとわかるように、患者は必ず、幼少年時に強い興味を抱いたものについて語ります。次いで、思春期から青年期にかけてその何かに通ずるような、もう一つの要因にぶつかった時、発症しています。

　ここに書かれていることはとても恣意的なようですが、どれも患者から聞いたことを要約しただけです。発症の原因として思い当たることはないか、と尋ねると、患者たちは決まって幼少年期の思い出と発症直前の何かとの出会いについて語るのです。そのさい、肉体上の異常や事故に関してはほとんどといっていいほど語られません。

興味の対象はさまざまですね。絵でも音楽でもいいし、音楽ならクラシックでもポピュラーでも民族音楽でも、小説、詩、評論、能からバレエから演劇から、映画、漫画、ゲーム、宗教……それと、ある特別な心理的体験……

例えばこれなんか、とてもシンプルです」

佐久間医師が指さしたところには次の記載がある。

河合信夫《かわいのぶお》

十六歳、ノヴァーリスの断片文集『花粉』を読み、座右の書とする。

十八歳、失恋、同時に発症。

一九九三年四月二十一日。

「素直な性格なんでしょうね。

患者の性格は一様ではありません。ただ、共通しているのは、皆、集団生活に苦痛を感じやすい、という点でしょうか。生活破綻者というほどの者は稀ですが、大抵は内向的で繊細、気弱なタイプです。

それと何といいましょうか、理想主義的な傾向が非常に強い。現実的でしたたかな人はまず石化症にはなりませんね」

牧《まき》田《た》はほぼ予想どおりの傾向が示されたことに満足した。石化症は現実社会からの逃避の結果なのではないか、という説がある。今回の記事は、それに従い、石化症者たちの発症前の不適応性を強調し、その結果、完全に社会生活を拒否してしまった存在として哀れむという筋書きを用意していた。

「石化症者とは実は悟りを開いた人々の姿である」という考え方が現在、世間で一般的になりつつあることに、今、牧田は危険を感じている。

本人たちの言う通り、ただの病人なのである。それを、性を超えたの、永遠に通ずるの、と誉めあげることが、牧田には納得ゆかない。思い込みから病人を聖人扱いすることの危うさを指摘したかった。それはいずれ大きな過ちを引寄せるのではないかと思われたからだ。カルト宗教の害悪は聖なるものを恣意的に規定してしまうことから始まる。

「それと、ここでは現在八人の重症者と十四人の中・軽症者を扱っていますが、彼らの話を聞いてみると、興味はいろいろだけれども、どこかで共通のイメージがあるんですね。

まず、決まって、石とか結晶、星、といったものが重要な象徴になっています。そこから永遠とか輝き、天界といった観念が出てきます。あとはそれがさまざまに変奏されていって、例えば、天の音楽、錬金術、シュルレアリスム、ドイツロマン派、サンボリスム、グノーシス主義、ユートピア、道教、アンドロギュヌス、天使、超人……

これ、ほぼ紫峰朋彦《しほうともひこ》の世界です。あまりそういう方面の本は読みませんので、私も最近まで知りませんでしたが、ほら、ここに出てる湊城という患者さんから教えられて知りました。こういうイメージについてはほとんど紫峰朋彦というエッセイストの本に出ているそうです。読んでみるとなるほどそのとおり。

紫峰に『石の思考』という本がありますが、ご存知でしょう？」

「ええ。わたしはあまり評価しませんが」

「そうですか。でも石化症患者たちは、もし知らなくても教えてやればまず全員喜んで読むでしょう。このリストに書かれた一次・二次要因のかなり多くが彼のエッセイに網羅されている。

国とか地域によって発症の要因に差があるようですが、まだ詳しいことはわかっておりません。ただ、わたしの調べたところでは、具体的にはいろいろですけれども、いずれも、やはり、何か遠いもの、永遠なもの、透き通った硬いものへの憧れと、従来的な意味での人間性への距離感、といった傾向が強いようです。

紫峰の言うとおり、どの国どの民族にも実生活のための『実質文化』とともに『彼方への憧憬《しょうけい》文化』がある、というわけです。

『いつの時代にも人間文化のどこかにあった彼岸への憧れ、硬く不変のものへの憧れ』という……これは紫峰の言葉です。

今年翻訳されて話題になったゾフィー・マイレンシュタインの『ヴンダーヴェルト』、あれは大抵の発症者が読んでいます。ほとんど彼らのためにあるような記録ですね。

日本では最近、目立つのが、藤原《ふじわら》美香《みか》の詩と笹岡龍太郎の音楽です。

リストの記載をよく見ていくと、笹岡の作曲した曲を聞いて発症した者が九人もいます。これはおどろくべき高率といわねばなりません。それだけじゃない、さっきも挙げた湊城さんは直接教えを受けている。ここにピアノの教師とあるのが笹岡龍太郎その人です。

それと藤原の詩やアフォリズムに関係しているのが四人。関西の方の、ここと同じ施設には八人もいるそうです。これも多い。

しかもです……」

佐久間医師は間を置き、テーブル上の茶を飲むと、後を続けた。

「ここに第三の男が出てきます。荒瀬正樹。有名人ではありません。著作もないし、作品というようなものも残していません。都内の小さな学習塾の講師をしていたらしい。ところが彼に学んだ生徒の中から五人も石化症患者が出ているし、さっきお見せした若林さんの友人に、『石の観想法』というのを教えたのも彼なのです。

ちなみにその友人は発症していません。彼にその素質はなかった。ただおもしろいのは、石や結晶に興味を持たない者が伝えても、聞く者が聞けば十分発症要因になるということです。

この『石の観想法』もわたしには謎ですが、確かにそういうものがあるらしくて、紫峰の本にも書かれています。ただそれは十六世紀にシモンという錬金術師が伝えた秘法だそうで……どこをどう回って現代日本の学習塾の先生がそんなものをマスターしたのか……」

十分だと思った。今回はついでに紫峰批判もしておこうと思う。人を怠惰にし、頽廃させ、社会に背を向けさせたあげく、病気にさせてしまう張本人、というと言い過ぎだが、そのくらい誇張したくもなる。牧田は以前から、貴族主義的でディレッタント風な紫峰という男の書くものに反感を覚えていた。

プラトニズムとか永遠の少年とか天使とか、機械とか石とか結晶とか、ノンセクシュアリティとか、幻想文学とか夢想とか、実直な生き方を否定するようなものばかり語る。しかも、冷静を装いながら、読者にそれらへの憧れを誘導しつつ紹介する巧妙な口調がどうも気に入らない。牧田のような男の在り方を、ひいてはノーマルな成人男子一般のそれを、すべて下劣であると告げているようにさえ、牧田には思えてくる。その西洋かぶれも嫌味である。育ちのよいこと、金に困った経験のないらしいこと、また、エリート的な態度を誇示しているくせに一般大衆に受けることも面白くない。

牧田は意を新たにしつつ丘里大学病院を後にした。

荒瀬という学習塾の講師に関してはもう少し調べてみたい気もした。牧田は佐久間医師に紹介された高科史郎という患者の家に連絡した。

高科史郎

十二歳、塾の教師より「石の観想法」を伝授される。

十八歳、とあるテレビ番組で印象深い音楽を聞き、翌日発症。

一九八九年十月十五日

高科に関する記載はこれだけであった。

この音楽というのもやはり笹岡龍太郎のものと後に判明した、と佐久間医師は加えた。

発症後、まだ五年半程度なのでインタビューは可能である。十年以上経過した患者は反応が遅いため、二、三、質問するだけで半日かかってしまうだろう、と佐久間医師は言った。

高科史郎はかつて荒瀬に教わったと言った。

「『石の観想法』というのは佐久間先生の言い方です。荒瀬先生は何もそれに名をつけていませんでした。

やり方はこうです、まず、眼を閉じて、世界に自分がたった一人でいるということを意識する。心が真っ暗になるまでそれを続けます。何日かかってもいいし、五分だけでもいい。とにかく自分がまったく何もない場所にいる、と思えるまで、続ける。もう限界だ、と感じた時、必ずどこかから光が射してくるだろう、と先生は言いました。

『光がある』

そう思え、とね。するとそこにひとつの大きな輝く結晶が現われる。それから後、結晶は自分の心の核になる、という話だったと思います。

ぼく自身はやってみようとしたけど、なかなか本当の闇に触れたとは思えなくて、そのうちに先生の話も忘れてしまいました。

で、あとは夢を見た次の日にこうなりました。最近、他の人の話を聞いて、やっと先生の話を思い出したところです」

牧田は荒瀬という講師の人となりを尋ねた。

「荒瀬先生は、そうですね、温厚な人でした。けれども何か社会の不正みたいなことには激しく憤っておられたようです。教え方はとても上手でした。お亡くなりになったんですか？　知りませんでした。残念です……」

無表情だが声の調子はいくらか動揺を示しているように牧田には思えた。


何人かあたってみて、荒瀬に弟がいるとわかったので訪ねた。石化症そのものについて得るところはなかったが、ここでまた新たな事実を知った。塾に在籍していた、とある生徒を通して、荒瀬と笹岡との間につながりが認められたのだ。

荒瀬の弟が告げた山内というその生徒は笹岡の姪の子であった。母の離婚後、姓が戸《と》交《がい》となり、現在二十五歳のはずだが、石化症には罹っていない。ネイティブ・アメリカンの文化を研究するため、五年ほど前に合衆国へ渡ったが、ふとしたことから向こうで有名になり、今では聖者のように尊敬されているという。牧田は以前、アメリカ人に夢の理想境を教える日本人、という記事を読んだことがある。

今回の件でわざわざ国外まで取材に行くことはできない。そこで牧田は笹岡の周囲にいた人間に訊くことにした。

「笹岡龍太郎の曲は日高さんの紹介で数回、試験的にラジオ放送してみたけど、全然受けなかった。

ところが、それから何年かして、突然、局へ、笹岡の作曲した曲というのを知りたい、という問い合わせが殺到した。

放送の反応がこのときやっと出てきたわけなんでしょうが、どうして三年も四年も後になってから人気が出たのかはよくわかりません。ただ、一度だけ、一九八三年に、テレビコマーシャルのバックに流れたことがあるという話を聞いてます。あの頃は変わったものならなんでも使っちゃえって感じでしたからね。

それで、今度は正式に日高さんが企画担当して、『ギフト』というドキュメント番組の一回として『知られざる天才ピアニスト』というタイトルでテレビ放映した。日高さんは笹岡龍太郎の学生時代からの友人ですから、彼のことには詳しい。ウイーン留学の時の再現とか、有名アーティストへのインタビューもあって、彼の生涯の紹介も兼ねていた。

高視聴率だったようです。今度は受けました。笹岡という人はもともと家柄がよくて金持ちで家族は早くに亡くして、死ぬまで独身、しかも芸術家肌でちょっと変わってて、写真を見るとなかなかいい男だし、それに四十と少しで死んでますでしょ、あと、その頃にはカルト的といいますか、熱狂的なファンも一部にはいた。条件は揃ってたわけですよ。

それからはCDは出るは、コンサートの呼び物演目になるは」

当時の番組制作者の一人は語った。

またか、と牧田は内心、飽きと反感とが半ばしている。どうして世の人々はこんなに紫峰的なものが好きなのだろう。笹岡という男はまるで紫峰朋彦の雛形のようである。育ちのよさ、裕福さ、特権的芸術性……それも古臭いロマンティシズムと天才主義、変人。紫峰とともにこっちの方にも一言言いたいところである。

しかし牧田はこのとき僅かだが疲れを感じていた。こうした「夢見る者たち」は、社会の中枢を担う堅実な生活人にとって荷厄介であり、無賃乗車の邪魔者でしかないにもかかわらず、いつも特等席をあてがわれている。彼らは、我々に対し、経済的問題や世俗的問題しか眼に入っていないと言って馬鹿にし、そのことでかえって優遇されている。不当である……しかし、たとえ自分がそれに否定的な発言を続けても、この傾向は変わらないのではないかと思えてくる。かつてバイロンが、またジェームズ・ディーンがそうだったように、世の人々は常に憧れの対象となるものを求めている。

取材の帰り、書店に寄ってたまたま見つけた紫峰朋彦の著作を覗いてみた。

『夢想者たち』。評伝集である。帯に「彼岸への憧れを伝えた人々」とある。牧田は眉を寄せつつ、ページを繰った。

扱われているのは、聖女ヒルデガルト・フォン・ビンゲン、錬金術師シモン・エンノイア、神秘家ヨアキム・ディ・フィオレ、女性社会運動家フロラ・トリスタン、といった比較的珍しいところから、レオナルド・ダ・ヴィンチ、パレストリーナ、エックハルト、ヤコブ・ベーメ、老子、荘子、ウィリアム・ブレイク、ノヴァーリス、フーリエ、ランボー、ニーチェ、ルー・ザロメ、ブルックナー、ブルトン、エルンスト、デュカス、イェイツなどの著名人、日本からは空海と宮沢賢治、そして最後にはユングがあった。

例えばデュカスの項にはこんなことが書かれている。

デュカスの絵はいわば調査報告であり、たとえばセザンヌのように絵画という表現自体に価値を見出すものではなかった。彼にとって絵とは手段でしかないのだ。何より大切なことは、内なる世界の消息をより忠実に伝えるという、この一点だけなのである。

私は今、内なる、と述べた。しかし、実はそれはデュカス自身のものでさえなかったのかも知れない。その証拠として彼の妻であるアナベルの報告によれば……

ユングの項はこうだ。

……こうした絶対の希求者たちに対して、ひとりユングだけは異質である。彼はあくまで相対性を貫こうとした。つまり、賢者の石、もしくはアンドロギュヌスに象徴される理想そのものが重要なのではなく、そうした憧れの諸相が他へ伝わること、つまり伝達ということこそ最終的な目標と考えたのだ。いかにもヘルメスを自らの守護神とした彼らしい。ヘルメスは周知のとおり「伝達神」である……

巻末にいくつかの註記がまとめられており、その一つに「賢者の石」という項目があった。錬金術の歴史における賢者の石の意味の変遷を述べた後、次のように結ばれているのが牧田の眼にとまった。

……とはいえ、そうした物質上の形態・性状は実のところ、どうでもよいのだ。錬金術のめざしたものは物質を扱うことをひとつの突破口として、天の秩序に触れることなのであり、その媒介となるべき「賢者の石」に特定の形は必要ない。それは心から心へと受け渡される求心的イメージとしての石、あるいは結晶と考えるべきであろう。またそれは芸術や教理、さまざまな形で示されるが、受け取る側に「至高へ向かう傾向」がなければ伝わることはない。

牧田はページを閉じた。

二日後、今度は夭折詩人藤原美香の姉、和香を訪ねた。そのときの会話は録音された。

「父がテープを持っていました。笹岡龍太郎の即興演奏だそうです。父はテレビコマーシャルの仕事をしてまして、その関係から日高さんという方の紹介で一度だけ、笹岡さんがまだ生きておられるときに、お宅で演奏を録音させてもらったんです。

だから、まだ笹岡さんが世に知られるようになる前から、わたしと妹はそれを聞いていました。真似てピアノを弾いたこともあります。

その影響があるかどうかはわかりません。妹の詩や文は妹の素質によると思います。けれども、あの音楽がそういう素質をいっそう伸ばしていったのかもしれません。わたしも妹も、あの終わりのないみたいなピアノ曲がとても好きでした」

「あなたが妹さんの死後、妹さんの残されたものを世に発表なさったことには大変な御努力があったことと思いますが、しかし結果的にそのことが石化症患者を増やしたという批判がありますね」

「ええ、そうかも知れません。でも、だからどうなんです？　石化症に罹ることはそんなにいけないことなんですか？」

「つまり責任は感じておられない？」

「あれを病と言うことにわたしは抵抗があります。あれはよい悪いを超えたことのようにわたしには思えます」

「それはあなたの主観でしょう？　何にせよ病人が増えるとしたら困ったことと思います」

「あるとき妹が言いました。

神が世界を作ったのだとしても、この世界はどう見ても不完全だ。わたしたちがそれを完全に近づけてゆく必要がある。

だから、ある一瞬、神を超えなければならない。わたしたちはそのためにいる。そうでなければ人間なんている理由がない。神が人間を作ったのは、それは神自身にも行けないところまで人間に到達させるためだ。

わたしたちは、もちろん全能ではない。それでもわたしたちは、ある何かの一点で無限に接することができなくてはならない……」

「空想的ですね。ニーチェ的といってもいい」

「いいえ。これは妹の実感です。『石玲詩篇』を書き始める以前にもよく夢を見たそうです。そこでは、無限に広い草原を息も切らさず走り続けていた。どこまで行っても息が切れないで走り続ける……そんな夢。

足が動きさえすれば走ることは誰にだってできます。でも、息を切らさずに無限に走り続けることはできない、それはわたしたちが、ある限定を受けているから。

全く不死になるとか、同時にいろいろな場所に存在するとか、そういう不可能を人間は求めることができません。でも、ただひとつだけ、本当に自分の望むことだけは永遠を夢見てやり続けるべきです。それが世界の不完全を克服するための方法でしょう」

「わたしにはどうもわかりません。美香さんは本当にそういう『超人』を信じていたんですか？」

「信じて？　信じる必要はありません。これは要求です。造物主に突きつけた異議申し立てなんです」

「もしそうだとしたら、その要求は受け入れられましたか？」

「受け入れられるかどうかとは別ですが、変化を起こすきっかけにはなりました」

「どうやって？」

「妹は早く死にましたけれども、後にいくつかの言葉を残しました」

「それが限界を超えたものなんですか？」

「妹の詩集を読んだ直後、石化症に罹った人が十二人もおられるそうじゃないですか」

「ええ。わたしもそう聞いてます。だからこうしてその秘密を……」

「秘密なんてありません。あなたも妹の残した詩をお読みになればいい。それで何か感じたらそれが答えだし、何も感じなければ説明してもわからないでしょう」

「なるほど。ただし、今日、わたしは単なる個人として来ている訳じゃないんです。『月刊真実』の読者代表と考えていただきたいんです。いかなる鈍感な者にもわかるような説明が欲しいんで、わたし自身が個人的に何かを体験できるかどうかは問題じゃない」

「じゃあ失礼します。

『語りかけは必ず特定の相手に向けてでなければ意味がない』

妹の書き残したものの中にそういう一節があったのを御存知ではありませんか？　一人一人の真剣な読者にならいくらでも話しましょう。でも、面白半分で聞く大勢の人に向けて誰にでもわかるように言えばそれは何も言ったことになりません」

「詩人ってのは、いや詩人に限らない、アーティストっていうのはわざわざ一番レベルの低いところまで降りてこようとはしないものですね。よくものわかった知的選良の間でもてはやされていればそれでいいわけだ」

「そう思うならそれで結構ですけど、妹は誰に対しても同じように真剣に呼びかけを発していました。でもそれを受け取れる人と受け取れない人があっただけです。これは知識や教養ではありません。もちろん暮らし向きの違いや財産に関係するものでもない。素質としか言えません」

「なるほど。でもそれもやっぱり差別主義なのでは」

「そうお思いならここでお帰りください。これ以上話すことはありません」

必要な取材は終えた。あとは雑誌記者としての裁量の部分であって、当初から予定していた結論に向けて時に冷静に時に扇情的に、いつもの調子で書けばよい。都合のよい情報が集まっている。成果は十分だ。なのに、ひどい徒労だったような気持ちが抜けない。

牧田は行きつけの店をめざした。アルコールくらいしか慰めにならない。そうか、彼らの望むものもこれと同じなのだ、自分のいる世界に耐えがたくて、と、ここでようやく少しだけ牧田は納得らしいものを得た。

3　モノローグ――インテルメッツォ――

佐久間先生がコンピュータ端末の使用を許してくださった。あなたの打ち込んだ言葉は患者の記録として残されるという。何を書き込んでもよいと言われた。これからあなたはキーボードに向かってだけ、語るだろう。

あなたは、他人を前にしての、感情の圧迫に耐えることがとても苦痛だ。

一方、物を通してならば楽にコミュニケートできる。直接の会話よりは電話の方がよい。電話よりは手紙の方が一層よい。相手がこちらを向いていると話せない。相手が自分に興味を持っていたり、答えを要求しているのが感じられたりするとあなたは一言も答えられなくなってしまう。

あなたは幼いときから感情や心理の動きを読み取ることが苦手だった。人間の相手が苦痛だった。物が相手ならよかった。中でもクリスタルグラスの透明さと輝きが好きだった。淡い光、リズミカルな動きがあなたを朗らかにした。音楽を好んだ。グラスを手にして自分で好きなメロディーを口ずさむと世界は楽しいものになった。

大抵は母が中断させた。怖いものを押しつけてきた。後で、それは人形というものであることを知った。肩や腕を掴まれることもあった。世界には怖いものが増えた。そのうち、あなたは、好きなものでできた世界を「自分の世界」、怖いものの世界を「外の世界」と呼ぶようになった。

あなたは人を見ることがほとんどない。物ばかり見ていた。風景には興味があった。人がいても背景を見ていた。

いきなり人が近寄ってくる。耳に突き刺さるような声で何か言う。何度も言う。何を言っているかわからない。あなたは困って、相手の発音を真似てなんとか切り抜けようとする。大抵はうまくいかなくて、一層大声が返ってくる。あなたは怯えた。

不意に顔に触れられたりするともうだめだ。大声で叫びだし、暴れ回った。恐ろしかった。

あなたは他人の感情を読めないだけでなく、自分に感情があることもよくわからない。あることはあるらしいのだ。けれども自覚ができない。無意識のうちに感情が高まってしまって、爆発してしまうこともある。すると大暴れすることになる。

自分でもどうしてよいかわからないことがとても多い。何か選べと言われるとあなたは困ってしまう。誰かと競争することもできない。あなたの持ち物を他人が欲しがっているとき、あなたはすぐ渡してしまう。その方が相手とかかわらずに済むからだ。

自分のことをそのまま言うことができない。心の動きを見せるのが恐ろしい。自分にも知れない感情を人に読み取られたとき、あなたは自分がいなくなってしまうような気がする。

　だからあなたは自分のことをいつも二人称で語る。

　ともかく言葉を使って他人に自分の意志を知らせることだけはできるようになった。しかし生の形で話しかけることはとてもできない。それでこうして文章にして記録する。

　この文については、読む人がいなくてもよい。これはあなたからあなたへの手紙だからだ。


透明なもの、輝くものが好きだったあなたは、ビー玉を集めた。さまざまな色のビー玉に囲まれていると幸せだった。抽象画と呼ばれる絵もよかった。淡い色彩が沢山使ってあるものはさらによい。オーディオでクラシック音楽を聞くのも好きだった。姉のピアノがあったので自分で勝手に弾いているうちに易しい曲なら弾けるようになった。弾いていることを意識せずに自動操縦のようにしておくと、よりよいメロディーが弾けた。

　あなたは作曲をするようになった。音楽はいつもあなたのどこかから湧くようにやってきた。

　もっと後になると笹岡というピアノの先生について習うようにもなった。この先生は他の人と違って、あなたに近づきすぎることがなかったので、あなたは安心して学ぶことができた。学校でも家でも、知識だけ、技術だけを学ばせてくれることは少なかった。いつも相手の気持やご機嫌を読み取ることばかり要求された。

　笹岡先生は音楽のことだけでなく、不思議な石の話もしてくれた。もともと石やガラスの好きなあなたは喜んだ。それに先生は遠くを見ながらあなたの方を見ないで話すので、集中して聞くことができた。

そのうち、あなたは、笹岡先生の言うように、結晶を心に浮かべてみる訓練をやってみた。すると、あんなに怖かった「外の世界」が、すっと遠ざかって、耐えやすくなるのだった。今いる場所には属していない、と考えることができたからだろう。対象から距離を置くことができる場合、あなたは安心することができた。


あなたは「愛される」というのが怖い。そこには距離がない。いきなり相手が隙間なくくっついてきて、窒息しそうになる。

誰かが自分を重くて厚い感情で壁に塗り込めてしまう。あなたにとって「愛される」とはそういうことだ。あなたは身動き取れなくなることがとてもとても怖い。

昔、ヨーロッパの刑罰に「幸せの穴」と呼ばれるものがあったそうだ。地下室の壁に人間一人がちょうど入るだけの狭い横穴が開けられている。先は行き止りで、だいたい直径五十センチあるかないかくらいのものなのだろう。

そこへ罪人を頭から突っ込んで、空気穴だけ開けて漆喰か煉瓦で閉じてしまう。そのまま一週間放っておく。食べ物・水は最小限のものを中に入れておくのかどうかは知らないが、とにかく死なないようにしてそのまま。出てくるときはみな「幸せ」になっていたそうだ。

愛されるのが幸せだと人は言う。あなたにとって愛されることは壁の穴に閉じ込められる「幸せ」だ。

放っておいてもらうのが一番だった。自分の世界は外の世界とは違う。中心に結晶、周りにガラス玉やパステルカラーの抽象画、淡い光、そこに永遠の音楽が響いていて、変化というものがない。何をし始めるかわからない人間がいなくて、物だけがある。誰もあなたに話しかけないし、何も要求しない。何かを他の人と競う必要がない。そういう所にいることがあなたの理想なのだ。

反対にあなたが一番恐れるのは他人と一緒に暮らさせられること、集団で何かの行動を強制されること。例えば軍隊に入ることはもう想像するだけで反狂乱になる。

あなたは女性だから、仮に徴兵令が発せられても免れるかもしれない。けれども軍隊という組織、それに近い組織が至る処にあるということが怖い。

あなたはそれでも外の世界とかかわりをもたなくてはならないと思った。学校では「気違い」とか「馬鹿」とかよく言われた。けれどもあなたは自分が狂人とは違うし、考える能力がないのではないことを知っていた。

何と言われてもそれはかまわないが、無理矢理したくないことをさせられるのだけは避けたかった。集団活動はほとんど不可能だった。けれどもそれが不可能であることを訴えなければいつも強制と罰が待っていた。

肉体的な痛みには耐えられた。だから殴られるのはかまわない。けれども、相手が怒ったり苛立ったりしているときは恐ろしいほどの心の動きが自分の周りを取り囲んでいくのがわかって、それがどうしようもなく怖い。

相手の感情の意味を読み取ることもできないまま圧迫感だけが増していって、とうとう自分が破裂しそうになるのだった。

あなたにはどうしてもできないことがあり、また懸命になって何かをするとしても、いくつもの条件を満たし多くの手続きを踏まないとそれすらできなくなってしまうことを人にわかってもらわなければならないと思うようになった。

どうにかして自分がいる困った状態を周りに理解させる必要があった。愛はいらない。理解だけ欲しいのだった。

大抵の男性はあなたに対して、愛だけを示して、全然理解はしなかった。そして最後はいつも「この気違い女」と言われることになった。あなたは容貌が美しいのだそうだ。

しかしそのことがあなたにとってどれほどの意味があるだろう。男たちにつきまとわれる苦痛が増えるだけではないか。

あなたは外の世界からの被害を最小限に食い止めるため、ある工夫をした。外の人々に似た行動を取ることのできる人格を二つ発明したのだ。それらに交互に対応させておけば、本当の自分は奥の方に隠れていることができた。

ただ、それらは、あなたの知っていた二人の人物がもとになっているので厳密には発明とはいえないかもしれない。

一人はどんなときでも愛想のよい少女だった。高校生のときの知人がモデルとなっている。名を有《あ》理《り》奈《な》という。あなたはしばしば有理奈になることによって、周囲から憎まれないような態度をとることができるようになった。

しかし有理奈となったあなたには心の真実がない。あなた自身はそのとき眠っているようなものだ。自分の意志もなければ生きている自覚もない。とはいえ、少なくとも有理奈は多くの人たちの気に入ったようだ。有理奈となっているあなたは「普通」に見えたらしい。

ある男性は、有理奈であるあなたをひどく愛したが、有理奈には心というものがないので、愛し返すこともなければ、拒絶することもなかった。

こういう有理奈に、その男性は
「君は人間じゃない。妖精のようだ」

と言った。

そしてしばらくすると彼は有理奈の薄情さを恨んだ。しかしあなたにどうすることができただろう？　有理奈にはにこやかな微笑みと内容のないおしゃべりしかない。また、あなた自身はといえばもともと愛されたくなかったのだから。外の世界の人々がどうしてあれほど愛し合いたいのかあなたには今もよくわからない。

もうひとつの人格はあなたが外の世界からの強い攻撃に遭ったとき、相手に反撃しうる論理を与えてくれるものだ。批評に秀でた男性で、笹岡先生がよく話してくれたドイツの哲学者がモデルになっているが、その中には少しだけ笹岡先生も混じっているかもしれない。

名を紫峰朋彦という。これは笹岡先生が若い頃読んだ冒険小説の主人公の名前なのだそうだ。その主人公は世界中を旅し、魔法の石を手に入れて帰ってくる。

先生はあなたによく不思議な石の話をしたけれど、そのとき、一度だけ、

「紫峰がいたらね……」

と言った。先生は何を思ってこんなことを言ったのだろう。あなたがものを信じ込み易いことを知ってこのように言ったのだろうか、笹岡先生が亡くなった今ではもうわからない。

あなたは今もひどく騙され易い。他人の言葉をほとんど疑わないからだ。最初に言われたこと、決められたことをなかなか訂正できない。笹岡先生はそんなあなたを面白がって騙していたのだろうか？　そうとはとても思えないが、もしそうならそれでもよいとあなたは思う。とにかく能力のある人格を手に入れることができたからだ。

この時からあなたの中には明晰で高潔な石の哲学者が住むようになった。その人の望むところに従い、たくさんの本を読んだ。早くから英語フランス語ドイツ語をマスターしていたので、得られる洋書もすべて読んだ。さいわいあなたの両親はあなたが知識を得ることを喜び、あなたの独学を支援した。

紫峰朋彦はそれ以後、あなたの世界の正当性を主張する論客となった。何か外の世界の習慣や考え方を押しつけられると、あなたは即座に紫峰となって、その習慣や考えがただの恣意的なきまりでしかなくて、世界の真実は全然別のところにあるということを堂々と主張した。あなたはそうした言葉を文章にすることを十五歳のときから始めた。十八歳の時、まとまった批評の形になったので、ある版元へ送ってみたら書籍としての刊行を勧められた。それであなたは、紫峰朋彦は、今、すでに八冊の著作を持つ。

最初の刊行の際、編集者は、あなたが若い女性であるという事実を公にすれば、必ず「これは小娘に書けるものではない、誰か年配の男性が代わって書いているはずだ」と言われるに違いない、と告げた。「わたしもあなたが著者だなんて信じられなかった」と。

それであなたは、版元からの勧めに従い、世の何も知らない偏見の持ち主たちが、紫峰の知識と書法から想像するそれとしてふさわしい性別年齢の架空の履歴を書いた。だが実のところそれは、もともとあなたが紫峰として考えていた虚構の生まれや経歴でもある。これも笹岡先生の面影を追って、裕福で芸術的な環境に育ち、膨大な読書と芸術鑑賞の経験を積み、世の無神経な習俗を憂う繊細な五十代の男性、ということにしておいた。

紫峰の名のもとにあなたは結晶と宇宙と音楽とそして彼方を仰ぎ見る秘法、それらに一生を費やした人々のことを書き続けた。

十九歳で石化症となってからも三年間、紫峰の著作は増え続けた。だが四年目から執筆の速度が鈍った。それとともにだんだん執筆の必要をも感じなくなった。

紫峰としての著作を発表し始めて五年目の二十三歳のとき、利便性を考えて療養院に入ったが、あなた自身が紫峰であることは医療関係者に伝えていなかった。

佐久間先生はあなたについていろいろと尋ねた。それに対しては、説明がとても難しい上に、自分の意見のように話すのが嫌なので、あなたはいつも「紫峰朋彦が考えるには、こうである」と答えることにしていた。

ある日、佐久間先生は、自分も紫峰朋彦の本を読んでみた、と言った。そして、その内容はあなたが伝えたとおり、石化症者たちの世界観をよく説明している、とも言った。また、紫峰は今や、石の思考に人を導く師とされていると教えられた。

今回このメモを読めば先生たちも、ようやく紫峰の正体を知ることになる。

だが、そこにあなたそのものがいるわけでないのは有理奈のときと同じだ。

石化症になってから、外の世界は徐々に遠ざかって、反対にあなたの世界はとても広々としてきた。いつも綺麗な色彩と透明な結晶の輝きに満たされている。また、世界には大変に多種多様で複雑な音が響き続けているのだが、あなたはその中から自由に好きな旋律と和声だけを耳にすることができる。世界全体があなた向きのものに感じられつつある。

外の世界との時間差はさらに大きくなっている。そのうち、あなたはまったく外の世界と関係を絶ち、光と響きの世界でだけ生きることになるだろう。

人間には、世界に参加する人と、それを見る人があるとあなたは思う。参加する人はそっちの世界の中にいる。それを見る人はその外にいる。あなたはあちらの世界から見れば外にいる存在だ。

それでよい。あなたが求めていたのはこうした静かな観察だ。

もっとも代表的な「参加する人」をあなたは知っている。

以前、同じ療養院にいる高科さんに会いに来ていた塚佐《つかさ》護恭夫《ごやすお》という人がそれだ。彼は政治家をめざしていると聞いた。

今、あなたはいろいろなメッセージを発信することに興味を感じ始めた。だがそれは紫峰朋彦のときのように著述によるのではない。あなたの世界から、あるイメージを宇宙の彼方まで送り出すことができることがわかった。そのやり方は説明できない。心を飛ばす、という感じだ。

あなたは静かな世界から彼方に向かって何かを告げる。あなたが作曲した音楽であることが多いが、言葉でも映像でも、何でもよい。どんなことでも言える。表現できる。距離さえあればあなたは自由になれる。愛情という痛いものを差し出す人はもういない。

今では二つの人格を用意する必要もなくなった。

あなたは今、幸せだ。

4　ミゼレーレ

「いつも親切にしてくれていた近所のおじさんは、通りかかった暴走族に轢かれて死にました。轢いた奴らは今も捕まらずに幅をきかせている。おじさんは誰からも尊敬されていました。

教えてください。人間には存在する価値があるんですか？　もし価値があるのならなぜこんなにひどい生き方ばかりさせられているんです？」

まなじりを決した少年を前に高科は答えようもなかった。

高度の知性を得て以来、人間は問い続けてきた。最も高い理想を描くことのできる人間が、なぜいつもその理想から裏切られ続けるのか？

知性の発達は精神という働きを生んだ。精神を持つことは理想を知ることである。よりよくあろうとする心の働きを持つ存在がなぜこれほど屈辱的な世界に閉じ込められているのか？　なぜいつも理想が実現されないことを見せつけられつつ、動物と等しい死を与えられるのか？

いかに優れた人間であっても、ある日まったくつまらない事故で死んでしまうことが常に起こりうる。いかに高潔な人格の持ち主でも、最低の暴漢に襲われれば豚のように殺される。精神には確かに尊卑があるのに生物としての条件において人は動物と何ひとつ変わらない。心を正しく持っていたところで偶然の不幸が避けられるわけでもない。人はその本来的な価値に見合う扱いを受けていない。では、精神には何の価値もないのか？　精神の優劣、志の高低など、結局は同じことなのか？　それなら、なぜ人間には理想を知る能力がある？　なぜこれほど過剰な認識力、思考力、そして想像力と表現力を持たされている？

キリスト教徒でない高科は原罪という考え方を認めない。

結局、高科は苦しい答えしかできない。

「価値は確かにある……しかし、この世界が過酷なのは、われわれがより高い意識をめざすためではないだろうか……」

「どんな？　あなたには何が見えるんです？」

再び高科は答えられない。説明できるものならしている。しかしこの少年に表現できないと答えるだけで済ますことはできなかった。

「それは……例えば、蟻にとって、世界は自分の歩いている地面だけだ。たまたま人間がつまみあげて、別の場所に置いたとする。そうすると、それは蟻にとって、異次元空間を通って瞬間移動したのと同じことになる。

ぼくたちは三次元の空間、一方向の時間の世界にいる。でも、それも蟻にとっての地面みたいなものだとしたら？　もう一ランク上の次元から見れば、ぼくたちは不自由にも限られた空間を時間に沿って少しずつ移動するだけの存在なのかも知れない。

でも、偶然に、もっと拡大された世界を感じることができたとき、人はどう思うだろう？　今までに見たことも感じたこともない意識の拡大を説明する言葉はあるだろうか？言えないというのは言葉がないからだ。

聖書や仏典は、人間の意識できる世界を超えた世界の在り方、見方を書き表わそうとしたものに違いない。それでも、やっぱり体験のない人が言葉で理解するのは難しい。

ぼくの見る夢もそういう、何段階か高いレベルの世界への知覚じゃないかと思うんだ。

どんな感じかっていうと、……そうだな、ものすごく高い所から自由落下するときの感じと、いっぺんに眼の前が開けた感じに近い。それ以上はちょっと言いようがないんだ……」

このとき、紫峰朋彦の『石の思考』にあった言葉をほとんどそのまま使わせてもらった。読んでおいてよかったと思った。湊城という女性患者に教えられた。

紫峰氏自身は石化症でないのに、どうしてこれほどよく知っているのだろう、と、そのとき、高科は不思議だった。

高科は思い出す。塚佐護恭夫は永遠に憧れた少年であった。今は五十を越えているはずだ。彼が国家元首となって五年ほど経つ。

首相になってから一度だけ会いに来た。その頃、高科の知覚する時間は常人と大きく隔たってしまっていたので、以前のような会話は交わせなかった。

恭夫にしてみれば高科は今も師であったらしい。五十幾つの男が、こんな青二才のままの自分を師匠扱いするのが高科には奇妙でならなかった。実際にはせいぜい三十歳にもならないくらいの内的時間しか経ていないわけだし、人生経験の量からいえば恭夫の十分の一にも満たないだろう。

初めて会った時には、高科の方が恭夫より年上だった。塚佐護恭夫十四歳は、たまたま訪れた公開療養院で、一人の石化症患者に語りかけた。その患者が高科だった。

一本気な少年は世の不公正の多さや罰されない悪をひどく憤っていた。そのとき恭夫は、高科に、真実は尊いか、と問うた。高科はすぐさま指を縦に振った。一分もかからなかったはずだ。恭夫もその対応は即座のものとわかったらしい。

恭夫は続けて高科の志を尋ねた。本当に大切なことは何だと思うか。人間が生きる意味は何だと思うか。世界に過ちはあるか。あるならばどうすれば改まるのか。そのために一生かけるとすればそれは望ましいことか。

普通人同士では気恥かしくて言えないような問いを恭夫は向けてきた。それは自分が人間離れして見えたからに違いないと高科は思う。隣家の人に問えば笑われることでも、十字架や仏像に向かってなら言えることはある。そして青臭い問いが本当に口に出すに足りない問題であることは少ない。

高科は音声操作器具を使って誠実に思うところを述べた。恭夫側には相当な時間がかかっただろうけれど、気にもしていないようだった。恭夫は明らかに、高科の言葉を人間以上の存在のそれとして聞いていた。

といって高科にはさほど立派なことを答えた憶えはない。意味内容はありきたりといってよかった。ただ、同じ「隣人を愛せ」という言葉でも、山上でキリストが言うのと、酔っ払った上役が女性社員の胸に手を伸ばしながら言うのとでは意味合いが違うのだ。

　いや、高科自身は自分がキリストであるなどとは思いもよらない。高科は幾たびも否定した。自分はただの人間でしかないし、教えを説く資格などない。

　恭夫の態度は変わらなかった。あらゆる人間は石化症者のように永遠を見詰めて生きるべきだ、と繰り返すだけだった。

　恭夫にとって、生きながら永遠に近づいているとも見える高科たちは会う前からすでに神聖視されていたようである。恭夫にとって石化症患者は信仰の対象に近かった。


　高科はまた痛みとともに思い出す。

　互いに知りあった日、最後に、恭夫はこらえ切れなくなったように早口で訴えた。

「あなたがたには夢と現実を反転させる能力があると聞きました。

　幾人もの人が、石化症の人たちによって不思議な経験をしたそうじゃないですか。それだけじゃない、そのとき見たものはまるで夢のようだが、そちらこそ自分の心にとっての真実だ、現実の方が誤りなのだ、と言う人がいました。

　あなたがたには、夢見るだけで人の心に映るものの意味を変える力があるのではないですか？

　それを使えば、すべての人がよりよい生を生きることができます。世界を一挙に変えることができます。どうか助けてください。理想の世界を夢見てください」

「ぼくもできることならそうしたい。けれども、ぼくたちは夢を自分で操作することができない。ぼくたちにとって、夢は自分の中から来るものじゃないんだ。確かにぼくたちは周囲にいる人の心の奥深くの何かを変えることができるらしいが、その力を自分の思い通りに使うことは誰にもできないんだ。わかってくれ」

恭夫は深く落胆した。高科は答えるのがつらかった。


ある時期までは恭夫も純粋に倫理的な生涯を送ることを望んでいたのだろう。しかし、学校の無理解な教師が、街での暴力のほしいままな跋扈が、貧富の差による差別が、彼を目的のためには手段を選ぶことのない実践的な男にしていった。

高科自身はそうした権謀術数の世界に足を踏み入れたことはないが、それだけに、能力のある恭夫が権力に憑かれてゆく気持がよくわかる。自分とて人を動かす力があると確信していれば同じ道を進んだだろうからだ。

高科が二度目に恭夫と会った西暦二〇二〇年代、日本経済は最悪の時代を迎えていた。エネルギー危機、食糧難に加えて異常気象・地震災害があいつぎ、復旧の見通しの立たないまま、政府と国家官僚のひきおこした致命的失策による三十年以上にわたる不景気、そして狂ったような富裕者優遇と貧者弱者への搾取迫害が続き、社会は一気に階層化した。外資に支配される植民地同然となり、当時、失業率は四十パーセントを超え、街に浮浪者が溢れ、餓死者も出た。

日本ほどではないにしても諸外国の事情もさほど変わらず、ために各国とも自国の問題に手いっぱいで、他国への援助などできる状況ではなかった。欧米もアジアも経済は多国籍企業による独占に向かおうとしていた。

　かつては経済大国と自讃してはばからなかった日本も今や戦前と変わらない状態に陥っていた。貧民の激増、貧富の差の拡大、社会不安の増大、そして零細な市民の間における民族主義の台頭。恐れの裏返しによるやみくもな他国人への憎悪。多くの外国人が至るところでリンチに遭った。

　恭夫の住む地区は非常に治安が悪く、無法地帯と化していた。だが恭夫自身は人種の違いだけで敵意を持つ愚かさを憎んでいた。幼稚なナショナリズムを嫌っていた。そうだ、高科と知り合った頃は。

　両親の加入していた先払い保険が破綻し、恭夫たちは莫大な借財を背負った。一家はそれまでいた家を売却し、昼も危険なその地区へ引っ越してきたのだという。

　恭夫は高校を中退し、仕事に出た。勤勉で有能な恭夫は本来ならば、その工夫と努力によって徐々に暮らしを向上させてゆくことができたはずだ。しかし、あるとき、会社から託された多額の金を輸送中、暴漢に襲われ、両足を折られた上、金は盗まれた。

　犯人は捕まらず、金は回収できなかった。盗難保険に加入していなかった雇用者側はすべて恭夫の不注意が原因として、弁償を要求し、給料と治療費を払うことを拒んだ。恭夫は解雇された。一層の借財だけが残った。

　治療費のない恭夫を病院はまともに扱わなかった。すでに国民皆保険制度は破綻していた。ベッドが空いていても恭夫のためのそれはない。すぐ十分な治療を受ければもとの機能を回復したであろう恭夫の両足は曲がったまま固まった。

　その後も借金は増える一方だった。破産宣告を受け、一家は離散した。恭夫の中でこのとき、何かが変わったに違いない。以後二十年間、恭夫は高科に会いに来ることがなかった。

何人もの警護官に囲まれ、再び面会に現われた恭夫は、車椅子の上にあった。恭夫は自分が現職の首相であることを告げ、ここまで登りつめるまでのいきさつを克明に伝達用ボードへ書きつけた。

高科の前から去って数年の後、塚佐護恭夫は、貧困にあえぐ零細民を指導し、大胆な手腕で政権の奪取を狙う新進の政治家として活動を始めた。二年もたたないうちに、恭夫の主宰する政党は民族の伝統を旗印にした巨大な政治団体となっていた。以後、権力は伸長を続け、現在に至る。

ここでの恭夫はもはや国粋主義を軽蔑することがなくなっていた。狭く限られた環境に置かれた理知に昏い者たちに限界を超える力を与えるのは狭く限られた昏い思想だけなのだ、と恭夫は高科に言った。もちろん、依然として恭夫には理想があった。しかし手段を選ぶような余裕はなかったのだと高科は想像する。余所者を差別する、それまで立場のよかった者を貶めて迫害する、そうした、零細人民の最も好む餌を巧みに用いて、恭夫は世を動かしていった。

政権奪取後直ちに戒厳令を敷いて無期限の独裁を得、塚佐護首相は完全に日本国の権力を掌握した。ところが、その直後に彼が行なったのは、最も期待されていた外国人排除ではなかった。恭夫の生年以後、恭夫の率いる政党が政権を奪取した年の前年まで数十年間の全閣僚経験者と全経団連幹部経験者、歴代日銀総裁、同期全財務官僚、政治経済指導者および協力者・重要関係者の一斉逮捕と逮捕者全財産の没収、そしてＴＶ撮影による全員の公開処刑だった。常に前向きに努力していたはずの自分をここまで貧しくしてしまった犯人として、恭夫が最も憎んだ者たちへの復讐を優先した結果である。彼ら一人一人が目隠しもされず、その家族とともに、恐れのあまり尿を漏らしながら銃殺されるところが克明に全国放映された。この者たちによって日本は数十年の貧困と屈辱を強いられたのだ、と繰り返し報道され、国民は大喝采したとのことである。

医療費学費をはじめとする社会保障費用はすべて無料となった。

その後しばらく、富裕層の逮捕処刑が続き、法改正により国民一人につき資産が一千万円を超えた場合はすべて税として徴収される義務を負い、一方、一千万円に満たない者には補塡されることとなった。こうして改革に最も邪魔な層を一掃した後、恭夫はゆっくりと人材を育成、密かに海外派遣し、多国籍企業の決定権保持者を次々暗殺するとともに、他国に頼らない軍事防衛にとりかかろうとしていた。

初めはその思想を利用するだけだと自分を納得させていても、狂信者たちの中にいればいずれ緩慢に精神を侵されてゆく。今、恭夫が最も強硬で偏狭なナショナリストであることは紛れもない。しかしそれでも高科は恭夫の中に、かつての眼の輝き、永遠への憧れを見る。見ないではいられない。

人間を超えること。かつてそればかり考えていた夢想家の少年は、その同じ衝動を強引な現実改変の方に向けた。

国家単位のユートピアを築くことが、その成員をより高いものにする条件であるという確信が先に立った。自分たちは不当に虐げられている、それを脱するには、自分たちを貧しくした者たちと自分たちの国家に属さない者たちからいくら略奪してもかまわないという御都合主義とルサンチマンの煽り立てが続いた。

　高科は何度もその矛盾を批判した。


　五十八歳の恭夫はボードに書いた。

「国民すべてがひとつの精神を持つことこそ、大切です」

　高科は望みうる最高速度で専用ＰＣ端末のキーを打つ。

「間違っている。個々の差を無視することがどれほどの欺瞞であるか、君は知っているはずだ」

　恭夫の答え。

「理性を重く見すぎては政治はできません。それはごく一部の人間に通じる符丁のようなものです。ほとんどの人間は、より強い人間に、おい、言うとおりにしろ、と叱られることを待っているのです」


　……

　断続的に何日もかかった会見は終わり、以後、二度と恭夫が療養院に姿を見せることはなかった。

その後どれほどか経って、高科は遠くの空に真っ白な炎が幾つも上がるのを見た。恐れていたことが起こったらしい。原子炉の事故か塚佐護が開発を急がせていた究極の新兵器の失敗かのいずれかに違いない。あれほどおびただしい数の原子力発電所を建設し、至る所に新兵器を保有していれば、そのどれが破綻しても結局、被害は両方に及ぶだろう。またそれは日本だけのことではないだろう。

恭夫は、過ったのだ。

しばらくは市内を徘徊する難民の群れがあった。皆、全身むごたらしい火傷に冒されていた。しかしそれも見なくなって久しい。全滅したのだ。療養院の職員もいなくなった。以後は全くの静寂が続いている。

どういう組成なのかわからないが、大理石色の肌は放射線による変化を被らないらしい。高科も、他の患者たちも、鉱化症候群特有のそれ以外、何ら肉体上の変化はない。すでに肉体はそのほとんどの機能を停止していた。

不意に、またもや、という言葉が口の端にのぼる。高科はわが言葉の独り歩きをいぶかしむ。いったい何が「またもや」なのだろう？

紫峰朋彦の言葉が思い出された。

「理想主義が内に向かったときには、例えば結晶観想のような超越への志向となったが、それが外へ向かったとき、ファシズムをはじめとする全体主義と独裁をもたらした。この二つは実は盾の両面なのである」

当の紫峰も、あの爆発の後では生きていまい。それとも、どこか外国へ避難していたのだろうか？否、外国でも連鎖的な被害が起こっていないとは言えまい。

実際的な知能に秀で、今いる場所でより濃密に生きることを可能にする、外へ向かう心。それが柄にもなく反地上的な理想を知ったとき、悲劇は起こる。しかし、高科は思うのだ、恭夫の行動だって、少しでも世界をよくしようと思ってのことだったのだ。

……とはいえ、それで許されるわけではあるまい。

さらに恐ろしい考えに突き当たる。恭夫を失望させ、冷酷な機会主義に導き、そのことで世界を破滅させたそもそもの原因は、この自分の示した幼稚で曖昧な憧憬だったのではないのか？

なぜぼくたちは理想など持ってしまったのだろう。動物のように生きていればよかったのに……しかし、そう考えようとする自分が、今も彼方への熱烈な憧れを捨てていないことを高科は知っている。

高科は空を見上げている。かつて哲学と倫理を最も重んじた勤勉な少年がもたらしたかも知れない理想世界を見ようと思う。

だが、見えない。

終章

ハルモニア

立ち続けて何年になることだろう。あるときからは飲食の要さえなくなった。高科は、こうなってしまったことに今も戸惑っている。ということは、数千年来戸惑い続けているということである。だが、そうした時間の単位はもはや高科には意味がない。

もう随分前の、医療機関にいた頃のことをときおり思い出す。

「脳の中にね、……」

まだかろうじて通常人と会話ができた頃、担当医師の野村は教えてくれた。

「結晶のように幾何学的で整った形の影が見えるんです。ごく限られた波長の音波を使って測定した場合だけにわかることなんですが。

実際に脳を開いてみても、そういうものは全く認められないことがわかっています。つまり、あなたの脳の中には幻影の立体があるということです」

立体は五種類に限られるという。いずれも正多面体である。高科には正十二面体が宿っていると野村は言った。

「何なんです？　腫瘍みたいなものですか？」

問えば野村自身もいぶかしげに答えた。

「だから幻影だと言うんです。実体はない。物質的に何が起きているわけでもないんです。ただ、三万百二十六サイクルの音波をそこにあてると、測定器に特定の形が示し出されて何かが共振していることがわかる。

これはまだ全然証明されていませんが、その結晶というのはひょっとしたら、この世界とは違う次元のものではないか、というように考えた人もいます。ただ石化症の発症者には必ず認められることは確かなので、あなたの肉体上の変化とこれに何かの関係があることは間違いないでしょう。どういう関係なのかは今のところ不明です」

以後、その件に関して説明を聞くことはなかった。最後まで症状との関係も幻影の立体発生の理由もわからなかったに違いない。

今は野村医師もいない。廃墟となった療養院跡に高科たちだけが立ち尽くしている。

外ではどうなったのだろう、ここしばらく石化症者以外の者を見ない。療養院区域の外に出ても、人らしいものは見えない。あるいは外部とこちらの時間感覚が隔たり過ぎて、眼の前を通り過ぎる者があってももう見えないのかも知れない。

厳かに歩を進めるかに見えた太陽は時とともにその速度を増し、眩い弧を描くのみになった。光が右手に去った次の瞬間、世界が影に覆われ、今度はうっすらと星の動きが見えかけたと思う間もなく、再び左手から光の矢が右へ飛ぶ。昼夜の繰り返しはさらにめまぐるしくなり、そのうち明滅のみになった。それさえとらえ切れないほどになると一見変化は止んだように見え、世界は薄い灰青色に沈んだ。

　地球が太陽の周りを猛烈な勢いで巡る音が聞こえてきた。銀河の回転する音、それをも含めたさらに大きな軌道を回る音、それらがあたかも和声のように重奏して聞こえた。否、それは音だろうか？真空を伝わる音はありえない。しかし高科には快い音楽のように思えた。宇宙は響きに満たされている。

　しばらくするとあちこちに残った建物が順々に消滅するのが見られた。朽ち、崩れてゆく。僅かに視線を動かす内にも何百年間かが過ぎているのだろう。日時・日付が正確に計れなくなった。既存の時間の観念が意味をなくしかけている。

　この時間の加速はどこまでゆくのだろう。高科は興味を持って眺めていた。かつては話も通じなかった早期発症患者との会話が可能になった。最も初期からいる者との内的な時間差が大幅に減少している。石化症発症の時期のずれはせいぜい百年までだ。外における百年という時間は今の高科たちにとって無視できる誤差の範囲に入りつつある。

　しばらく前に初めて、湊城明子から、紫峰朋彦は自分の筆名であったと教えられた。

　周囲の石化症者たちとの会話には今や何の支障もない。しかし、他の者たちも、高科も、もうあまり言葉を交わすことはない。眠る時間が大幅に増えたからだ。一日という単位はすでにないが、仮に、ある周期的な時間単位を考えるとその九割までは立ったまま眠っている。いずれは完全に眠るだけになるのかも知れないと思われた。

かつての人間たちと同じ生活態度は失われつつある。ただ近くにいるというだけで行なわれていた人と人とのかかわりは意味をなくしている。

何が大切かと言えば、いよいよ鮮明になってきた夢の映像と音響とである。

最初、断続的に微細な睡眠が来てはちらちらと何かを見せて去った。まるでノイズのようで、明晰な意識を侵食すると思われ、懸命に眠るまいと抵抗したこともあったが、そのうち、睡眠時間は大幅に伸び、夢の時間の長さが目醒めている時間を上回ると覚醒時の感覚の方がノイズとなった。

不確実で曖昧、欠落が多いものとして始まった夢は、失われた記憶が戻るように、あるいは未来に予定されるべき記憶に近づくかのように、現実感を増してきた。その奇妙な映像、そしてしばらく前から微かに聞こえ始めた宇宙の響き、こうしたものに誰もが心とらわれている。

かつてはあまりに素早く断片的で、意味のわからなかった映像が、時間の加速とともに、より緩慢に視界を通り過ぎるようになり、それとともに一貫性を持ち始めた。しかも特定の響きに耳を傾けることで、あたかもチャンネルを切り替えるように、望む夢を選ぶことさえできることがわかったのだ。

無量の星とともに、岩の塊の数々、そこに住む学究的な住人たちの姿、また、水だけで成り立つ球、正多角形の結晶群、異様な生物ばかりが浮遊する空間……いくつもの世界が同時に存在するのが高科には見えた。それぞれの世界からは固有の音声が発せられている。

無人となって幾星霜も経ち、いっさいの変化がなくなってしまった死の世界もあった。中天に、青く透き通った結晶の柱を栗のいがのようにいくつも突き出した巨大な石が浮いている。他には何もなく、灰色の空の下、奇妙な形の石だけが無数に連なり層をなしている。雨も降らず、光も弱々しい。ただ、その中、寄り添うように並ぶ二つの石がなぜか高科の心を惹いた。

高科は圧倒的な量の響きの中から、心惹かれる旋律や和声を選んで聴き取る。ひとつに集中するとともに観たこともない映像が拡がる。これまでは夢と認識してきたが、ここに至ってとてもそうは思われなくなった。少なくとも自分の内面から出た想像ではない。

外から来るものに違いない。高科は考えた、これは、どこか、別の世界からのメッセージではないのか。しかしそれらはなぜか、とても懐かしい。

かつて、夢と現実、という区分があった。今、それは有効だろうか?

誰とも知れぬイメージの送り手が、自分と同じく知性と感情と、そして切ない憧れを持って世界を眺めていることが想像された。相手の発する波動があらゆる距離と時間とを超えて自分にも届いたのだとすればこんな素晴らしいことはない。石化症とは心をより遥かまで届かせるための現象ではないか。

ところで、高科はこうも思う、もう「石化症」という言い方はやめよう。

心を拡げ、意識を薄れさせるうち、高科は、どこか、今ではない時、ここではない所に佇む高貴な初老の女性の面影を見た。

黒い僧服に身を包んだその女性は賢く慈悲深く、人を救う技を数多く知っていた。にもかかわらず自分の手腕に満足していない。不幸な人々がすべて人間としてのあるべき完全な状態となることをひたすら望んでいた。神への深い信仰と地上の悲惨さとの間で、この上、何をなすべきか、ひどく迷っているように思われた。

ふと気づくと、相手はこちらを向いて、高科がそばにいることを認めているではないか。

しかし、話しかけようとしたとき、その女性は非常な驚愕、怖れとともに、悪魔、というイメージを返してきた。

高科は、互いのよって立つ信条の違いを考慮にいれずに接しようとした自分のあさはかさを深く悔い、すぐ彼女の前から消えた。


彼方には変わらず、鉱物や結晶が中心をなす世界がいくつもあった。そうした世界に心を凝らすことが増えた。硬く整然としたもののみ想像することが、自らをより優れた存在とするような気がしたからだ。知らず知らずのうちに、かつて、心に結晶を育てることを教えてくれた師の言葉に従っていた。

その世界のひとつでは、物質化した夢想によって人為的に世界を静止させてしまおうとしていた。しかし多くの精神が無理に寄せ集められた結果、それは結晶することもできないまま、ただ世界そのものを終わらせつつあるのだった。それを憂いた一人の学者があるとき不思議な術を施す。すると、彼方に浮かぶ盟友の夢を介して、外の宇宙に、二人の思いも寄らなかった、あるメッセージが伝えられる。

高科は言葉にもならないそれを、遥か以前に受け取っていたように思う。高科は思い出す。幸福が、救いが、何だろう。ものも精神もいずれ悉皆《しっかい》壊れてゆく。理想を知ることは自らが救われることとは別なのだ。ただ、何かを伝えること、われわれにできるのはそれだけではないのか。

過去の記憶、小さな喜び、挫折と悔恨。感情のほのめき、知の光、意志の形、そして憧憬。自らにあるすべてを空へ向ける。彼方を思う。望みを告げる。どこかに素晴らしいものよあれ。憧れと意志は捨てるまい。

望みは空の果てまで響き渡ってゆく。

『観念結晶大系』参照・参考文献

ジェイミー・ジェイムズ 著／黒川孝文 訳『天球の音楽―歴史の中の科学・音楽・神秘思想』（1998 白揚社）

S・K・ヘニンガー Jr. 著／山田耕士・正岡和恵・吉村正和・西垣学 訳『天球の音楽―ピュタゴラス宇宙論とルネサンス詩学』（クリテリオン叢書 1990 平凡社）

種村季弘 著『ビンゲンのヒルデガルトの世界』（1994 青土社）

レジーヌ・ペルヌー 著／門脇輝夫 訳『現代に響く声 ビンゲンのヒルデガルト 12世紀の預言者修道女』（聖母文庫 2012 聖母の騎士社）

寺本まり子 著『ヒルデガルト・フォン・ビンゲン作曲／セクエンツィア演奏「シンフォニア」』ライナー（1989 BMGビクター）

寺本まり子 著『ヒルデガルト・フォン・ビンゲン作曲／セクエンツィア演奏「オルド・ヴィルトゥトゥム」』ライナー（1990 BMGビクター）

アンドレ・ブルトン 著／巖谷國士 訳『シュルレアリスム宣言・溶ける魚』（岩波文庫 1992 岩波書店）

アンドレ・ブルトン 著／巖谷國士 訳『ナジャ』（岩波文庫 2003 岩波書店）

ダニエル・マルシュソー 著／飯島耕一 訳『シュルレアリスムと画家叢書「骰子の7の目」〈第9巻〉イヴ・タンギー』（1978 河出書房新社）

巖谷國士 著『シュルレアリスムと芸術』（1976 河出書房新社）

巖谷國士 著『シュルレアリスムとは何か』（ちくま学芸文庫 2002 筑摩書房）

平井啓之・鈴木信太郎・佐藤朔・山本功・花輪莞爾・松崎芳隆・稲生永 訳『ランボー全集』第1巻（1976 人文書院）

高橋浩子・本岡浩子・中村孝義・網干毅 著『西洋音楽の歴史』（1996 東京書籍）

『柴田南雄著作集』第1巻（2014 国書刊行会）

中川右介 著『クラシック音楽の歴史』（角川ソフィア文庫 2017 角川書店）

田村和紀夫 著『交響曲入門』（講談社選書メチエ 2011 講談社）

岡田暁生 著『西洋音楽史―「クラシック」の黄昏』（中公新書 2005 中央公論新社）

諸井誠 著『クラシック名曲の条件』（講談社学術文庫 2019 講談社）

諸井誠 著『交響曲名曲名盤１００（ON Books 28）』（1998 音楽之友社）

吉田秀和 著『二十世紀の音楽』（岩波新書 1957 岩波書店）

ハンス・ウルリッヒ・オブリスト 著／篠儀直子・内山史子・西原尚 訳『ミュージック「現代音楽」をつくった作曲家たち』（2015 フィルムアート社）

ジャン・イヴ・ボスール 著／栗原詩子 訳『現代音楽を読み解く88のキーワード 12音技法からミクスト作品まで』（2008 音楽之友社）

吉田秀和 著『グレン・グールド』（河出文庫 2019 河出書房新社）

グレン・グールド他 著／宮澤淳一 訳『グレン・グールドは語る』（ちくま学芸文庫 2010 筑摩書房）

エルヴィン・デルンベルク 著／和田旦 訳『ブルックナー その生涯と作品』（1967 白水社）

オスカー・レルケ 著／神品芳夫 訳『ブルックナー 音楽と人間像』（1968 音楽之友社）

ハンス＝フーベルト・シェンツェラー 著／山田祥一 訳『ブルックナー 生涯／作品／伝説』（1983 青土社）

カール・グレーベ 著／天野晶吉 訳『アントン・ブルックナー』（1986 現代芸術社）

ヴェルナー・ヴォルフ 著／喜多尾冬道・仲間雄三 訳『ブルックナー —聖なる野人—』（1989 音楽之友社）

張源祥 著『ブルックナー／マーラー 大音楽家 人と作品20』（1971 音楽之友社）

土田英三郎 著『ブルックナー —カラー版作曲家の生涯—』（新潮文庫 1988 新潮社）

門馬直美 著『ブルックナー』（1999 春秋社）

田代櫂 著『アントン・ブルックナー 魂の山嶺』（2005 春秋社）

根岸一美 著『作曲家 人と作品 ブルックナー』（2006 音楽之友社）

ヴィルヘルム・フルトヴェングラー 著／芳賀檀 訳『音と言葉』（新潮文庫 1981 新潮社）

オットー・シュトラッサー 著／芹沢ユリア 訳『栄光のウィーンフィル』（1998 音楽之友社）

ノヴァーリス 著／青山隆夫 訳『青い花』（岩波文庫 1989 岩波書店）

ノヴァーリス 著／今泉文子 訳『夜の讃歌・サイスの弟子たち 他一篇』（岩波文庫 2015 岩波書店）

ノヴァーリス 著／前田敬作 訳『日記・花粉』（古典文庫 35）（1970 現代思潮新社）

フリードリヒ・ニーチェ 著／手塚富雄 訳・編『世界の名著 46 ニーチェ ツァラトゥストラ 悲劇の誕生』（1966 中央公論新社）

フリードリヒ・ニーチェ 著／木場深定 訳『善悪の彼岸』（岩波文庫 1970 岩波書店）

フリードリヒ・ニーチェ 著／木場深定 訳『道徳の系譜』（岩波文庫 1964 岩波書店）

塚越敏 訳『ニーチェ全集〈15〉この人を見よ 自伝集』（ちくま学芸文庫 1994 筑摩書房）

塚越敏・中島義生 訳『ニーチェ全集〈別巻1〉ニーチェ書簡集1』（ちくま学芸文庫 1994 筑摩書房）

塚越敏・中島義生 訳『ニーチェ全集〈別巻2〉ニーチェ書簡集2 詩集』（ちくま学芸文庫 1994 筑摩書房）

山崎庸佑 著『人類の知的遺産〈54〉ニーチェ』（1978 講談社）

カール・グスタフ・ユング 著／アニエラ・ヤッフェ 編／河合隼雄・藤縄昭 訳『ユング自伝 —思い出・夢・思想』1・2（1972 みすず書房）

バーバラ・ハナー 著／後藤佳珠・鳥山平三 訳『評伝 ユング—その生涯と業績』1・2（1987 人文書院）

カール・グスタフ・ユング 著／池田紘一・鎌田道生 訳『心理学と錬金術』1・2（1976 人文書院）

カール・グスタフ・ユング 著／小川捷之 訳『分析心理学』（1976 みすず書房）

カール・グスタフ・ユング 著／河合隼雄 訳『人間と象徴 —無意識の世界』上・下（1975 河出書房新社）

河合隼雄 著『ユング心理学入門』（1967 培風館）

河合隼雄 著『ユングの生涯』（レグルス文庫 1978 第三文明社）

河合隼雄 著『無意識の構造』（中公新書 2017 中央公論新社）

河合隼雄・谷川俊太郎 著『魂にメスはいらない ユング心理学講義』（講談社＋α文庫 1993 講談社）

M・L・フォン・フランツ 著／高橋巖 訳『ユング—現代の神話』（1978 紀伊國屋書店）

コリン・ウィルソン 著／安田一郎 訳『ユング—地下の大王』（河出文庫 1993 河出書房新社）

ハンス・ヨナス 著／秋山さと子・入江良平 訳『グノーシスの宗教—異邦の神の福音とキリスト教の端緒』（1986 人文書院）

『荒井献著作集〈6〉グノーシス主義』（2001 岩波書店）

大貫隆 著『グノーシスの神話』（1999 岩波書店）
マドレーヌ・スコペロ 著／入江良平・中野千恵美 訳『グノーシスとはなにか』（serica books 1997 せりか書房）
柴田有 著『グノーシスと古代宇宙論』（1982 勁草書房）
荒井献 編／八木誠一・田川建三・大貫隆・小河陽・青野太潮 訳『新約聖書外典』（講談社文芸文庫 1997 講談社）
荒井献・柴田有 著『ヘルメス文書』（1980 朝日出版社）
荒井献・大貫隆・小林稔 訳『ナグ・ハマディ文書Ⅰ　救済神話』（1997 岩波書店）
荒井献・大貫隆・小林稔・筒井賢治 訳『ナグ・ハマディ文書Ⅳ　黙示録』（1998 岩波書店）
エレーヌ・ペイゲルス 著／荒井献・湯本和子 訳『ナグ・ハマディ写本―初期キリスト教の正統と異端』（1996 白水社）
箱崎総一 著『カバラ―ユダヤ神秘思想の系譜』（1990 青土社）
イスラエル・リガルディー 著／片山章久 訳『世界魔法大全３　柘榴の園』（2002 国書刊行会）
ゼブ・ベン・シモン・ハレヴィ 著／松本ひろみ 訳『カバラ入門』（2009 出帆新社）
大沼忠弘 著『実践カバラ―自己探求の旅』（1988 人文書院）
『種村季弘のラビリントス１０　パラケルススの世界』（1979 青土社）
『澁澤龍彦全集』第7巻（1993 河出書房新社）
『澁澤龍彦全集』第10巻（1994 河出書房新社）
マンリー・P・ホール 著／大沼忠弘 訳『象徴哲学大系（３）カバラと薔薇十字団』（1981 人文書院）
マンリー・P・ホール 著／大沼忠弘 訳『象徴哲学大系（４）錬金術』（1981 人文書院）
ヨハンネス・ファブリキウス 著／大瀧啓裕 訳『錬金術の世界』（2016 青土社）
ガイ・オギルヴィー 著・藤岡啓介 訳『錬金術：秘密の「知」の実験室』（アルケミスト双書 2009 創元社）
K.セリグマン 著／平田寛 訳『魔法―その歴史と正体』（1991 人文書院）
ユーリー ストヤノフ 著／三浦清美 訳『ヨーロッパ異端の源流―カタリ派とボゴミール派』（2001 平凡社）
沢井繁男 著『魔術と錬金術』（ちくま学芸文庫 2000 筑摩書房）
ゲルショム・ショーレム 著／徳永恂・春山清純 訳『錬金術とカバラ』（2001 作品社）
W・E・バトラー 著／大沼忠弘 訳『魔法入門』（角川文庫 1974 角川書店）
W・E・バトラー 著／大沼忠弘 訳『魔法修行―カバラの秘法伝授』（1979 平河出版社）
エリファス・レヴィ 著／生田耕作 訳『高等魔術の教理と祭儀（祭儀篇）』（1992 人文書院）
エリファス・レヴィ 著／生田耕作 訳『高等魔術の教理と祭儀（教理篇）』（1982 人文書院）
ルドルフ・シュタイナー 著／高橋巖 訳『神秘学概論』（ちくま学芸文庫 1998 筑摩書房）
高橋巖 著『神秘学序説』（1975 イザラ書房）
高橋巖 著『神秘学講義』（角川選書 1980 角川書店）
高橋巖 著『神秘学入門』（ちくまプリマーブックス 2000 筑摩書房）

大野英士 著『オカルティズム 非理性のヨーロッパ』（講談社選書メチエ 2018 講談社）
ドナ・ウィリアムズ 著／河野万里子　訳『自閉症だったわたしへ』（新潮文庫 2000 新潮社）
堀米庸三 著『世界の歴史　中世ヨーロッパ』（中公文庫 1979 中央公論新社）
堀米庸三 著『正統と異端　ヨーロッパ精神の底流』（中公文庫 2013 中央公論新社）
堀米庸三 著『生活の世界歴史 6 中世の森の中で』（河出文庫 1991 河出書房新社）
池上正太 著『図説　中世の生活』（2016 新紀元社）
阿部謹也 著『中世の星の下で』（ちくま学芸文庫 2010 筑摩書房）
阿部謹也・網野善彦・石井進・樺山紘一 著『中世の風景』 上・下（中公新書 1981 中央公論新社）
ヨーハン・ホイジンガ 著／堀越孝一 訳／堀米庸三 編『世界の名著 55 ホイジンガ 中世の秋』（1967 中央公論社）
益富寿之助 著『原色岩石図鑑（保育社の原色図鑑 13）』（1987 保育社）
堀秀道 著『楽しい鉱物図鑑』（1992 草思社）
堀秀道 著『鉱物　人と文化をめぐる物語』（ちくま文庫 2017 筑摩書房）
青木正博 著『増補版　鉱物・岩石入門』（2014 盛文堂新光社）
矢作ちはる 著『石の辞典』（2019 雷鳥社）
山田英春 著『奇妙で美しい石の世界』（ちくま新書 2017 筑摩書房）
大谷芳久 所蔵／畠山直哉 撮影『Lazur　透きとおる石』（1997 ぺヨトル工房）
崎川範行 著『宝石』（保育社カラーブックス 1992 保育社）
板谷栄城 著『宮沢賢治の宝石箱』（朝日文庫 1991 朝日新聞社）
高木隆司 著『かたちの不思議』（講談社現代新書 1984 講談社）
石桁真礼生・末吉保雄・丸田昭三・飯田隆・金光威和雄・飯沼信義 著『楽典―理論と実習』（1998 音楽之友社）
『新訂 標準音楽辞典』 第二版（2008 音楽之友社）
「世界文学大事典」 編集委員会 編『世界文学大事典』（1997 集英社）
秋山光和 編『新潮世界美術辞典』（1985 新潮社）
世界芸術家辞典編集委員会 著『世界芸術家辞典』 改訂増補版（2010 小池書院）
新村出 編『広辞苑』 第二版補訂版（1976 岩波書店）
松村明 編『大辞林』 第三版（2006 三省堂）
平凡社 編『改訂新版 世界大百科事典』（2007 平凡社）
『ブリタニカ国際大百科事典 小項目事典』（1972 ティビーエス・ブリタニカ）
Weblio 辞書
コトバンク
Wikipedia

■著者略歴

高原英理（たかはら・えいり）

1959年生。立教大学文学部日本文学科卒業。東京工業大学大学院社会理工学研究科博士後期課程修了（価値システム専攻）。博士（学術）。

1985年第1回幻想文学新人賞受賞。

1996年第39回群像新人文学賞評論部門優秀作受賞。

主要著作『少女領域』『エイリア綺譚集』（国書刊行会）『闇の司』（角川春樹事務所）『無垢の力』『ゴシックハート』『不機嫌な姫とブルックナー団』（講談社）『ゴシックスピリット』（朝日新聞社）『抒情的恐怖群』『神野悪五郎只今退散仕る』（毎日新聞社）『月光果樹園』（平凡社）『アルケミックな記憶』（書苑新社）『うさと私』（書肆侃侃房）『怪談生活』『歌人紫宮透の短くはるかな生涯』（立東舎）。

編著『書物の王国6 鉱物』（国書刊行会）『リテラリーゴシック・イン・ジャパン』『ファイン／キュート』（筑摩書房）『ガール・イン・ザ・ダーク』『深淵と浮遊』（講談社）。

観念結晶大系

2020年11月30日　第1刷発行

著　者　高原英理
発行者　田島安江
発行所　株式会社 書肆侃侃房（しょしかんかんぼう）
〒810-0041 福岡市中央区大名2-8-18-501
TEL 092-735-2802　FAX 092-735-2792
http://www.kankanbou.com
info@kankanbou.com

編　集　田島安江
ＤＴＰ　黒木留実
印刷・製本　シナノ書籍印刷株式会社

ISBN978-4-86385-426-0　C0093